MW01480487

Als der amerikanische Journalist Clark in Rom der Sizilianerin Lucia begegnet, weiß er, dass er die Frau seines Lebens getroffen hat, die unglücklicherweise mit einem anderen verlobt ist. Als Lucia schließlich doch dem Charme des Amerikaners und dem Zauber der Stadt Rom erliegt und in ihr Heimatdorf fährt, um mit dem Verlobten zu brechen, scheint der Weg frei für die Verliebten. Doch dann hat Lucia einen Autounfall und kann sich nicht mehr an die Zeit in Rom erinnern, und Clark reist ihr nach in die kleine Stadt Siculiana, wo allerdings bereits eine Hochzeit vorbereitet wird.

Diego Galdino, geboren 1971, lebt mit seiner Familie in Rom. Er ist Barista aus Leidenschaft und betreibt eine kleine Caffè-Bar. Mit seinem Debütroman *Der erste Kaffee am Morgen* (Thiele Verlag, 2014) eroberte er die Herzen der Leser im Sturm. Das Buch wird derzeit verfilmt.

DIEGO GALDINO

Das sizilianische Mädchen

Roman

Aus dem Italienischen
von Gabriela Schönberger

ATLANTIK

Für meine Frau

Vorspiel: Aufbruch

Lucia lehnte die Stirn an das Seitenfenster und schaute hinaus auf die vorbeiziehende Landschaft: Sie wollte sich alles noch einmal genau einprägen und mit in die Ferne nehmen. Freute sie sich, von hier wegzukommen? Sie wusste es nicht. Sie wusste nur, dass ihr das Herz schwer wurde, als sie jetzt sah, wie im ersten Licht des Morgens die Handvoll vertrauter Häuser, die Kirche, der Garten der Großmutter und das Meer immer kleiner wurden, während das Taxi unbekümmert weiterfuhr. Ja, das Meer würde ihr fehlen. Besonders natürlich der »Strand der Schildkröten«, wie sie den schönsten Abschnitt an der Küste ihrer sizilianischen Heimat als Kind immer genannt hatte. Die vertrauten Schritte ihres Vaters, wenn er nach Hause kam. Das nach Jasmin duftende Parfum ihrer Großmutter Marta und all die anderen köstlichen Gerüche, die am Vormittag aus ihrer Küche strömten. Und dann war da natürlich noch Rosario. Auch er würde ihr fehlen. Wenngleich ein wenig Abstand ihnen beiden guttun würde, dachte Lucia, als sie den Blick noch einmal zur Linie des Horizonts schweifen ließ und zu dem schmalen Streifen Meer, der sich immer weiter entfernte. Mit einem Mal spürte sie ein Gefühl der Beklemmung in sich aufsteigen, ein nahezu körperliches Unwohlsein, das vom Magen in die Brust aufstieg wie ein Gift, das von den Wurzeln einer Pflanze bis hinauf in die feinsten und höchsten Verästelungen strömte. Lucia fühlte sich unsicher wie selten zuvor in ihrem Leben. Hatte sie sich vielleicht in etwas verrannt?

Wieder kamen ihr die Diskussionen mit ihrem Vater in den Sinn. »Aber was willst du denn dort?« Erst gestern, als sie zusammen auf der Veranda saßen, hatte er ihr diese Frage gestellt, über das Konzert der Grillen hinweg, den Blick fest auf die Zitronen- und Orangenhaine der Familie gerichtet, als erwartete er sich von dort eine Erklärung. »Drei Monate bei einer Zeitung … Und danach? Wozu soll das gut sein? Sicher, Rom ist Rom, aber dein Leben spielt sich hier ab. Und es ist kein schlechtes Leben, oder?«

Die Frage ihres Vaters war nicht ganz unberechtigt. Lucias Familie war wohlhabend, und die ihres Verlobten noch mehr. Rosario war der Sohn eines renommierten Anwalts aus Siculiana (eine gute Partie also), und vor ihr lag eine komfortable und sichere Zukunft in besten finanziellen Verhältnissen. »Wer zu viel will, steht am Ende mit leeren Händen da«, hatte ihr Vater gesagt. Er hasste jede Veränderung. »Du bist schön, du bist intelligent, du bist in eine Familie hineingeboren, um die dich viele beneiden. Und du, was machst du? Willst auf und davon und irgendwelchen Hirngespinsten nachjagen wie ein trotziges Kind. Ich weiß, dass du stur bist wie ein Esel, das warst du immer schon.« Er hatte tief geseufzt und sie ratlos angeschaut. »Was soll man machen? Wenn du dir etwas in den Kopf gesetzt hast, kann es dir sowieso keiner mehr ausreden … Aber eines solltest du nicht vergessen, Lucia: Dein Platz ist hier, und du solltest allmählich lernen, dich wie eine erwachsene Frau zu benehmen. Nur zu, geh ruhig! Geh und beweise, was du dir beweisen musst. Und wenn diese drei Monate um sind, dann komm wieder nach Hause zurück und füge dich in dein Leben.«

Lucia ertrug es nicht, ihren Vater so reden zu hören. Sie hätte ihm gern offen ihre Meinung gesagt, aber wie immer hinderte sie ihre Erziehung daran. Sie hätte ihm sagen wollen, dass er sich irrte. Dass dies keine Laune, kein Hirngespinst war, sondern ihr Lebenstraum, der endlich in Erfüllung gehen sollte. Gleichzeitig schmerzte es sie, ihren Vater in dieser Verfassung zu sehen. Am liebsten hätte sie ihn um Verzeihung gebeten, weil sie ihm solche Sorgen bereitete und all die sorgsamen Pläne durchkreuzte, die er sich für seine einzige und über alles geliebte Tochter überlegt hatte.

Das alles hätte sie ihm liebend gern gesagt, aber nicht ein Wort kam über ihre Lippen. Ihr Vater warf ihr einen Blick zu, in dem sich Verärgerung und Enttäuschung spiegelten, während ihre Augen bereits verdächtig zu schimmern begannen. Schließlich war sie aufgestanden und weggegangen, um nicht am Vorabend ihrer Abreise wie ein kleines Mädchen in Tränen auszubrechen. Wieso wollte ihr Vater nicht begreifen, wie wichtig es für sie war, Sizilien zu verlassen, auch wenn das seine Pläne durchkreuzte? War es wirklich so schwer zu verstehen, dass sie sich in der Welt umsehen wollte – zumindest für eine Zeit lang?

Und wenn er doch recht hatte? Im Taxi verdichteten sich Lucias Zweifel immer mehr. Was hatte sie in Rom zu suchen, sie, die nicht einmal den Mut besaß, ihrem Vater die Stirn zu bieten und offen ihre Meinung zu vertreten? Was wollte eine Mimose wie sie draußen in der Welt? Ihre Entschlossenheit geriet mächtig ins Wanken, sie spürte, wie die Tränen in ihr aufstiegen, und in ihrer Not wandte sie sich an den einzigen Menschen, der sie stets verstand. Sie rief ihre Großmutter an.

»*Pronto?*«, meldete sich eine muntere Stimme.

»*Nonna*? Störe ich dich gerade?«

»Nein, Liebes, du doch nicht. Wie kommst du denn auf so eine komische Idee? Du störst mich nie.«

»Was machst du gerade?«, fragte Lucia schniefend und war erleichtert, als sie die vertraute Stimme hörte.

»Sag es ja nicht weiter, aber ich rolle gerade meine Yogamatte aus«, wisperte ihre Großmutter verschwörerisch.

»Yoga?« Lucia musste lächeln.

»Ja, lach du nur! Besser kann man den Tag nicht beginnen. Vereint in Harmonie mit den Elementen und … Das müsstest du wirklich mal ausprobieren! Anschließend gehe ich zum Einkaufen, und dann mache ich mich ans Kochen. Heute ist nämlich Donnerstag.«

»Aaah … stimmt! Heute kommen ja deine Freundinnen zum Kartenspielen!«

»Genau, Liebes! Man muss seine alten liebgewordenen Gewohnheiten pflegen. Komm du mal in mein Alter, dann wirst du das auch zu schätzen wissen …«

»Du klingst schon wie Papa!«

»Wie dein Vater? Bloß nicht! Egal. Für alte Gewohnheiten bist du eh noch zu jung. Im Moment ist es besser, du pfeifst auf die Gewohnheiten und tust das, was dein Herz dir sagt. Und wenn dein Herz dir sagt, in ein Taxi zu steigen und zum Flughafen zu fahren, dann nur zu!«

»Denkst du das wirklich, *nonna*?« Lucia lächelte. Wie immer hatte Marta intuitiv gewusst, wie es in ihrer Enkelin aussah, ohne dass diese auch nur ein Wort zu sagen brauchte.

»Aber sicher! Was ist los, *cara*, kriegst du etwa kalte Füße?«

»Und wenn Papa doch recht hat? Was, wenn ich mich maßlos überschätze?«

»Jetzt werd ich dir mal etwas sagen, Liebes. Erinnerst du dich noch daran, wie du als kleines Kind immer einen weiten Bogen um das Meer gemacht hast? Und jetzt bekommt man dich überhaupt nicht mehr aus dem Wasser raus. Siehst du? Man darf sich niemals von irgendwelchen Ängsten an etwas hindern lassen. Vergiss nie, dass du eine starke junge Frau bist, *va bene*? Und außerdem ist das die Gelegenheit, es dem alten Sturkopf mal so richtig zu zeigen.«

»Aber wie soll ich ohne das Meer überleben?«, platzte es aus Lucia heraus, die bei diesem Gedanken schon wieder von einer kleinen Panik erfasst wurde.

»Was machst du dir bloß für Gedanken? Das Meer gibt es doch überall. Italien ist eine Halbinsel, schon vergessen? Und außerdem kannst du jederzeit zurückkommen! Du bist ja nicht für immer weg! Nun Kopf hoch, und lass dich nicht entmutigen. Weißt du noch, was du mir versprochen hast?«

»Was? Dass ich immer einen Pullover anziehen soll wegen der Klimaanlagen?«

»Ja, genau das!« Ihre Großmutter lachte. »Und jetzt ab mit dir und dreh dich nicht mehr um.«

»Nonna?«

»Ja?«

»Ich hab dich lieb.«

»Ich dich auch, Kleines.«

»Wie soll ich das nur ohne dich schaffen?«

»Das schaffst du schon. Und außerdem kannst du mich jederzeit anrufen. Wofür gibt es schließlich ein Telefon?«

»Also dann, *ciao*. Ich melde mich, sobald ich in Rom bin.«

»Küsschen, Kleine, und sei brav. Das heißt, nein, mach genau das, was dein Vater dir verbieten würde!« Sie lachte und legte auf.

Erleichtert lehnte sich Lucia im Sitz zurück. Wie gut, dass sie Marta angerufen hatte. Ihre Großmutter schaffte es doch immer wieder, die Zweifel, die ihr Vater ihr einflößte und denen sie in ihren schwachen Momenten erlag, beiseitezufegen wie eine frische Brise.

Tags zuvor hatte Lucia ihrer Großmutter tatsächlich versprechen müssen, stets und überallhin einen Pullover mitzunehmen. Und – wichtiger noch! – dass sie in Rom ihren eigenen Weg gehen würde, ohne sich von anderen beirren zu lassen. Mehr nicht. Sie musste während ihres dreimonatigen Volontariats bei der Zeitung weder den Pulitzer-Preis gewinnen noch sonstige übermenschliche Leistungen vollbringen. Aber sie sollte sich Klarheit verschaffen über ihre eigenen Träume und Wünsche, ehe es zu spät war.

Die Großmutter hatte recht. Lucia steckte ihr Telefon ein und wandte den Blick nach vorn. Man musste selbst eine Entscheidung treffen, sonst taten es die anderen.

TEIL EINS

Rom

1

Wünsche, die in Erfüllung gehen

Es gibt Momente im Leben, da verweigert der Körper sogar die alltäglichsten Dienste. Man kann weder Luft holen noch ein Bein vor das andere setzen, noch ist man fähig, einen Gegenstand aus der Tasche zu holen. In Augenblicken wie diesen (auf die man kurioserweise eigentlich ein Leben lang gewartet hat) steigen die Gefühle höher als bis zu dem Zehn-Meter-Turm, auf dem man sprungbereit steht. Und eine Sekunde lang wünscht man sich nichts sehnlicher, als wieder unter die Decke zu kriechen, welche die Großmutter für den Winter gehäkelt hat, und sich tief ins Sofa zu kuscheln, während draußen vor dem Fenster ein kalter, salziger Wind durch die Straßen fegt und es viel gemütlicher ist, drinnen auf einen Teller Spaghetti zu warten …

Basta, dachte Lucia. Sie musste sich wirklich zusammenreißen. Mit der rechten Hand kramte sie weiter in der Tasche, auf der Suche nach ihrem Personalausweis.

Gefühlte achtzehntausend Mal hatte sie sich vergewissert, dass sie nichts vergessen hatte. Aber gerade dann, wenn man etwas dringend sucht, findet man es garantiert nicht. Das kennt wohl jeder.

»Lassen Sie sich ruhig Zeit, Signorina, ich bin noch ein bisschen länger hier!«, feixte der Mann an der Rezeption. »Hier ist schon mal das Formular. Was für ein Glück, dass Sie es nur beim ersten Mal ausfüllen müssen.«

»Ah, da ist er ja!«

Lucia spürte, wie ihr die Hitze ins Gesicht stieg, obwohl sie sich doch hoch und heilig geschworen hatte, nicht mehr zu erröten. Noch war sie nicht weiter als bis in die Eingangshalle des Verlagshauses vorgedrungen, und bereits hier musste sie sich ihre erste Niederlage eingestehen. Mit zitternder Hand überreichte sie dem Mann ihren Ausweis, sorgsam darauf bedacht, seinem sarkastischen Blick auszuweichen, während sie Gefahr lief, den restlichen Inhalt ihrer Handtasche auf den Empfangstresen zu kippen und im Stehen über ihre eigenen Füße zu stolpern.

Und dabei war sie draußen noch so sicher gewesen, mehr als bereit, sich auf dieses neue Abenteuer einzulassen. Vor dem Eingangsportal des alten Palazzo in der Via del Tritone hatte sie tief durchgeatmet und fasziniert an der prächtigen Fassade hinaufgeblickt. Sie hatte nach ihrem Talisman getastet, einer kleinen Schildkröte aus Holz (dem Symbol ihrer Heimatstadt), hatte an ihre Großmutter gedacht und sich Mut zugesprochen. Aber vielleicht war das nicht genug gewesen. Auf jeden

Fall gelang es Lucia schließlich doch noch, das Formular auszufüllen und dem Mann am Empfangstresen zu überreichen. Hastig griff sie nach ihrem Namensschild und verabschiedete sich mit einem knappen Nicken. Wieder eine Hürde genommen.

Allein im Aufzug betrachtete sie sich im Spiegel. Sie war gerüstet für den ersten Tag ihres Volontariats bei einer der wichtigsten Tageszeitungen des Landes. Sie hatte lange überlegt, was sie anziehen sollte. Lucia war klar, dass in dieser Umgebung nicht viel Wert auf formelle Kleidung gelegt wurde, aber es war eine schwierige Gratwanderung gewesen, weder zu lässig noch zu konservativ zu wirken. Sie zupfte den Kragen ihrer weißen Bluse zurecht und trat einen Schritt zurück, um einen letzten Blick auf den roten Rock zu werfen, der kurz oberhalb des Knies endete. Auf hohe Schuhe hatte sie zugunsten flacher weinroter Ballerinas verzichtet. Nicht nur, weil hohe Absätze unbequem waren, sondern auch, weil sie dadurch zu groß wirkte. So war es genau richtig. Lucia warf ihrem Spiegelbild ein Lächeln zu und dankte der sizilianischen Sonne für die sommerliche Bräune, die ihren schlanken Beinen schmeichelte.

Ein leises »Pling«. Sie hatte den dritten Stock erreicht. Mit einem Stoßseufzer schob sie die letzten Ängste und Bedenken beiseite und trat hinaus. Ich weiß, was ich will, wiederholte sie wie ein Mantra, ich bin mutig und stark. Es war wie bei den mündlichen Prüfungen an der Universität: kurz davor ein nervliches Wrack, voller Angst, nicht einmal mehr den eigenen Namen zu wissen. Doch kaum stand sie auf, um vor die Professoren zu treten, lichteten sich die Nebel in ihrem Kopf, und Kampfgeist und Überzeugungskraft traten an ihre Stelle. Ängste verwandelten sich in Energie, und sie war vollkommen klar im Kopf. So würde es auch jetzt wieder sein, sagte sich Lucia auf dem Treppenabsatz vor der großen Glastür zur Redaktion des *Eco di Roma.*

Als sie eintrat, war sie so konzentriert – Kopf hoch, Rücken durchgedrückt, fester Blick –, dass sie die prüfenden Blicke von mindestens fünfzehn Angestellten nicht bemerkte, die sie mit einer Mischung aus Neugier und Argwohn musterten und wahrscheinlich nur darauf lauerten, Fehler und Schwachstellen an ihr zu entdecken.

Einen Moment lang hielt Lucia inne und sah sich um. Nicht übel. Parkettboden, hohe Decken, weiß gestrichene Türen und breite Fenster, durch die viel Licht in den Redaktionsraum fiel. Schreibtisch reihte sich an Schreibtisch. Hob man den Blick nach oben, herrschten Klarheit und Ordnung – weiße Wände, moderne, funktionale Lampen, minimalistischer Stuck an der Decke –, darunter befand sich das reine Chaos. Auf den Schreibtischen häuften sich leere Kaffeetassen, Papiere, Akten und sonstiger Krimskrams stapelten sich in gefährlichen Höhen, an den Wänden wetteiferten Fotos, Zeichnungen und Plakate um die Aufmerksamkeit des Betrachters, und das alles war überlagert von einem grellen Konzert aus menschlichen Stimmen und schrillenden Telefonen. Sich hier zu konzentrieren dürfte nicht einfach sein, dachte Lucia, als eine Stimme sie aus ihren Überlegungen riss.

»Du bist bestimmt die Signorina Leonardi.«

Lucia zuckte zusammen und drehte sich um, konnte aber niemanden sehen. »Ich heiße Franca, und ich bin – wie mein Name sagt – so frei, dich gleich zu duzen«, fuhr die Stimme fort, die geradewegs aus einem Schrank hinter einem Schreibtisch zu kommen schien. »Na, ich sehe schon. Du bist eher der sachliche Typ, aber bei mir kannst du dir ohnehin jedes Getue sparen. Ich rede lieber Klartext. Hier machen sie alle einen auf intellektuell und schauen auf mich herab. Dabei wissen die ganz genau, dass ohne mich nichts laufen würde in der Redaktion. Jeden Tag gibt es was anderes: Der eine vergisst sein Portemonnaie, der andere verlegt sein Namensschild, und der Dritte hat keine Ahnung mehr, wie er noch nach Hause kommen soll. Und wer bringt das alles wieder in Ordnung? Die gute Franca natürlich. Aber genug gejammert. Solange wir gesund sind, gibt es keinen Grund, sich zu beschweren, hab ich recht? Wo hab ich jetzt bloß wieder die Schachtel mit den harten Bleistiften hingetan? Wo ist die jetzt wieder hin verschwunden? Der Kerl muss die Stifte praktisch fressen. Jeden Tag will er neue. Aber wenn du meine Meinung hören willst – der hat die alle in seiner Wohnung gebunkert.«

Unter ärgerlichem Gebrummel tauchte jetzt eine Frau aus den Tiefen einer Ecke auf, in der sie offenbar gestöbert hatte, und präsentierte sich in ihrer ganzen Pracht. Einen Kopf größer als Lucia und mindestens doppelt so breit, war sie eigentlich nicht zu übersehen. Ihr kurz geschnittener, grauer Haarschopf, die Habichtnase mit der dicken roten Brille und die mürrisch nach unten gezogenen Mundwinkel verliehen ihr ein unverwechselbares Aussehen.

»*Buongiorno*, Signora. Sie haben richtig geraten. Ich bin Lucia Leonardi.« Lucia streckte ihr schüchtern die Hand entgegen. Während Franca diese heftig schüttelte, fühlte sie sich offenbar genötigt, umgehend einen weiteren wichtigen Punkt klarzustellen.

»Vielleicht haben wir uns nicht richtig verstanden. Ich hab doch gesagt, dass du mich duzen sollst. Und jetzt komm, ich bring dich zu Dottore Lanza.«

Schweigend folgte Lucia der Riesin, unschlüssig, ob sie sich beschützt oder bedroht fühlen sollte. Auf ihrem Weg durch die Redaktion verlangsamte Franca kurz den Schritt und legte ein mit einem Gummiband zusammengehaltenes Bund Bleistifte auf den Schreibtisch eines hageren Mannes mit ungepflegtem Bart und Brillengläsern, so dick wie Flaschenböden. (Hier trugen fast alle eine Brille, wie Lucia auffiel.)

»Hier, Folli. Die müssen jetzt aber eine Zeit lang reichen. Ich kann dir nicht jede Woche neue bestellen.«

»Danke. Wer ist die Kleine?«, knurrte der Mann mit finsterer Miene und ohne Lucia eines Blickes zu würdigen.

Franca gab keine Antwort, sondern eilte weiter, während Lucia verlegen lächelnd murmelte: »Bis später dann.«

Keine Reaktion.

Sie verließen den Redaktionsraum und bogen in einen Korridor ein.

»Schreiben kann er ja, der Kerl!«, erklärte Franca. »Er ist für die Nachrufe zuständig, aber morgens kriegt er die Zähne nicht auseinander.« Sie gab ein unwilliges Schnauben von sich. »Und hier sind wir schon im Büro vom Chef«, sagte sie dann. Resolut riss sie die Tür auf und verkündete:

»Lanza, hier ist die Kleine, auf die Sie warten.«

»Danke, Franca«, sagte der Mann hinter dem Schreibtisch. Seine ruhige gelassene Stimme stand im krassen Gegensatz zu Francas dröhnendem Organ.

Als ihre imposante Gestalt aus dem Zimmer gerauscht war, erhob sich der Chefredakteur, trat auf Lucia zu und gab ihr die Hand.

»Ach ja«, meinte er seufzend. »Eine Seele von Mensch, aber dass diese Frau ein Mal anklopfen würde, bevor sie die Tür aufreißt – das scheint zu viel verlangt. In all den Jahren seit ich hier arbeite, ist es mir nicht gelungen, ihr das beizubringen.« Er lächelte. »Franca ist unsere Redaktionssekretärin. Auf den ersten Blick wirkt sie vielleicht ein wenig barsch, aber im Grunde ist sie wie eine *mamma* für uns. Wenn du irgendetwas brauchst, wende dich an sie. Kann sein, dass du dir zuerst einen dummen Spruch anhören musst, aber helfen wird sie dir mit Sicherheit.«

Lanza deutete auf die beiden Ledersessel, die vor seinem Schreibtisch standen. »Bitte, setz dich. Such dir einen aus. Du kannst dich auch auf meinen Sessel setzen, wenn du willst. Ich vertrete mir gern ein bisschen die Beine.«

»Nein, ich bitte Sie, doch nicht auf Ihren Platz. Das wäre ja verdächtig, wenn ich so schnell Karriere machen würde …«

Lanza schmunzelte. Die Kleine war nicht auf den Kopf gefallen. Nach einem Blick aus dem Fenster strich er sich über das Kinn, als trüge er einen Bart (was er nicht tat), und fasste sich kurz an die Nase (groß auch die seine, aber nicht ganz so gebogen wie die der Redaktionssekretärin), als wollte er sich überzeugen, dass diese noch an ihrem Platz war (was sie natürlich war).

»Ja, ja, da hast du recht. Die Ochsentour ist wichtig. Jeder muss klein anfangen. Ich habe meinen Weg gemacht, das kann man durchaus sagen, aber im Hinterkopf sind mir meine Lehrjahre noch bestens präsent. Das ist die Zeit, in der man sich ausprobiert und seine Überzeugungen formt. In diesen Jahren wächst Fleisch auf die Knochen, wie es so schön heißt.«

Lanza ging um den Schreibtisch herum und ließ sich schwer in seinen Sessel fallen. Offenbar hatte er bereits vergessen, was er vorher gesagt hatte. Umso besser, dachte Lucia. Im Stehen schüchterte die hochgewachsene Gestalt des Chefredakteurs sie doch ein wenig ein. Wenn er saß, fiel es ihr leichter, mit ihm zu reden.

Lanza lehnte sich zurück und betrachtete die junge Frau, die immer noch vor seinem Schreibtisch stand. Mit ihrer Körpergröße von fast einem Meter fünfundsiebzig, der schlanken Gestalt, den langen kastanienbraunen Haaren und den meerblauen Augen war sie durchaus eine auffallende Erscheinung.

Lanza seufzte erneut. »Hm … hm«, meinte er dann. »Deine Tante hat nicht gelogen. Es gibt offenbar tatsächlich noch junge Frauen, die nicht nur gut aussehen, sondern auch noch Talent haben!«

Eine leichte Röte überzog Lucias fein geschnittenes Gesicht. Ihre Tante Susanna, die seit vielen Jahren in Rom lebte, war eine alte Freundin von Lanza. Ihr hatte sie diese Chance zu verdanken. Eine Tante wie Susanna konnte man sich nur wünschen. Susanna kam ganz nach ihrer Mutter, der *nonna* Marta, und war das genaue Gegenteil von Lucias Vater. Sie und Großmutter Marta waren Lucias Verbündete. Als Susanna ihr damals die Möglichkeit eines Volontariats beim *Eco di Roma* in Aussicht gestellt hatte, war Lucia vor Freude fast in die Luft gesprungen. Leider war Susanna im Moment nicht in Rom, um sich um ihre Nichte zu kümmern. Wie gewöhnlich war sie auf Reisen, was für Lucia allerdings den nicht zu verachtenden Vorteil hatte, dass ihr die Wohnung der Tante – im Herzen Roms gelegen – allein zur Verfügung stand.

»Aber was diesen Punkt betrifft«, fuhr Lanza jetzt mit einer Vehemenz fort, die Lucia ziemlich unsanft aus ihren Gedanken riss, »will ich erst gar keine Missverständnisse aufkommen lassen. Du weißt, dass deine Tante und ich uns lange kennen und eng befreundet sind … Was habe ich schon gelacht mit ihr! Diese Frau hat wirklich Esprit. Ich musste erst so alt werden, wie ich jetzt bin, um zu begreifen, wie wichtig es im Leben ist, lachen zu können. Über sich selbst, über die Welt, über das menschliche Dasein. Das mag banal klingen, ist es aber nicht.« Er räusperte sich und wedelte mit der Hand über die Schreibtischplatte. »Schon gut, lassen wir das und kommen wir zu dir. Auf jeden Fall machst du das Volontariat hier nicht, weil ich mit deiner Tante befreundet bin. Das ist nicht meine Art. Im Gegenteil. Gerade weil ich ein Freund deiner Tante bin, habe ich lange überlegt. Es ist nicht gut, wenn man Geschäft und Gefühl nicht zu trennen weiß! Aber dann habe ich deinen Lebenslauf gesehen und mir angeschaut, was du in den vergangenen Jahren für die *Voce di Sicilia* geschrieben hast. Ich muss gestehen, ich war beeindruckt. Die Kleine ist noch sehr jung, habe ich mir gesagt, aber sie hat Potential. Sie scheint mir interessant zu sein. Warum soll ich ihr diese Chance nicht geben? Normalerweise trügt mich mein Instinkt nicht.«

Sein Blick verweilte einen Moment nachdenklich auf der jungen Frau. »Also, so sieht's aus. Drei Monate Volontariat bedeuten noch lange nicht den sicheren Einstieg in eine journalistische Karriere, aber wenn du mir beweisen kannst, was du wert bist, ist es durchaus möglich, dass früher oder später eine Stelle frei wird … Ich will nicht behaupten, dass der Weg, der vor dir liegt, leicht ist, ganz im Gegenteil, aber ich will dich auch nicht abschrecken. Doch mit Engagement und Können ist es zu schaffen. Alles klar?« Wieder strich er sich über seinen imaginären Bart.

Lucia, die während seiner kurzen Rede immer wieder einmal zustimmend genickt hatte, lächelte. »Ja. Danke. Ich bin froh, dass die Situation zwischen uns geklärt ist, und bin ganz Ihrer Meinung. Es freut mich, dass Ihnen meine Artikel gefallen haben. Und ich weiß, dass einem bei der Zeitung nichts geschenkt wird. Ich verspreche Ihnen, dass ich mein Bestes geben werde, um hier so viel wie möglich zu lernen.«

»Gut.« Lanza nickte und schaute ihr direkt in die Augen, bevor sein Blick zu der Wanduhr über ihrem Kopf wanderte.

»So. Nun will ich dich nicht länger aufhalten. Franca wird dir deinen Schreibtisch zeigen und dir alles geben, was du brauchst. Keine Angst, es wird keine halbe Stunde dauern, und du wirst schon so beschäftigt sein, dass du gar nicht mehr zum Nachdenken kommst.«

2

Flausen im Kopf

Die ersten Tage waren derart mit Arbeit vollgepackt, dass Lucia tatsächlich kaum zum Atemholen kam. Zudem war sie damit beschäftigt, ihre angeborene Schüchternheit zu überwinden und im Kreis der Kollegen mehr aus sich herauszugehen. Die waren zwar alle recht sympathisch und interessant, hatten aber auch ihre Eigenheiten.

Allen voran Romina, die als Sekretärin im Nachrichtenressort arbeitete und der sie in weniger als einer Woche nach und nach die wichtigsten Tipps und Tricks entlockt hatte, die nötig waren, um in der Redaktion zu überleben. Bereits am zweiten Tag hatte Romina sie gebeten, sie auf die Damentoilette zu begleiten, um ihr Make-up aufzufrischen (Lucia schminkte sich kaum, Romina dafür umso mehr). Und während die Kollegin unter Lucias interessierten Blicken ihre Kriegsbemalung erneuerte, war sie gleich mit dem wichtigsten aller Geheimnisse herausgerückt. Ihrem Tonfall nach zu schließen, war jedoch klar, dass inzwischen offenbar jeder darüber Bescheid wusste: Einem seltsamen akustischen Phänomen war es nämlich zu verdanken, dass man von einer der drei Toilettenkabinen aus die Gespräche derjenigen belauschen konnte, die rauchend oder telefonierend draußen auf der kleinen Terrasse standen. Im Lauf der Zeit waren so einige Informationen von allerhöchster Bedeutung durchgesickert.

»Nur um ein Beispiel zu nennen: Sergio, der Grafiker, du weißt schon, der Typ, der aussieht wie Bruce Willis, ich zeig ihn dir nachher, wenn du nicht weißt, wen ich meine, also, Sergio hat was mit Giovanna Loria am Laufen. Ja, genau, die Kochrezept-Tante, die im Übrigen verheiratet ist und zwei Kinder hat. Gut, gut, so was soll vorkommen«, plapperte Romina, während die Grundierung sich auf ihrem Gesicht verfestigte. »Als Roberta vom Sportteil mir das erzählt hat, also, da konnte ich es zuerst gar nicht glauben, aber dann hab ich die beiden selbst erlebt, als ich abends noch länger in der Redaktion war. Sie dachten, sie wären die Einzigen, die noch da sind. Na ja. Aber irgendwie tröstet mich das mit den beiden. Offenbar kann man auch noch jenseits eines gewissen Alters seinen Spaß haben, oder? Ah, aber die zwei sind beileibe nicht die Einzigen hier, meine Liebe! Hast du 'ne Ahnung! Hier laufen Sachen, die du dir gar nicht vorstellen kannst.«

Romina zwinkerte Lucia unter ihrem roten Pony hervor zu, zupfte am Saum ihres kurzen Rocks und betrachtete sich eingehend im Spiegel, bevor sie ihren Monolog fortsetzte.

»Chiara, zum Beispiel. Du weißt doch, die, die in der Beilage über Design und so schreibt. Wieso, glaubst du wohl, hat sie so schnell eine Festanstellung bekommen, während wir anderen uns von Volontariatsstellen über Praktika, Projektarbeiten und was es sonst noch alles an befristeten Arbeitsverträgen gibt, durchschlagen mussten?« Lucia war sich nicht sicher, ob sie wirklich Einzelheiten wissen wollte. Deshalb war sie erleichtert, als Romina endlich Anstalten machte, mit fertig bemaltem Gesicht und geglättetem Pony an ihren Arbeitsplatz zurückzukehren.

Aber auch ohne Rominas Klatschgeschichten und den bärbeißigen, aber umso wertvolleren Tipps, die sie von Franca bekam, waren Lucias erste Tage bei der Zeitung angefüllt mit Neuem und Unbekanntem: Es gab tausend neue Dinge zu lernen und zahllose Hände zu schütteln, und sie musste sich unzählige neue Namen und Gesichter merken. Ein ganzes Universum tat sich vor ihr auf, das ihr in Kürze hoffentlich ebenso vertraut sein würde, wie es der altmodische und verstaubte Redaktionsraum der *Voce di Sicilia* in Palermo gewesen war, wo sie als feste Freie mehrmals in der Woche ihre Artikel fertiggestellt hatte.

Eigentlich hatte Lucia in der Zeitungsredaktion in Rom seriöse, um nicht zu sagen, »erwachsene« Mitarbeiter erwartet, stattdessen fühlte sie sich in ihre Schulzeit zurückversetzt. Der einzige Unterschied zum Gymnasium war der, dass hier tatsächlich gearbeitet wurde und dass auch die seltsamsten Vögel (und davon gab es mehr als genug!) letzten Endes bis zur Erschöpfung schufteten, weil sie genau wussten, dass die Konkurrenz keine Gnade kannte.

Ein prominenter Vertreter dieser seltsamen Vögel war Samuele Rossi, der König des Wissenschaftsjournalismus, mit seiner obskuren Theorie des »Messias Reloaded«. Schon rein äußerlich fiel er aus dem Rahmen: flackernder Blick, zwischen Erschrecken und Erregung schwankend, vergrößert durch dicke Brillengläser, ein kahler Hinterkopf, über den wirre, schwarze Haarsträhnen verteilt waren. Sein hagerer, knochiger Körper war permanent in Bewegung, und mit seinem leichten Buckel und dem vorgereckten Hals war er alles andere als ein schöner Mann. In seiner Freizeit beschäftigte Rossi sich am liebsten mit Verschwörungstheorien aller Art. Die Phase *Prophezeiung der Maya samt drohendem Weltuntergang* hatte er bereits durchlaufen, ebenso *Fox Mulder und die Akte X*. Momentan beschäftigte ihn das

Thema *Ufo über dem Pentagon: Lüge oder Wahrheit.* Jeder Zufall, ob numerisch oder zeitlich, war Teil einer großen Verschwörung, und für jedes Gegenargument hatte er eine ausgeklügelte Theorie parat. Wie er unter diesen Voraussetzungen glaubhaft und seriös über neueste Erkenntnisse in der Wissenschaft berichten konnte, war allen schleierhaft.

Nachdem ihre Kollegen sie in den ersten Tagen immer wieder bedrängt hatten, hatte Lucia schließlich nachgegeben und ihn nach seiner berühmt-berüchtigten Theorie des *Wiedergeborenen Messias* gefragt. Rossi senkte den Kopf, runzelte die Stirn und schaute sie über den Rand seiner Brille hinweg misstrauisch an.

»Woher weißt du davon? Hast du irgendwo etwas darüber gelesen?«, flüsterte er, ehe er bemerkte, dass die anderen sie gebannt beobachteten. »Ah … klar. Die lieben Kollegen. Ja, lacht ihr nur, ihr werdet schon sehen!«

Lucia, die nicht wollte, dass er glaubte, sie würde sich über ihn lustig machen, sah ihn beschwichtigend an.

»Ja, die anderen haben mir davon erzählt, Samuele, aber keine Angst, ich will dich nicht um deinen Knüller bringen. Ich bin nur neugierig und würde gern alles über deine Theorie erfahren …«

Samuele packte sie am Arm und zog sie mit sich fort. »Nicht hier, nicht vor den anderen«, zischte er. »Gehen wir einen Kaffee trinken.«

Angeregt vom Koffein verstärkte sich Samueles Bewegungsdrang, und mehr als üblich begleitete er seine Worte mit wirren Gesten.

»Es gibt so etwas wie einen universellen Masterplan, musst du wissen. Ich bin gerade dabei, das alles schriftlich zusammenzufassen. Nur dauert das noch eine Weile. Aber erst mal so viel: Alles um uns herum ist nur Fiktion, und in Wahrheit ist die Geschichte der Welt seit langem vorherbestimmt. Und Zeichen dieser Vorherbestimmung finden wir in dem, was wir Zufall nennen. Manchmal sind darin sogar handfeste Hinweise verborgen. Man muss die Zeichen nur lesen können. So bin ich zum Beispiel überzeugt, dass in den nächsten Jahren ein neuer Messias erscheinen wird. Und ich weiß auch bereits, wo.«

Lucia schwirrte der Kopf. Einige ihrer Kollegen schlenderten auffallend oft zum Kaffeeautomaten und konnten sich kaum halten vor Lachen.

»Wo denn?«, fragte sie höflich.

»In Mailand. 2017. Aber mehr kann ich dir jetzt noch nicht verraten. Andere Zufälle sind nichts als Ablenkungsmanöver, mit denen sich die grauen Eminenzen die Zeit vertreiben, um Verwirrung zu stiften oder sich über uns lustig zu machen.«

»Aha. Das klingt … äh … interessant.«

Samuele monologisierte weiter. Die Wörter sprudelten aus ihm heraus wie aus einem römischen Brunnen, und Lucia, unfähig, in diesem unaufhörlichen Redestrom auch nur irgendeinen Sinn zu erkennen, nickte ergeben und wartete verzweifelt darauf, dass er endlich Luft holte und sie sich abseilen konnte. Als Samuele schließlich abrupt verstummte, weil er sich an seinem Kaffee verschluckt hatte und fast erstickt wäre, gelang es Lucia unter dem Vorwand, sie müsse dringend ein wichtiges Telefongespräch führen, hinaus auf die kleine Terrasse zu flüchten – dem Refugium der Raucher –, wo sie erst einmal tief Luft holte.

Draußen stand wie üblich der undurchsichtige Giovanni Folli (Todesanzeigen und Nachrufe). Er paffte mit düsterer Miene und sah so aus, als wohne er seinem eigenen Begräbnis bei. Keiner konnte eine Zigarette langsamer rauchen als Folli – mit abwesendem Blick und ohne ein Wort für seine Kollegen übrig zu haben.

Im Handumdrehen war Lucia von den drei Grazien umringt: Romina, Roberta und Rebecca aus der Anzeigenabteilung. Die Damen kicherten und wollten unisono von ihr wissen, wie es denn gelaufen sei.

»Das werdet ihr mir büßen!«

»Ach komm! Haben dir Gollums Theorien nicht eine völlig neue Welt eröffnet?«, meinte Giulio Crespi, Politik, berühmt-berüchtigt für seinen mangelnden Widerstand alkoholischen Getränken gegenüber und für seine Leidenschaft für Comic-Hefte.

»*Gollum?* Oh, ihr seid *wirklich* gemein!«

»Sieht er nicht aus wie Gollum? Also, wenn ihr mich fragt – er ist es!« Die anderen lachten ausgelassen.

Lucia beschlich plötzlich eine Ahnung. »Und wenn er uns von der Toilette aus belauscht? Der Ärmste!«

»Nein, nein«, beschwichtigte Giulio sie. »Das Ohr des Dionysos gibt es nur bei den Damen. Und außerdem weiß man gar nicht, ob es in beide Richtungen funktioniert.«

Romina versetzte ihm einen scherzhaften Stoß in die Rippen. »Woher kennst du dich auf der Damentoilette eigentlich so gut aus?«

»Ich halte mich eben auf dem Laufenden. Außerdem bin ich Journalist. Es ist mein Job, alles zu wissen.«

»Jetzt reißt euch mal zusammen, Leute«, meinte Roberta. »Lucia glaubt sonst noch, dass wir alle so durchgeknallt sind!«

»Ach, man gewöhnt sich an alles …«, erwiderte Lucia und bekam gerade noch mit, dass sich Giovanni Folli wie üblich leise davonschlich.

Was die Kultur betraf, so waren sie zu zweit beim *Eco di Roma*: Lucia und derjenige, der am Schreibtisch gegenüber saß, der momentan jedoch leer war. Seit zwei Wochen war Lucia nun schon im Haus und hatte den berühmten »Amerikaner«, wie er von allen nur genannt wurde, noch kein einziges Mal zu Gesicht bekommen. Auch sonst hatte sie nicht viel über diesen Mann in Erfahrung bringen können. Sie wusste lediglich, dass er sich allem Anschein nach einen ziemlich langen Urlaub genommen hatte. Nachdem sie ein letztes Mal im neuesten Roman von Alberto Fanelli geblättert hatte, an dessen Präsentation in einem Hotel im Zentrum der Stadt sie heute Abend teilnehmen würde, fiel ihr Blick erneut auf den Schreibtisch gegenüber. Der darauf liegende Cowboyhut warf Fragen auf, die einer dringenden Antwort bedurften. Und so wandte sie sich an Romina. Eine zuverlässigere Quelle als sie gab es nicht.

»Er heißt Clark Kent! Nein, ich mache keine Witze. Schon gut, mir ist klar, nur in unserer Redaktion kann es jemanden geben, der so heißt. Und ein bisschen sieht er auch aus wie Superman. Du weißt schon – schmale Hüften, breite Schultern, markantes Kinn, seriöses Auftreten. Aber seine Augen! So was von herzensgut. Er ist wirklich ein netter Kerl. Natürlich, Amerikaner bleibt Amerikaner. Was der an *panini* mit Erdnussbutter verdrücken kann! Da wundert es mich wirklich, dass er noch keinen Diabetes hat oder wenigstens einen zu hohen Cholesterinspiegel, aber …«, sie verdrehte seufzend die Augen, »… er ist so was von süß!« Wann immer es um Männer ging, strich Romina automatisch ihren Pony zur Seite und verfiel in breiten römischen Dialekt. »Aber er ist ja leider nie da!« Wieder ein Seufzer. »Aber morgen kommt er, wie es aussieht, morgen oder spätestens übermorgen.«

Lucia hatte ihre Zweifel. Clark Kent? In diesem Büro kursierten so viele Schauergeschichten, dass sie inzwischen nichts mehr für bare Münze nahm.

Die vorherrschenden Farben von Tante Susannas Wohnung waren Rot und Gelb. Wie in einem Film von Pedro Almodovar, dachte Lucia, als sie bei weit geöffnetem Fenster auf dem Bett lag und die Eindrücke des vergangenen Tages Revue passieren ließ. Sie war nicht im Geringsten müde und atmete begierig die kühle Nachtluft ein. Wieder hatte sie einen Arbeitstag voller Hektik hinter sich. Die Stunden waren wie im Flug vergangen, und sie schien tausend Dinge gleichzeitig erledigt zu haben. In den ersten Tagen war sie sehr angespannt gewesen, aus Angst, all den Anforderungen nicht gewachsen zu sein (und nicht zuletzt, weil sie keinen Menschen in Rom kannte). Doch inzwischen war alles anders. Jeden Morgen ging sie aufgeregt und voller Vorfreude in die Redaktion.

Sie sah aus dem Fenster. Am Himmel hing ein gelber Vollmond, und die Nacht schien Wunder zu verheißen. Lucia griff nach ihrem Tagebuch, das neuerdings ihr ständiger Begleiter war.

Liebes Tagebuch,

heute ist irgendwie ein Ruck durch mich gegangen. Etwas in mir hat sich verändert. Heute fühle ich mich zum ersten Mal rundum zuversichtlich, und ich bin froh, trotz aller Zweifel, Ängste und Unsicherheiten der ersten Zeit durchgehalten zu haben. Nach zwei Wochen Einarbeitung, in denen ich nur Entwürfe und Kurznachrichten verfassen durfte, habe ich heute meine erste Rezension geschrieben. Bei der Buchpräsentation kam ich mir dann auch wie eine richtige Journalistin vor. Während der Lesung musste ich immer wieder an meinen Vater denken, an meine Mutter und an Rosario. Vielleicht würden sie mich besser verstehen, wenn sie mich so hätten sehen können. Aber wenn ich es mir recht überlege, dann gibt es eigentlich nur einen Menschen, den ich wirklich gern dabeigehabt hätte: Großmutter natürlich. Wundert dich das?

In meinem eleganten grauen Kostüm bin ich also heute Abend ins Hotel Hassler an der Piazza Trinita dei Monti gestiefelt. Der Saal war gesteckt voll, es schien keinen freien Platz mehr zu geben, aber in der ersten Reihe war ein Stuhl für mich reserviert. Erst habe ich mit dem Lektor gesprochen, dann mit dem Pressefritzen, und schließlich, als die Lesung zu Ende war, habe ich mich noch einige Minuten mit Fanelli unterhalten. Mit Alberto Fanelli persönlich! Ist das zu fassen? Er, dessen Bücher ich immer in dem Buch- und Schreibwarengeschäft in Siculiana bestellt und ewig darauf gewartet habe. Jeden Tag, wenn ich mit der mamma *vom Obsthändler kam, habe ich bei Großvater Toni vorbeigeschaut. Der hat aber jedes Mal nur den Kopf geschüttelt. Und dann war das Buch irgendwann doch da! Wie ungeduldig habe ich auf alle diese Bücher gewartet. Nicht nur auf die von Fanelli. Diese Aufregung, jetzt vor ihm zu stehen, mit ihm zu reden und sein Buch in einem Artikel zu rezensieren, der morgen hunderttausendfach in allen Zeitungskiosken liegen wird. Und das Schöne daran war, dass ich mich rundum wohl in meiner Haut gefühlt habe. Vielleicht klingt es merkwürdig (ich bin bisher ja wirklich nicht gerade viel in der Welt herumgekommen), aber als ich so dastand und meine Arbeit machte, kam ich mir vor wie ein alter Hase. Und eine kleine Stimme hat mir plötzlich ins Ohr geflüstert: Nur zu, weiter so! Ich habe es genau gehört, auch wenn es verrückt klingt!*

Jedenfalls weiß ich jetzt eines: Das hier ist genau das, was ich immer wollte, und ich bin so glücklich, dass ich Purzelbäume schlagen könnte. Wahrscheinlich bin ich besoffen vom Adrenalin und werde niemals mehr im Leben ein Auge zutun. Also, man kann mir wirklich nicht vorwerfen, dass ich verwöhnt bin. Mir genügt so wenig, um glücklich zu sein!

Und das Beste habe ich noch gar nicht erzählt: Lanza hat nicht ein Komma von meinem Artikel gestrichen, sondern mir einen Zettel geschrieben, den ich mir einrahmen werde: »Sehr gut, Lucia. Wer so gut anfängt, ist auf dem besten Weg zum Erfolg!«

Lucia hatte dies alles so hastig hingekritzelt, dass sich die alte Sehnenscheidenentzündung wieder bemerkbar machte. Und sie hätte trotzdem weitergeschrieben, wäre sie nicht von dem Vibrieren ihres Handys auf der kleinen Kommode gestört worden.

Im Display leuchtete Rosarios Name auf. Schlagartig kehrte Ernüchterung bei Lucia ein.

»Schatz! Was ist los mit dir? Ich habe dich heute mehrmals zu erreichen versucht, aber du hast nie zurückgerufen.«

Ein unverhohlener Vorwurf lag in seiner Stimme.

»Entschuldige, aber ich war heute den ganzen Tag mit Arbeit völlig eingedeckt.«

»Sicher, mag sein, aber die fünf Minuten, um mich anzurufen, die hätten doch drin sein müssen«, entgegnete er gereizt.

»Ich habe mich doch schon entschuldigt. Hier ist alles so weit in Ordnung, aber es herrscht immer große Hektik in der Redaktion, und ich muss meinen Rhythmus erst noch finden.« Sie beschloss, das Thema zu wechseln. »Wie ist es denn bei euch?«

»Alles im grünen Bereich so weit. Heute haben sich meine Eltern mit den Stadträten endlich auf ein Datum für das Essen mit dem Gouverneur geeinigt. Auf den fünfundzwanzigsten Juli. Das ist ganz gut so, denn danach fahren sie in Urlaub, und dann werden wir sehen. Wir hoffen allerdings schon, dass wir eine verbindliche Zusage für das Hotelprojekt bekommen.« Er erzählte weiter und Lucias Gedanken schweiften ab, bis sie ihn schließlich fragen hörte: »Lucia? Hörst du mir eigentlich zu?«

»Ja … Ja, natürlich … also das … das freut mich für dich.«

»Nun mal langsam, es ist noch nichts beschlossen. Mein Vater ist allerdings der Ansicht, dass du bei dem Termin dabei sein solltest.«

»Wieso denn das? Ist das nicht ein Geschäftsessen?«

»Schon, aber mit Anhang. Du weißt doch, wie so was läuft. Mein Vater sagt, dass es keinen guten Eindruck macht, wenn du nicht dabei bist.«

»Ach, Rosario, das Thema haben wir doch schon x-mal durchgekaut. Mein Volontariat in Rom dauert drei Monate, und solange werde ich auch bleiben. Du weißt, wie viel mir daran liegt.«

»Ja, das weiß ich. Aber mein Vater ist der Ansicht …«

»Rosario! Hörst *du* mir eigentlich zu? Du hast schon gesagt, was dein Vater denkt. Und im Übrigen ist das genau dasselbe, was mein Vater denkt, und vielleicht auch das, was meine Mutter denkt. Aber bei ihr weiß man nie so genau, was sie wirklich denkt, wahrscheinlich das, was mein Vater für richtig hält, dass sie denken soll …«

»Schatz, jetzt sei nicht so … Du kennst doch unsere Situation. Wir stehen im Rampenlicht der Öffentlichkeit, das ist ein offizieller Anlass, und die Leute munkeln …«

»Die Leute munkeln? Was munkeln sie denn? Das würde mich wirklich interessieren!«

»Du bist vielleicht gereizt! Vielleicht tut es dir nicht gut, in Rom zu sein. Bei allem Respekt, aber du scheinst mir das, was wirklich wichtig ist, etwas aus dem Auge zu verlieren.«

»Da mach dir mal keine Sorgen. Ich weiß durchaus, was wichtig ist für mich! Und du solltest dich vielleicht mal mehr für das interessieren, was ich denke, als für das, was dein Vater denkt oder deine Mutter, der Stadtrat, mein Vater, mein Onkel, mein Cousin, dein Bruder oder, oder …«

»Ich bitte dich, Lucia. Jetzt übertreibst du aber. Ich habe dich nur informiert, entscheiden musst du natürlich selbst«, erwiderte er, aber sein Tonfall verhieß nichts Gutes.

Nicht nur Rosarios Tonfall, auch der Inhalt ihres Telefonats schnürten Lucia die Kehle zu. Mit einem Mal hatte sie nur noch einen Wunsch – dieses Gespräch so rasch wie möglich zu beenden.

»Alles klar, Rosario, wir haben uns verstanden. Das heißt, nein, wir haben uns nicht verstanden, aber das spielt jetzt auch keine Rolle mehr. Wir hören uns morgen wieder, weil ich jetzt ins Bett will. Gute Nacht.«

Spannungsgeladenes Schweigen auf der anderen Seite.

»Ach komm, ich diskutiere so etwas ungern am Telefon.«

»Uns wird wohl nichts anderes übrig bleiben. Schließlich warst du es, die sich diese Flausen in den Kopf gesetzt hat, für drei Monate nach Rom zu gehen.«

»Wir sollten besser darüber schlafen, bevor wir die Sache mit jedem Wort nur noch schlimmer machen.«

Rosario ließ sich Zeit, ehe er antwortete.

»Nun, dann sind wir uns wenigstens darüber einig. *Ciao*, Lucia.«

Lucia, die begonnen hatte, nervös im Zimmer auf und ab zu laufen, schleuderte das Telefon aufs Bett und verfluchte innerlich ihren Verlobten, dessen Vater und die kleinkarierte, provinzielle Welt Sicilianas (nur ihre Großmutter kam ungeschoren davon).

Der Zauber des Augenblicks, der eben noch in der Luft gelegen hatte, war verflogen.

3

Ein Amerikaner in Rom

Am nächsten Tag stand Lucia früh auf und unternahm einen langen Spaziergang durch die Stadt, die ihr von Tag zu Tag weniger bedrohlich erschien. Allmählich war sie in der Lage, die Schönheit Roms wahrzunehmen und auch genießen zu können. Straßen und Häuser schienen ihr freundlich zuzulächeln, sodass der Missklang des gestrigen Telefonats umso mehr ins Gewicht fiel.

Vor allem eine Sache ärgerte Lucia sehr. Seit ihrer Abreise hatte Rosario sich nicht ein einziges Mal nach ihrer Arbeit erkundigt, nicht ein Mal hatte er gefragt, welche neuen Erfahrungen sie bisher gemacht hatte, nicht ein Mal wissen wollen, wie sie in Rom zurechtkam. Am Ende ihres Gesprächs war ihr dann auch klar gewesen, warum: Er nahm es sowieso nicht ernst. Deine *Flausen,* hatte er gesagt. Das war bestimmt auf dem Mist seines Vaters gewachsen, und wahrscheinlich teilten die ganze Familie und alle Verwandten und Freunde diese Ansicht und zerrissen sich das Maul. Sollten sie doch!

Lucia beschloss, sich ihre gute Laune nicht verderben lassen. Sie lenkte ihre Schritte in Richtung Verlagshaus, doch als sie vor dem Eingangsportal ankam, überlegte sie es sich anders und schlenderte zu einer kleinen Bar, die auf der gegenüberliegenden Straßenseite lag. Sie würde hier erst einmal einen Kaffee trinken. Wenige Augenblicke später saß sie an einem kleinen Tisch in der Sonne, vor sich eine Espressotasse, ein Glas Wasser und das Allerwichtigste eine druckfrische Ausgabe des *Eco di Roma.*

Verlegen sah Lucia sich um, als könnte ihr jeder am Gesicht ablesen, wie aufgeregt sie war. Dabei kreuzte sich ihr Blick mit dem eines Mannes, der am Eingang der Espresso-Bar stand und geradewegs einem Western-Comic entstiegen zu sein schien: kariertes Hemd, die Ärmel bis zu den Ellbogen hochgekrempelt, ein Paar uralte Levis-Jeans und Lederstiefel, die den Neid eines jeden texanischen Viehtreibers hervorgerufen hätten. Lucia hatte keine Ahnung, in welcher Richtung Cinecittà lag, aber vielleicht war der Mann ein Komparse und hatte sich verlaufen. Wie ein Fotomodell sah er zwar nicht aus, aber Schauspieler hätte er allemal sein können: markantes Kinn, Boxernase und zwei große blaue Augen, die neugierig durch ein schwarzes Brillengestell spähten. Ein interessanter Mann. Zweifellos.

Eine Sekunde erwiderte er ihren Blick, bevor er sich umdrehte und mit einem, wie Lucia schien, ausländischen Akzent einen Cappuccino bestellte. Noch dazu einen *cappuccino chiaro*. Eine dieser neumodischen Varianten, nur erfunden, um den armen Barista zu quälen. Was sie betraf, so bestand ihr Frühstück von April bis Oktober tagaus, tagein aus einem einfachen Espresso, einer Mandelgranita und einer Brioche.

Widerwillig löste Lucia den Blick von dem Westernhelden, der ihr gerade den (stattlichen) Rücken zukehrte, um seinen Kaffee in Empfang zu nehmen, während sie sich mit einer Mischung aus Neugier und Angst erneut ihrer Zeitung zuwandte. Einerseits war sie überglücklich über ihre Buchbesprechung, die in einer in ganz Italien erscheinenden Zeitung abgedruckt wurde und die die Anerkennung ihres Chefs gefunden hatte, andererseits machte es sie fast verlegen, dass die ganze Welt schwarz auf weiß lesen konnte, was sie geschrieben hatte. Ein wenig war das so, als könnten ihr die Leute direkt in die Seele schauen. Ein kleiner Teil ihrer Verlegenheit mochte vielleicht auch der Tatsache geschuldet sein, dass der Westernheld sich inzwischen wieder umgedreht hatte und sich, während er seine Tasse an die

Lippen führte, so postierte, dass er sie besser beobachten konnte. Hin und wieder riskierte Lucia einen Blick in seine Richtung. Als er zahlte und beim Hinausgehen ein letztes Mal zu ihr herüberschaute (zumindest kam es ihr so vor), klingelte ihr Telefon. Ihre Großmutter Marta. Endlich! Unnötig, zu erwähnen, dass sie sich seit Lucias Abreise jeden Morgen an ihrem Zeitungskiosk eine Ausgabe des *Eco* hatte beiseitelegen lassen, die sie von der ersten bis zur letzten Seite nach dem Namen ihrer Enkelin durchforstete. Und an diesem Morgen hatte sie ihn gefunden, in voller Länge und gleich auf der Aufmacherseite des Feuilletons. Die Begeisterung der Großmutter, die völlig aus dem Häuschen war und ihre Enkeltochter mit Komplimenten nur so überhäufte, überlagerte das Gefühl der Sinnlosigkeit und der Angst, auf dem Holzweg zu sein, das Lucia am Abend zuvor während ihres Gesprächs mit Rosario empfunden hatte und das sie auch jetzt noch unterschwellig beschäftigte.

Doch Lucia stand an diesem Morgen noch eine weitere Überraschung bevor. Kaum saß sie an ihrem Platz in der Redaktion, sah sie sich mit dem Westernhelden aus der Bar konfrontiert, der den Schreibtisch gegenüber okkupierte.

Wieso war sie da nicht früher draufgekommen? Sie wurde rot, und bevor sie ihre Gedanken noch sortieren konnte, bemerkte sie, dass der Cowboy aufgestanden war und mit ausgestreckter Hand auf sie zukam.

»Die Welt ist ein Dorf, was? Oder wie ein Freund von mir immer sagt: *It's a small world!*«, verkündete er mit einer lustigen Mischung aus römischem Dialekt und amerikanischem Akzent. »Freut mich. Ich bin übrigens Clark Kent.« Er grinste, und seine blauen Augen flackerten belustigt hinter den Brillengläsern. »Ja, ich weiß. Aber so heiße ich nun mal. Wenn du also irgendwelche witzigen Bemerkungen machen möchtest, nur zu! Dann haben wir das schon mal hinter uns und können anschließend normal miteinander reden. Du hast doch nichts dagegen, wenn ich dich duze? Das machen hier alle. Okay?«

»Lucia Leonardi. Freut mich ebenfalls. Nein, ich habe nichts dagegen, und ich habe schon viel von dir gehört … Clark.«

»Nur Schlechtes, wie ich meine Kollegen kenne«, erwiderte er anzüglich grinsend. Lucia war sein Blick nicht entgangen, mit dem er ihre Beine bedacht hatte, als sie aufgestanden war. Morgen würde sie Hosen anziehen. »In dieser Schlangengrube hier kann man nämlich nur überleben, wenn man entweder eine Natter oder eine Viper ist, wie man so schön sagt.« Er zog die Augenbrauen hoch.

»Den Spruch kannte ich noch gar nicht«, meinte Lucia amüsiert.

»Altes italienisches Sprichwort.« Er lachte. »Nein, Quatsch, den habe ich gerade erst erfunden. Ich liebe diese italienischen Volksweisheiten und gestalte sie für mein Leben gern um. Ich sammle Redensarten. Mein Hobby. Ursprünglich komme ich aus Montana, aber Italien ist so was wie meine zweite Heimat. Zum ersten

Mal war ich als kleiner Junge in den Ferien hier, und dann bin ich zum Studieren wiedergekommen. Meine Familie lebt noch drüben in den Staaten. Ich bin jetzt schon so viele Jahre in diesem Land, dass ich den Überblick verloren habe. Und woher kommst du?«

»Aus Siculiana auf Sizilien. Das ist ein kleines Dorf am Meer. Mit Volksweisheiten sind wir dort auch reich gesegnet.«

»Apropos … ich habe deinen Artikel gelesen. Lanza hat mir verraten, dass das dein erster ist. Tja, bravo. Wenn du Hilfe brauchst, kannst du dich jederzeit an mich wenden. Schließlich sitzen wir im selben Boot. Und solange der Kahn nicht absäuft …«

Okay, wir haben verstanden, dass Mister Montana sich mit italienischen Redensarten bestens auskennt, dachte Lucia und verdrehte innerlich die Augen.

»Und du meinst, ich kann wirklich mit allem zu dir kommen? Mit jedem Problem?«, fragte sie keck und in Gedanken an das tägliche Chaos im Büro, das ihm offenbar nichts anzuhaben schien. Aber sie biss sich gleich wieder auf die Zunge. *Mit jedem Problem?* Was dachte sie sich nur dabei, einem Fremden eine so zweideutige Frage zu stellen? Sicher, er sah gut aus, aber bereits in der Bar war er ihr mit seiner amerikanischen Großspurigkeit und dem anzüglichen Grinsen etwas auf die Nerven gegangen.

»Ja, klar doch. Aber natürlich nur innerhalb gewisser Grenzen, die noch zu definieren wären«, fügte er zwinkernd hinzu, was sie noch mehr irritierte.

Clark kehrte wieder an seinen Schreibtisch zurück, setzte sich den Cowboyhut auf, der dort lag, zog ihn sich tief in die Stirn, sodass seine Augen verdeckt waren, und beugte sich über den Computer. Einen Moment später tauchte er wieder auf: »Nimm mir das bitte nicht übel. Ich will nicht unhöflich sein, aber ich brauche den Hut, um mich zu konzentrieren. Er ist sozusagen mein privates Büro.«

Ja, der Kerl war ihr definitiv unsympathisch. Er gehörte offenbar zu den Menschen, die sich selbst genügten und niemand anderen brauchten, die mit allem allein klarkamen und genau wussten, wie interessant und weltgewandt sie wirkten. Noch dazu war er Amerikaner, weitgereist, ein bisschen geheimnisvoll und leider … schrecklich attraktiv.

Mit anderen Worten: ein faszinierender Mann.

Der lässige Umgangston der Kollegen, eine ausgedehnte gemeinsame Mittagspause und nicht zuletzt das Gefühl, immer mehr in ihre Rolle als Journalistin hineinzuwachsen, sorgten dafür, dass auch dieser Tag wie im Flug verging.

Lucia war selbst überrascht, wie sehr die Arbeit ihr dabei half, ihre Schüchternheit zu überwinden, die ihr sonst immer ein wenig im Weg stand. So führte sie an diesem Nachmittag ein telefonisches Interview und tippte anschließend sofort den Artikel in den Computer, als hätte sie nie im Leben etwas anderes gemacht. Erst als sie kurz aufsah, bemerkte sie, dass außer ihr niemand mehr im Büro saß. So sehr war sie in ihre Tätigkeit vertieft gewesen. Sie erinnerte sich daran, ein paar Mal *»Ciao«* gesagt zu haben, aber vollkommen automatisch und ohne zu wissen, von wem sie sich da eigentlich verabschiedete.

Es war höchste Zeit, dass sie nach Hause fuhr, in ihre kunterbunte Wohnung, in der sie sich zwar wohl fühlte, aber auch ein wenig allein, was wiederum auf ihre Stimmung drückte.

Und zum Kochen hatte sie überhaupt keine Lust, aber mit knurrendem Magen ins Bett gehen, das wollte sie auch wieder nicht: So viel Trübsinn musste dann doch nicht sein.

Zum Glück lag nur wenige Schritte vom Verlagsgebäude entfernt ein hervorragendes chinesisches Restaurant, das *Chin Chin.* Die Einrichtung war zweckmäßig, die Preise moderat, und insgesamt herrschte dort eine anheimelnde, fast familiäre Atmosphäre. Einziger Wermutstropfen war die durchdringende Stimme der Besitzerin, die mit ihrem schrillen Falsett gerne das Trommelfell ihrer Gäste strapazierte. Nachdem ihr die Kollegen das Restaurant aber wärmstens empfohlen hatten, beschloss Lucia, etwas zum Mitnehmen zu bestellen und sich einen ruhigen Abend vor dem Fernseher zu machen. Im Lokal herrschte gedämpftes Licht, und einen Moment lang war nur das leise Klappern von Besteck an einem der Tische ganz hinten im Raum zu hören, dann platzte das schrille Organ der Signora Nyao in die Stille:

»Willkommen, Signolina! Kommen Sie, kommen Sie. Nehmen Sie Platz. Sind Sie allein?«

Lucia zögerte einen Moment. Man konnte nur hoffen, dass die Küche ausgewogener und harmonischer war als die Stimme der Besitzerin des Chinarestaurants.

»Danke«, antwortete sie, »aber ich würde gern etwas zum Mitnehmen bestellen.«

Aus dem Nebenraum trat ein Mann im karierten Hemd. Lucia spürte, wie ihr aus unerfindlichen Gründen das Blut in die Wangen schoss, aber als ihre Blicke sich trafen, konnte sie sich ein Lächeln nicht verkneifen.

»Diese Stimme kam mir doch gleich bekannt vor! Aah, ich wusste es doch …«

»Werde ich etwa verfolgt?«, fragte Lucia ungehalten, ohne das dümmliche Grinsen auf ihrem Gesicht abstellen zu können.

»Nein, im Gegenteil – ich *antizipiere* quasi jeden deiner Schritte. Das ist etwas völlig anderes und viel schwieriger.«

»Klingt ja sehr kompliziert.«

»Ich habe auch lange geübt!«

Lucia hielt den Kopf schief, schaute Clark Kent so kritisch an, als hätte sie ein ungehöriges Kind vor sich, und deutete mit der Hand einen Klaps an.

Lachend wich er zurück. »Okay, ich sehe schon. Du weißt die italo-amerikanische Variante des englischen Humors nicht zu schätzen. Ihr Sizilianer … ich habe schon gehört, dass ihr ein sehr ernsthafter Menschenschlag seid!«

»Sehr witzig.« Sie runzelte die Stirn.

»Was kann ich tun, damit du wieder lächelst«, sagte er mit unwiderstehlich zerknirschter Miene.

»Es reicht, wenn du mir die Spezialität des Hauses verrätst.«

»Dafür ist die Signora Nyao zuständig … ich würde mir das nie erlauben. Außerdem ist hier alles empfehlenswert … angefangen bei der schönen Dame des Hauses!«, antwortete er.

Die Dame des Hauses brach in ein schrilles Gelächter aus, das die Fensterscheiben erbeben ließ.

»Signol Kent, immel Sie machen Witze!«

»Das ist mein voller Ernst, ich schwöre es … Sie wissen doch, dass ich eine Schwäche für asiatische Schönheiten habe!«

Wieder lachte die Besitzerin und deutete auf Lucia.

»Signol Kent, Sie müssen machen Hof diesel schönen jungen Signolina hiel, nicht altel Chinesin wie mil.«

»Keine schlechte Idee, aber ich fürchte, die Signorina ist schon vergeben … Das ist doch immer so bei schönen, sympathischen, intelligenten Frauen: Immer gibt es jemanden, der einem zuvorgekommen ist!«

Clark zwinkerte den beiden Frauen zu. Ein richtiger Casanova, hätte *nonna* Marta gesagt.

Die Signora Nyao fackelte nicht lange, sondern wandte sich an Lucia.

»Und, sind Sie schon velgeben?«

Die Direktheit ihrer Frage verschlug Lucia die Sprache. Einige Sekunden stand sie da, ohne etwas zu sagen, während Clark sie neugierig musterte. Aber als sie schließlich den Mund aufmachte, schwang nicht die geringste Unsicherheit in ihrer Antwort mit.

»Nein, bin ich nicht.«

Gemeinsam verließen sie das Restaurant, jeder mit einer Pappschachtel in der Hand. Lucia wollte die Lüge nicht mehr aus dem Kopf gehen, die sie da eben erzählt hatte, und ihr wurde heiß und kalt. Unmöglich, wie sie sich benommen hatte.

Es gibt Menschen, die sind problemlos in der Lage, ganze Lügengebäude zu errichten. Geschickt weichen sie kompromittierenden Fragen aus oder lügen so lange weiter, bis sie schließlich die Wahrheit völlig aus den Augen verlieren. Darin gleichen sie Spielern, die jedes Mal wieder vergeblich ihre Hoffnung auf einen Gewinn setzen und sich so immer tiefer in ihr Unheil verstricken. Lucia war weder das eine noch das andere. Vielleicht war sie naiv, zu unschuldig, zu ehrlich, aber ihr lastete eine Lüge schwer auf der Seele. Doch je länger sie darüber nachdachte, desto klarer wurde ihr, dass das, was sie eben gesagt hatte, nicht gelogen war. Die Wahrheit, der gewaltige Eisberg, der unter der Meeresoberfläche lauerte, war viel komplexer und abgründiger. Aber bevor sie andere mit der Wahrheit konfrontierte, musste sie sich selbst gegenüber ehrlich sein. Und den Menschen, die ihr besonders nahestanden: ihre Familie. Da waren Vater Leonardi, Steuerberater, und Vater Mirabello, vermögender Anwalt in Siculiana. Zwei Patriarchen alten Schlages, zwei gewiefte Strategen, jedoch nicht mehr ganz auf der Höhe der Zeit. So war es beiden unbegreiflich, dass für das Zustandekommen einer Ehe beide Partner ihre Zustimmung geben mussten. Und Rosario? Welche Rolle spielte er in diesem machtpolitischen Kalkül? Er war ein anständiger Kerl, das stand außer Frage, er sah gut aus, und dumm war er auch nicht. Und dennoch war er nur eine Schachfigur auf dem Brett verflochtener familiärer Interessen. Die Erkenntnis traf Lucia wie ein Blitz, und zum ersten Mal sah sie völlig klar. Schon seit längerem hatte sie ein gewisses Unbehagen gespürt, wenn es um diese Dinge ging, aber erst aus der Ferne und mit dem Abstand, den sie nun hatte, war sie in der Lage, die ganze Wahrheit zu erkennen. Sie presste die Lippen fest aufeinander angesichts dieser beunruhigenden Erkenntnis.

»Alles in Ordnung?«

Lucia zuckte zusammen und kehrte schlagartig wieder in die Wirklichkeit zurück.

»Ja, entschuldige, alles bestens.«

»Gut. Bist du mit dem Auto da?«

»Nein, ich habe gar kein Auto. Entweder nehme ich die U-Bahn, oder ich gehe zu Fuß. Ich laufe gern, schon allein, weil ich es hasse, in stickigen, überfüllten Bussen zu sitzen. Zu Hause haben wir dieses Problem nicht.«

Clark strich sich über das Kinn, als zögerte er, ihr einen Vorschlag zu machen.

»Wenn du willst, kann ich dich mitnehmen.«

Er deutete auf eine funkelnde Harley Davidson, die nur wenige Schritte entfernt abgestellt war. Ein wahres Prachtstück!

Lucia riss die Augen auf. »Ich kann es nicht glauben! Ist das dein Motorrad?«

Im Bruchteil einer Sekunde schossen ihr ganz ähnliche Gedanken durch den Kopf wie schon am Morgen: Ich wusste es doch, ein Macho! Macht hier einen auf *Easy Rider* mit seiner dicken Maschine. Wie platt ist diese Anmache … Nein, nein, auf so etwas stehe ich überhaupt nicht. Nicht mit mir. Aber ablehnen kann ich auch nicht.

»Ja, ich habe sie vor zwei Jahren einem alten Freund abgekauft. Der wollte nicht, dass sie in seiner Garage vergammelt, und hat sie mir zu einem anständigen Preis überlassen. Ich hab das Ding eigenhändig wieder hergerichtet. Nur so, um die Zeit totzuschlagen. Kann man das sagen, ›die Zeit totschlagen‹? Gut! Also … sei mir willkommen auf meinem Ross«, sagte er und deutete hoheitsvoll auf sein Gefährt.

Lucia trat an das Motorrad heran und strich mit der Hand über den glänzenden schwarzen Tank. Amüsiert registrierte Clark, mit welcher Ehrfurcht sie die Maschine berührte.

»Vielleicht möchtest du sie ja selbst mal ausprobieren? Aber dazu muss ich ein bisschen mehr über deine Fahrkünste wissen. Sobald ich weiß, dass ich dir vertrauen kann, darfst du sie selbst einmal fahren. Versprochen.« Er klappte den Sattel hoch, nahm zwei Helme heraus und drückte ihr einen in die Hand. »Bis dahin musst du mit mir als Chauffeur vorliebnehmen.«

Mit diesen Worten stülpte er sich den Helm über, schwang sich in den Sattel und forderte sie auf, es ihm gleichzutun.

»Ich wüsste nicht, dass ich dein Angebot bereits angenommen hätte … Na gut. Aber fahre bloß nicht zu schnell, sonst bekomme ich Angst!«

Meine Güte, wie peinlich, dachte Lucia, als sie sich hinter ihm auf das Motorrad schwang. Ich werde mich an ihm festhalten, ach was, umarmen werde ich ihn müssen. Und bei der blitzartigen Beschleunigung der Maschine wird mir nichts anderes übrig bleiben, als mich fest an ihn zu klammern, und dabei werde ich jeden einzelnen seiner Bauchmuskeln unter meinen Händen spüren … Die Maschine machte einen Satz nach vorn und brauste los.

Überwältigt von der Geschwindigkeit, schloss Lucia die Augen, und wie man weiß, sind in diesem Zustand alle anderen Sinne umso wacher und der Fantasie keine Grenzen gesetzt. Lucias korrektes Über-Ich wollte gerade mahnend eingreifen, als Clark die Via Andrea Doria überquerte und am Gehsteig zum Halten kam. Er klappte das Visier seines Helms hoch, drehte sich um und schaute sie fragend an.

»Was ist? Weshalb hältst du an?«

Er schüttelte verlegen den Kopf. »Ich weiß ja gar nicht, wohin ich dich fahren soll. Wahrscheinlich sind wir schon völlig falsch.«

Lucia musste so heftig lachen, dass Clark sie noch verwirrter ansah.

»Habe ich dir wirklich nicht gesagt, wo ich wohne?«, fragte sie schließlich, als sie sich wieder beruhigt hatte.

»Nein. Hast du nicht.«

»Nein? Das ist ja unglaublich, weil du mich nämlich praktisch bis vor die Haustür gebracht hast. Ich wohne da drüben, in dem roten Palazzo.«

Jetzt musste auch Clark lachen.

»Na, so was, ich wohne auch in Prati. Deshalb bin ich wahrscheinlich automatisch in diese Richtung gefahren«, erklärte er. Er half Lucia, vom Motorrad zu steigen, nahm ihr den Helm ab und drückte ihr den Karton mit dem chinesischen Take-away in die Hand. »Das sind wir ja quasi Nachbarn«, fügte er lächelnd hinzu.

»Sieht so aus. Ich wohne bei meiner Tante, aber sie ist momentan nicht da und hat mir für die Zeit meines Aufenthalts in Rom ihre Wohnung überlassen.«

»So eine verstaubte Tanten-Wohnung voller altem Krempel?«

»Von wegen alter Krempel! Tante Susanna ist alles andere als verstaubt und antiquiert. Sie hat ziemlich moderne Ansichten. Vor zwei Jahren hat sie sich von ihrem Mann getrennt, und seitdem scheint sie alles nachzuholen, was sie als Teenager versäumt hat: Partys, Konzerte, Reisen, sie lässt nichts aus. Letzten Sommer hat meine Cousine sie sogar in einer Disco auf Panarea erwischt.«

Clark musterte sie amüsiert. »Und du, bist du auch so ein Typ wie deine Tante?«

Lucia schüttelte den Kopf, während sie auf ihr Haustor zuging.

»Oh nein. Ganz und gar nicht. Ich bin die klassische brave Tochter aus der Provinz und wirke garantiert viel älter als meine Tante. Aber vielleicht hat sie ihre lebenslustige Seite all die Jahre auch über nur unterdrückt. Auf jeden Fall ist sie mir von allen aus der Familie die Liebste. Nach meiner Großmutter natürlich.«

Clark betrachtete Lucia mit fasziniertem Blick. Ihre Augen leuchteten, während sie von den Menschen erzählte, die ihr nahestanden. »Ich gehe jetzt. Danke fürs Mitnehmen«, sagte sie, als sie seine Blicke bemerkte, und trat verlegen einen Schritt zurück.

»Es war mir ein Vergnügen«, erwiderte Clark. »Hoffentlich schmeckt dir die Küche des *Chin Chin.*«

Lächelnd schwenkte Lucia den Karton als Abschiedsgruß.

Clark sah ihrer davoneilenden Gestalt nach, setzte sich den Helm auf, zögerte jedoch, das Visier herunterzuklappen. Kurz bevor Lucia von dem dunklen Hauseingang verschluckt wurde, rief er noch einmal ihren Namen.

»Lucia, *scusa*!«

Sie drehte sich um und kam ein paar Schritte auf ihn zu.

»Ja?«

Clark nahm den Helm ab. Mit hochrotem Kopf starrte er wortlos auf das schmiedeeiserne Gitter eines Lichtschachts an einem der Gebäude, als gäbe es nichts Interessanteres auf der Welt.

Jetzt machen wir also einen auf schüchtern, dachte Lucia und wappnete sich innerlich. Ich werde nicht darauf eingehen, was immer er auch will.

Doch von einem gewagten Vorstoß konnte keine Rede sein, als Clark endlich den Mund öffnete und immer noch keinen Ton herausbrachte. Mit der Langsamkeit eines Schiffbrüchigen, der die ersten Schritte an Land macht, hob er den Blick und sah ihr ins Gesicht.

»Entschuldige, ich wollte eigentlich nur fragen, ob du …«

»Ob ich was?«, meinte Lucia ermunternd.

»Hast du morgen Vormittag schon was vor? Morgen ist Samstag.«

Lucia gönnte sich den Spaß, ihn eine Weile zappeln zu lassen, und tat so, als müsste sie erst überlegen.

»Lass mich nachdenken. Morgen Vormittag, morgen Vormittag … hm, doch, das könnte ich einrichten. Warum?«

»Vielleicht hättest du ja Lust auf einen Spaziergang in der Villa Borghese und anschließend auf eines meiner berühmten *panini*«, sagte er und setzte sein schönstes Lächeln auf. Offenbar hatte er seine Selbstsicherheit wiedergefunden. Lucia bemühte sich, es sich nicht anmerken zu lassen, aber sie konnte es kaum erwarten, seine Einladung anzunehmen.

»Na schön, aber nur, weil deine *panini* so berühmt sind!«, erwiderte sie schließlich lachend.

»Das sind sie wirklich … Gut, dann hole ich dich morgen früh hier ab. Um zehn Uhr?«

Mit einem Mal wurde Lucia ernst, und ihr Lächeln wich einem Ausdruck des Unbehagens.

»Ich muss dir etwas gestehen. Ich habe dich vorhin angelogen.«

Überrascht von ihrem ernsten Tonfall, versuchte Clark, die Situation mit Ironie zu entschärfen.

»Schon klar. Eigentlich hasst du die chinesische Küche und bist vorhin nur in das Restaurant gekommen, weil du wusstest, dass ich dort war. Und außerdem bist du gar keine Journalistin, sondern arbeitest für das Finanzamt, bei der Steuerfahndung. So blöd, wie ich mich mit den Steuern anstelle, habe ich sicher etwas falsch gemacht. Also, ich gestehe, ich bin bereit, zu verhandeln, ich zahle auch meine Strafe, nur bitte, bitte nicht ins Gefängnis … Stimmt es eigentlich, dass in Italien niemand in den Knast geht, und wenn doch, dass er nicht lange drinbleibt?«

Lucia schüttelte den Kopf, ohne auf seine Worte einzugehen.

»In Wahrheit bin ich nämlich verlobt«, sagte sie und schaute zu Boden. Und sie ließ ihm auch keine Zeit zu einer Erwiderung, sondern küsste ihn rasch auf die Wange, bevor sie sich umdrehte und mit hastigen Schritten zum Eingang ihres Hauses eilte

Clark wollte gerade losfahren, als er das Vibrieren seines Mobiltelefons in der Hosentasche spürte. Er zog es heraus, warf einen letzten Blick auf die Haustür, die sich hinter Lucia geschlossen hatte, und drückte auf die grüne Taste.

»*Ciao, cara!* Wie geht es dir? Was? Warte, du bist ganz leise. Stell dich doch woandershin. Ja, so, jetzt ist es besser. Ja, ja, es ist alles angekommen … Jetzt dauert es nicht mehr lange, zufrieden? Hör mal, kann ich dich von zu Hause aus anrufen? Ich bin unterwegs und verstehe dich ganz schlecht.«

Clark setzte den Helm auf, schob die Maschine vom Kippständer und gab Gas. Hoffentlich war morgen schönes Wetter.

4

Die schönste Stadt der Welt

Rom, die schönste Stadt der Welt. Aber man muss sie mit jemandem teilen können, denn ihr ist jede Eifersucht fremd. Mit der Nachsicht derjenigen, die die Kraft der Liebe kennt und diese auf ewig im Lauf der Zeiten zu erneuern weiß, hat sie ein großes Herz für Liebende.

Vielleicht ging deshalb in dieser Nacht ein heftiges Gewitter über der Stadt nieder, vertrieb die drückende Schwüle und erfrischte die Luft, sodass sich am Morgen ein makellos blauer Himmel über Rom wölbte. Lucia erwachte bester Laune. Sie freute sich auf ihre Verabredung. Wenn sie nicht aufpasste, konnte ihr dieser Mann durchaus gefährlich werden, doch ihr Gefühl sagte ihr, dass aus dieser Begegnung nichts Böses entstehen würde. Sie waren schließlich *Freunde* und würden das auch bleiben, zumindest fürs Erste. Und an dieser Version würde sie eisern festhalten.

Im Juni suchen die Römer traditionell Erfrischung und Zuflucht in der Villa Borghese. Für Lucia war der in englischem Stil angelegte Park mit seinen kilometerlangen Wegen, den Ruhebänken, Grünflächen und uralten Bäumen eine Oase, in der man den glühenden Asphalt, den Smog und den Lärm der Hauptstadt vergessen konnte. Auch wer schon viele Male hier gewesen war, erlag immer wieder aufs Neue dem Charme der verborgenen Lichtungen, dem kleinen See mit den Ruderbooten, den Museen, dem Globe Theatre und den vielen lauschigen Plätzen.

Während über ihren Köpfen das flirrende Licht in den Blättern der Bäume Versteck spielte, schlenderten Clark und Lucia absichtslos umher. Clark hatte vergebens versucht, sie zu einer Fahrt mit einer der Droschken zu überreden, die vor der Villa Medici auf Kundschaft warteten. Zum Glück. So waren sie einfach losgelaufen, und bereits nach wenigen Schritten hatte Clark mit der sympathischen Ausrede, er wolle nicht das Risiko eingehen, sie in dem großen Park zu verlieren, ihre Hand ergriffen. Ohne zu zögern, hatten ihre Finger die seinen umschlossen, was er mit einem glücklichen Seufzer quittierte.

Was für eine nette Geste, dachte Lucia, harmlos und ohne Hintergedanken. Zugegeben – ein kleines bisschen knisterte es schon zwischen ihnen. Aber sie taten schließlich nicht Schlimmes.

Bald war es Zeit zum Mittagessen. Und wie versprochen hatte Clark seine berühmten *panini* mitgebracht, von ihm höchstpersönlich zubereitet. Lucia blieb der erste Bissen fast im Hals stecken, und nur mit Mühe schaffte sie es, ihn hinunterzuschlucken.

»Was ist denn das? Willst du mich umbringen?«, brach es aus ihr heraus.

»Soll das ein Witz sein?«, erwiderte er empört. »Dieses Rezept hat eine ganze Nation groß gemacht: Erdnussbutter mit Gelee! Sag bloß, es schmeckt dir nicht?«

»Nein, nein«, beeilte sie sich, zu sagen, »es ist nur … sehr üppig. Ich meine … abnehmen tut man damit sicherlich nicht. Mag sein, dass es in der neuen Welt Kultstatus hat, aber ich fürchte, ich bin hoffnungslos altmodisch. Wenn du es mir nicht übelnimmst, würde ich vorschlagen, dass ich mir dort drüben an dem Stand ein schönes *tramezzino* mit Tomaten und Mozzarella hole, während du in Ruhe dein *panino* isst, das Amerika groß gemacht hat, damit auch du groß und stark wirst.«

Enttäuscht zog Clark eine Schnute.

»Komm, jetzt sei nicht gleich beleidigt! Du müsstest doch inzwischen wissen, dass wir Italiener keinen Spaß verstehen, wenn es ums Essen geht. Also, nicht weggehen. Ich bin gleich wieder da. Ich finde deine *panini* zwar grauenvoll, aber ich freue mich, mit dir hier zu sein!«, sagte sie und lächelte ihn dabei so unwiderstehlich an, dass Clark ihr einfach verzeihen musste. Auch wenn ihre Abneigung gegen Erdnussbutter für einen Amerikaner eigentlich unverzeihlich war.

»Also gut …«

Zum Essen setzten sie sich auf eine schattige Bank, hinter der ein mit Kletterpflanzen überwucherter Fels aus Sandstein aufragte. Vor ihnen plätscherte ein Brunnen mit der Statue einer hockenden Nymphe. Während sie ihr *tramezzino* aß, kehrte Lucias Blick immer wieder zu der unentwegt sprudelnden Fontäne zurück. Fasziniert betrachtete sie das Gesicht der Nymphe, die mit undurchdringlicher Miene die Geschehnisse ringsum zu beobachten schien. Wer weiß, wie viele Liebespaare sie hier schon hatte vorbeiflanieren sehen! Und wenn diese steinerne Nymphe eine Seele hatte? Mit welchen Gefühlen hätte sie dann den Paaren auf dem mit dichten Bäumen gesäumten Weg nachgeblickt? Mit Neid vielleicht? Oder mit augenzwinkerndem Verständnis? Ob all die Paare, die sich vor ihren Augen küssten, sich jemals darüber Gedanken machten, ob ihr das eventuell peinlich war? Und sie? Ob sie sich wohl jemals verliebt hatte, in einen Besucher des Parks womöglich, der sich achtlos neben sie gestellt und einen Moment lang seine Hand in das Wasser ihres Brunnens gehalten hatte? Wer weiß, wie sehr sie litt an ihrem Unvermögen, ihrem Herzen Luft zu machen, während das Leben an ihr vorbeizog!

Was das betraf, konnte Lucia die Nymphe bestens verstehen. Bevor sie nach Rom gekommen war, war auch sie so gewesen: Unbeweglich, passiv und gehemmt, unfähig, in das Weltgeschehen einzugreifen. Doch jetzt hatte sie endlich die Möglichkeit, das zu ändern. Lucia sah sich selbst vom Sockel steigen, über den Rand des

Brunnens springen, die engen Grenzen Siziliens sprengen und endlich die Gelegenheit ergreifen, Schwung in ihr Leben zu bringen. Tief in Gedanken versunken, bemerkte Lucia nicht, dass Clark sie bereits seit geraumer Zeit ansah.

Als sie sich zu ihm wandte, musterte er sie besorgt.

»Ist alles mit dir in Ordnung?«

»Ja, natürlich. Ich habe nur gerade gedacht, wie schön dieser Tag doch ist.«

Clark legte beide Hände zusammen und neigte den Kopf, als Dank für ihr Kompliment.

»Na gut … Du machst zwar einen sehr nachdenklichen Eindruck auf mich, aber wenn du sagst, dass alles in Ordnung ist, dann glaube ich dir das.«

»Ja, mach dir keine Sorgen. Es hat nichts mit dir zu tun.«

»Dann gibt es also doch ein Problem? Willst du darüber reden, oder bin ich zu indiskret?«

»Nein …« Lucia zögerte, erklärte sich aber nicht näher.

»Was jetzt? Nein, dass ich nicht indiskret bin, oder nein, dass es kein Problem gibt, oder nein, dass du nicht darüber reden willst? Schon gut, ich habe verstanden … Ich war indiskret. Entschuldige bitte.«

»Nein, schon gut.« Sie lächelte über seine Entschuldigung. »Du warst gar nicht indiskret, ich will dich nur nicht mit meinen Befindlichkeiten langweilen. Und ich will mir damit auch nicht die Laune verderben … Im Moment habe ich eigentlich nur ein Problem – nämlich, dass es mir heute, hier und jetzt so gut geht wie nie zuvor.«

»Okay, dann gibt es also gar kein Problem.«

»Ja. Das heißt, nein. Sagen wir mal so, es wird ein Problem geben, wenn ich mich nicht mehr so fühle. Im Moment versuche ich, nicht an morgen zu denken, im Augenblick zu leben und meine Zeit hier in vollen Zügen zu genießen. Aber früher oder später werde ich mich dem Leben stellen müssen, das mich zu Hause erwartet. Und dann wird es problematisch werden.«

Clark verstand nicht ganz, was Lucia damit sagen wollte, aber er begriff intuitiv, dass ihr wohl eine grundlegende Sache fehlte, die er im Übermaß genossen hatte: die Freiheit, eigene Entscheidungen zu treffen. Er hatte sein Heimatland verlassen und sich aus freien Stücken für Italien entschieden. Das sollte nicht heißen, dass er sein Land nicht liebte, sondern nur, dass er die Freiheit für sich in Anspruch genommen hatte, nicht sein ganzes Leben dort zu verbringen. Vielleicht war genau das Lucias Problem. Clark hoffte inständig, dass dieses Problem noch eine Weile nicht akut werden würde, zumindest so lange nicht, bis sie sich ein wenig näher kennengelernt hatten.

Er steckte sich den letzten Bissen seines Erdnussbuttersandwichs in den Mund, knüllte das Einwickelpapier zusammen und schleuderte es mit einem präzisen Wurf in den Abfalleimer, der einige Meter von der Parkbank entfernt stand.

Lucia stieß einen anerkennenden Pfiff aus und versuchte, seiner Treffsicherheit mit einem Freiwurf nachzueifern, nachdem sie ihr *tramezzino* ebenfalls verspeist hatte.

»Wow! Kein schlechter Wurf! Wenn unser feuerspeiender Lanza dich gesehen hätte, würde er dich sofort in die Basketballmannschaft der Zeitung aufnehmen.«

»Er spielt Basketball? Das wusste ich ja gar nicht!«

Clark grinste und stand auf, um sich die Krümel von der Hose zu klopfen.

»Tja, dem Mann reicht es nicht, unser Chefredakteur zu sein – er coacht auch noch unsere Mannschaft, wenn jeden Donnerstag die Journalisten der verschiedenen Lokalblätter gegeneinander antreten. Was – das hat dir Romina noch gar nicht erzählt? Das wundert mich jetzt aber wirklich!« Er schüttelte belustigt den Kopf. »Lanza ist ein knallharter Hund als Trainer. Ihm liegt sehr an unserem Erfolg, aber ich muss leider sagen, dass wir ihm nicht viel Anlass zur Freude geben.«

»Warum nennt ihr ihn eigentlich alle den feuerspeienden Lanza?«, entgegnete Lucia. »Mir kommt er eigentlich nicht wie ein Drache vor.«

Clark lachte und griff nach ihrer Hand.

»Komm, gehen wir weiter, das erkläre ich dir unterwegs.«

Hand in Hand bogen sie in den Weg zu ihrer Linken ein. Er führte zu einem kleinen See, der mit seinen zerklüfteten, abschüssigen Ufern aussah, als sei er geradewegs aus einem fernen Hochgebirge hierher verpflanzt worden. Als sie eine kleine Holzbrücke überquerten, konnte Lucia ihre Neugierde nicht länger zügeln.

»Und? Willst du mir jetzt endlich verraten, warum unser Chef diesen Spitznamen hat?«

»Ein bisschen Geduld, meine Liebe. Weißt du denn nicht, dass Vorfreude die schönste Freude ist?«

»Na ja, kommt darauf an, was dann passiert.«

»Da man das vorher nie wissen kann, sollte man die Vorfreude doppelt genießen, findest du nicht? Wie gut ist eigentlich dein Englisch?«

Lucia machte ein verdutztes Gesicht.

»Auf jeden Fall besser als dein Sizilianisch!«, sagte sie dann.

»Schade, ich hätte dir diese spektakuläre Geschichte gern in meiner Muttersprache erzählt, aber gut …« Clark lachte, dann begann er zu erzählen.

»*Once upon a time* … Es war einmal ein berühmter Ritter und Schreiberling, der hatte einen weißen, buschigen Bart, den er stolz vor sich hertrug und der ihn vor jeglicher Unbill schützte. Wahrscheinlich half dieser Bart seinem Träger sogar, das Gleichgewicht zu wahren, wie es die Barthaare einer Katze tun. Er war mächtig stolz auf seinen Bart, er liebte seinen Bart. Ohne jede Übertreibung kann man sagen – dieser Mann war sein Bart.

Nun wurde eines schönen Tages ein Turnier angesetzt, um Almosen für die Bedürftigen zu sammeln, und alle Höflinge waren aufgerufen, ihre Fähigkeiten zur Schau zu stellen zur Belustigung des Volkes. Und das Volk war belustigt. Sogar im Übermaß.«

An dieser Stelle konnte Clark sich selbst vor Lachen nicht mehr halten, und es dauerte eine Weile, bis er sich wieder gefangen hatte.

»Weiter, jetzt erzähl die Geschichte endlich zu Ende!«

»*Sorry*, tut mir leid. Man sollte selbst nicht lachen, wenn man eine lustige Geschichte erzählt. Aber ich muss jedes Mal wieder lachen, wenn ich nur daran denke. Also, wo war ich? Ah, ja! Der berühmte bärtige Schreiberling, mit anderen Worten, dein jetziger Chef, beschloss also, sich mit einer Nummer der hohen Zirkusschule hervorzutun. Du weißt doch, was ein Feuerspucker macht?«

Lucia schlug eine Hand vor den Mund. »O nein!«, rief sie. »Sag mir bitte, dass nicht passiert ist, was ich denke, dass dann passiert ist!«

Clark blieb stehen, ging ein paar Schritte zur Seite und warf sich in der Mitte des schmalen Pfads in Positur. Zum Glück waren sie die einzigen Parkbesucher weit und breit.

»*Signore e signori,* ich bitte um Ihre geschätzte Aufmerksamkeit für den hochverehrten Signor Franco Lanza, der uns eine pyrotechnische Nummer von größter Waghalsigkeit vorführen wird. Angesichts der Gefährlichkeit der Darbietung bitten wir Sie um absolute Stille.« Er warf ihr einen bedeutsamen Blick zu. »Nun stell dir folgende Szene vor: Auftritt Lanza, als Fakir verkleidet, in der Hand eine Fackel. Er verbeugt sich. Der erste Feuerstrahl gelingt, der zweite, lang und gezackt wie der Schwanz eines Drachen, unter donnerndem Applaus des begeisterten Publikums noch besser. An dem Punkt hat Lanza Feuer gefangen (welch hübsches Wortspiel!) und versucht es ein drittes Mal, aber dabei vergisst er die goldene Regel des Feuerspuckens: dass man sich die paar Tropfen Alkohol aus dem Gesicht wischt, die von der vorherigen Darbietung eventuell noch hängen geblieben sein könnten. Er atmet tief ein und …«

Clark verstummte und führte eine imaginäre Fackel an seinen Mund. Nachdem er tief eingeatmet hatte, atmete er kraftvoll den ganzen Sauerstoff wieder aus, den er zuvor in seiner Lunge angesammelt hatte.

Lucia kam es so vor, als sähe sie tatsächlich die enorme Flamme in die Luft schießen, während sich ein rebellischer Funke in einer Bartlocke von Lanza verfing, der daraufhin begann, sich wie ein Derwisch um die eigene Achse zu drehen, in dem verzweifelten Versuch, den Brandherd in seinem Rauschebart zu löschen.

Bei dieser urkomischen Vorstellung konnte auch sie nicht mehr an sich halten und fing lauthals zu lachen an. Clark stimmte mit ein, während er zu ihr zurückkam.

»Und seitdem wird der Chef auch der feuerspeiende Lanza genannt. Die meisten Kollegen sind damals sehr diskret über den Vorfall hinweggegangen, aber keiner, der dabei war, hat diese Szene je wieder vergessen. Lanza hat sich danach eine Woche lang zu Hause verkrochen, und seitdem ist der Bart ab.«

»Der Ärmste! Ihr seid wirklich ein herzloses Volk, ihr Journalisten. Euch über das Unglück anderer lustig zu machen!«

Clark deutete auf das Grinsen, das noch immer auf ihrem Gesicht lag.

»Und du hast dich eben aus Mitleid für den armen Mann kaputtgelacht, wie?«

Lucia schnitt eine beleidigte Grimasse, würdigte ihn keines Blickes mehr und ließ ihn einfach stehen. Clark schüttelte amüsiert den Kopf und eilte ihr nach.

»Komm schon, das war ein Scherz! Und außerdem bist du noch gar keine richtige Journalistin … Du bist doch nur eine kleine Volontärin, oder?«

Lucia blieb abrupt stehen, hob einen kleinen Kieselstein auf und wog ihn bedächtig auf ihrer Handfläche.

»Was hast du eben gesagt?«

Clark ging ihr mit erhobenen Händen entgegen. »Nur, dass du noch nicht zu der herzlosen Truppe gehörst«, feixte er. »Na komm, du wirst doch einen unbewaffneten Mann nicht angreifen wollen?«

Lucia kniff ein Auge zu, um besser zielen zu können.

»Du bist bewaffnet. Mit einer messerscharfen Zunge.«

Dann holte sie aus und warf den kleinen Stein. Sie zielte jedoch zu hoch, sodass ihr Geschoss über Clarks Kopf hinwegsegelte und stattdessen einen Polizisten traf, der hoch zu Ross gerade hinter ihm vorbeiritt. Erschrocken schlug Lucia die Hand vor den Mund.

»Jetzt bleib nicht stehen wie angewurzelt. Willst du in den Knast? Los, lauf!«, rief Clark.

Hand in Hand rannten sie lachend davon und blieben erst stehen, um Luft zu holen, als sie den Ausgang des Parks erreicht hatten.

An diesem Abend glaubte *nonna* Marta zum ersten Mal, einen fröhlicheren Unterton aus der Stimme ihrer Enkelin herauszuhören. Lucia erzählte ihr von ihrer Arbeit, von der Stadt, ihren Kollegen. Wie gern hätte sie auch über den Amerikaner gesprochen, sie wusste aber nicht, wie sie es anstellen sollte. Nur eines wusste sie: Spricht man gewisse Dinge erst einmal aus, löst das oft eine verheerende Kettenreaktion aus. Lässt man sie jedoch unerwähnt, kann man weiterhin so tun, als gäbe es sie nicht.

Vielleicht ahnte die Großmutter etwas, auf jeden Fall stellte sie keine indiskreten Fragen. Sie wusste, wann man sich zurückhielt. Dafür freute sie sich umso mehr, dass ihre Enkelin offenbar alles andere tat, als ihren *little town blues* zu kultivieren. Also keine nostalgischen Sehnsüchte oder irgendwelche dummen Ängste, die sie daran gehindert hätten, das Beste aus ihrer Zeit in Rom zu machen.

Und dennoch versetzte genau diese Erkenntnis der alten *nonna* einen kleinen Stich. Ein erfülltes und selbstbestimmtes Leben war für Lucia nur weit weg von ihrer Familie, weit weg von Siculiana und damit auch weit weg von ihr, Marta, möglich. Seufzend schob sie den egoistischen Wunsch beiseite, ihre Enkelin in ihrer Nähe zu haben – sie glücklich zu wissen, war ihr wichtiger. Und ein kleines amouröses Abenteuer in Rom wäre dabei sicher hilfreich. Marta gestand es sich zwar nicht ein, aber ein wenig hoffte sie sogar darauf.

Wie immer, wenn sie mit ihrer Großmutter telefoniert hatte, fühlte Lucia sich hinterher ermutigt, bestärkt und anerkannt.

In diesem beschwingten Zustand hatte sie nicht die geringste Lust, ihre Mutter oder ihren Vater anzurufen, und schon gar nicht Rosario. Und so beschloss sie, das Telefon auszuschalten, um einen ungestörten Abend verbringen zu können.

Als sie das Mobiltelefon in die Hand nahm, sah sie, dass eine Nachricht eingegangen war. Wahrscheinlich wieder irgendwelche Hiobsbotschaften aus Sizilien, dachte sie, aber die Worte, die sie dann las, zauberten ein Lächeln auf ihre Lippen.

Wenn da die Angst nicht wäre, aufdringlich zu erscheinen, würde ich dich gern irgendwann einmal zum Essen einladen. Rein freundschaftlich, of course. By the way, *das ist meine Nummer. Verlier sie nicht. Clark (aber wahrscheinlich stehen die Männer eh Schlange bei dir)*

Rein freundschaftlich. Das war das perfekte Alibi.

Lucia überlegte eine Weile, ehe sie antwortete. Sie wusste schließlich, was sich gehörte. Aber wie alle braven Mädchen wusste Lucia auch, ihre gute Erziehung hin und wieder über Bord zu werfen.

5

Licht und Schatten

Wenn der Chef Franca damit beauftragte, einen Mitarbeiter von dessen Schreibtisch weg in sein Büro zu zitieren, musste etwas im Busch sein. Clark spürte fünfzehn Augenpaare in seinem Rücken, begleitet von einem vielsagenden Schweigen, das sich mit einem Mal über den Raum senkte. Dazu die verstohlenen Blicke der Kollegen, die so taten, als wäre nichts, doch über allen Köpfen ein großes Fragezeichen: Was mochte er ausgefressen haben?

Auf dem Weg zu Lanzas Büro versuchte Clark, seine Überraschung so gut es ging zu verbergen und sich nichts anmerken zu lassen. Auch wenn er es alles andere als normal fand, dass Lanza nicht wie üblich zu ihm an den Schreibtisch gekommen war. Also musste es einen triftigen Grund geben, wenn er ihn mit Francas Auftritt vor der versammelten Redaktion in Verlegenheit brachte.

Lanza kramte in seinem Schreibtisch und tat so, als bemerkte er ihn nicht, als Clark ins Zimmer trat.

»Kann ich mich setzen?«, fragte Clark schließlich.

Jetzt endlich hob Lanza den Kopf und rief erstaunt, als sei er überrascht, ihn zu sehen: »Ah, Clark! Natürlich, nimm Platz.«

Doch Clark zögerte plötzlich. Er hatte ein ungutes Gefühl. Lieber blieb er stehen, dann konnte er sich besser verteidigen.

»Also – warum hast du mich rufen lassen? Stimmt irgendetwas nicht?« Seine Frage klang so ernst, dass Lanza aufhorchte. In Sekundenschnelle waren die Rollen vertauscht, und plötzlich war Lanza derjenige, der meinte, sich verteidigen zu müssen.

»Wieso glaubst du, dass es ein Problem gibt? Nein, ich bitte dich! Ich habe dich rufen lassen wegen einer … einer etwas delikaten Privatangelegenheit, die ich nicht vor allen ausbreiten möchte, aber keine Angst, ansonsten ist alles in Ordnung. Jetzt setz dich doch, ich bitte dich. Andernfalls bekomme ich noch Beklemmungen.«

Clark nickte, nicht im Mindesten beruhigt, nahm aber endlich Platz.

»Also?«

»Nein. Warte. Ich werde dir gegenüber ganz offen sein. Frank und frei sozusagen, hahaha. Nomen est omen, was?«

Clark grinste verhalten. Er wusste nicht genau, ob er seinen Chef darüber aufklären sollte, dass sich auch Franca, seine Sekretärin, gern dieses Wortwitzes bediente, der folglich keinem mehr ein Lächeln entlockte. Aber die Stimmung war nicht entspannt genug für einen Scherz.

Franco Lanza legte einen großen Umschlag auf den Schreibtisch und klopfte mit der Handfläche darauf.

»Ich habe aus Versehen diesen Umschlag hier geöffnet, der an dich adressiert war.«

»Aha …«

»Das tut mir leid. Entschuldige.«

»Ich bitte dich! So was passiert. Aber da schwingt doch ein *aber* mit, oder?«

»Ja, richtig. Ich konnte nicht umhin, mir so meine Gedanken über diese Dokumente zu machen, die du dir hast schicken lassen. Deine Privatangelegenheiten gehen mich nichts an, ich will mich da nicht einmischen, dennoch …«

»Dennoch tust du es …«

»Ja. Aber das war reiner Zufall. Man hat den Umschlag aus Versehen mir zugestellt, und ich habe nicht auf den Namen geachtet. Jetzt wollte ich dich fragen … kann es sein, dass du mir etwas verheimlichst?«

»Du hast mich ertappt, Chef!«

»Tja, also, ich spreche jetzt nicht als dein Vorgesetzter, das weißt du hoffentlich. Und vielleicht zeige ich es auch nicht deutlich genug, aber ich sehe in dir gewissermaßen meinen Nachfolger und – ich will nicht sagen einen Sohn, aber doch fast so etwas wie einen Enkel.«

»Das weiß ich doch, und ich bin dir auch dankbar dafür. Trotzdem kann ich nicht über alles, was mein Privatleben betrifft, mit dir reden.«

»Klar doch, das wäre ja noch schöner, darum geht es mir auch nicht … Ich will nur nicht eines Morgens aufwachen und feststellen müssen, dass du von einem Tag auf den anderen gegangen bist. Aus welchem Grund auch immer.«

»Es tut mir leid, wenn dich das beunruhigt. Ich verstehe dich und schwöre dir, dass du der Erste wärst, der es erfahren würde, wenn es etwas wirklich Wichtiges gäbe …«

»Und das hier hältst du für keine große Sache? Gibt es etwas Wichtigeres? Auf jeden Fall ist es nichts, wofür du dich schämen müsstest! Früher oder später kommt sie schon wieder zu Sinnen, das kann jedem passieren …« Lanza sah Clark fest in die Augen. »Sag mir die Wahrheit, Clark. Du hast nicht etwa die Absicht, uns zu verlassen?«

»Nein, nein! Ganz im Gegenteil. Ich fühle mich verdammt wohl hier. Inzwischen bin ich römischer als du.«

»Schön.« Lanza seufzte. »Ich verlasse mich nämlich auf dich, das weißt du. Ich hoffe also, dass es sich nur um einen Einzelfall handelt und nicht um eine Reihe beginnender Ungereimtheiten. Du weißt, dass du immer auf meine Unterstützung zählen kannst, aber du musst mir gegenüber auch ehrlich sein.«

Clark nickte. »Natürlich. Du kannst dich auf mich verlassen. Aber versuche auch mich zu verstehen … die Situation ist ein bisschen heikel.«

»Na schön, Hauptsache, du bist zufrieden. Ihr Amerikaner seid wirklich sehr verschlossen, wenn es um eure Privatsphäre geht! Da, nimm deinen Papierkram und verschwinde, bevor ich es mir anders überlege und dich feure.«

Clark grinste seinen Chef an, als er im Krebsgang an die Tür zurückwich.

»Ach, Clark, noch was: Dafür bist du mir mindestens ein Bier schuldig. Aber dann werde ich mich nicht mit diesen vagen Andeutungen zufriedengeben, dann musst du Farbe bekennen. Die Zeche geht natürlich auf dich. Donnerstag nach dem Spiel?«

Clark schnaubte. »Ich nehme an, das ist ein Angebot, das ich nicht ablehnen kann, oder?«

»Das siehst du ganz richtig. Bist ein helles Kerlchen!«

Clark kehrte an seinen Schreibtisch zurück und versuchte, so unbekümmert wie möglich zu schauen, als er den dicken Umschlag in seine Tasche schob und sich wieder auf den Bildschirm seines Computers konzentrierte. Keiner wagte, ihm eine Frage zu stellen. Nur Lucia starrte unverwandt zu ihm hinüber, bis er sich schließlich gezwungen sah, sich zu ihr umzudrehen.

»Und?«, fragte sie. »Willst du mir nichts erzählen?«

»In Bezug auf was?«

»Keine Ahnung, sag du's mir.« Letzten Endes sind alle Männer gleich, dachte Lucia. Gibt es ein Problem, würden sie eher sterben, als es zuzugeben. »Was wollte Lanza von dir? Steckst du in Schwierigkeiten?«

»Aber nein, wo denkst du hin!«, erwiderte Clark und blickte so starr auf einen Punkt hinter Lucias Schulter, dass sie nicht anders konnte, als sich kurz umzudrehen und zu vergewissern, ob es dort etwas Interessantes zu sehen gäbe. »Ich hatte ihm eine Reportage vorgeschlagen, die ein wenig aus dem Rahmen fällt, und er wollte mir seine Meinung dazu mitteilen. Aber wie es scheint, ist die Welt noch nicht reif für Innovationen!«

»Aha. Sehr interessant. Willst du mit mir darüber reden? Vielleicht könnte ich dir einen Tipp geben.«

Clark sah sie kopfschüttelnd an. »Nein. Im Moment lieber nicht. Ich werde dir irgendwann später davon erzählen, mit mehr Ruhe, wenn ich mehr darüber weiß.«

»Na gut, aber glaub bloß nicht, dass ich dich so leicht davonkommen lassen werde, wenn du mich zum Essen ausführst.«

Clark betrachtete sie seufzend. Hatten es denn heute alle auf ihn abgesehen? Natürlich ließ er sich lieber von Lucia einem hochnotpeinlichen Verhör unterziehen als von Lanza. Aber er hatte nicht die Absicht, so leicht klein beizugeben. Er versuchte, das, was seinen Kopf und Magen in Aufruhr versetzte, zu vergessen, und dankte dem Himmel, dass es kein Instrument gab, mit dem man Gedanken lesen konnte. Noch nicht.

»Ich freue mich schon darauf!«, sagte er und verlor sich in ihrem Anblick. Lucia, anbetungswürdige Lucia, deren schöne Augen glänzten wie das Meer und ebenso fähig waren, sich von einem Moment auf den anderen zu verdüstern, sie verrieten nichts über ihren Gemütszustand. Doch nicht nur er, auch Lucia neigte offenbar dazu, sich bisweilen in ihren eigenen Gedanken zu verheddern und nicht mehr herauszufinden. Und vielleicht war es genau das, was sie beide miteinander verband, dachte Clark. Beide schleppten sie die eine oder andere Altlast mit sich herum.

Lucia schien seinen Gedanken zu folgen. Sie sah ihn mit einem nachdenklichen Lächeln an, als sie jetzt sagte: »Ich bemerke mit Freude, dass auch du manchmal nicht ganz da bist, mein Lieber, obwohl du da bist … Das passiert offenbar nicht nur mir.«

»Tja«, meinte er. »Das Leben gibt einem oft zu denken.«

»Und ob«, antwortete Lucia. Dann senkte sie ihre Stimme und fügte leise hinzu: »Kommst du später auch?«

»Wohin?«

»Zur Überraschungsfeier für Samuele. Wusstest du nichts davon?«

»Ach ja, doch, natürlich. Wie dumm von mir. Ich habe die Mail zwar gelesen, aber sofort wieder vergessen. Das ist heute, oder?«

»Ja. Wir treffen uns in zehn Minuten. Der Plan sieht folgendermaßen aus: Wir gehen alle aus dem Haus, postieren uns in der Bar und fangen ihn ab, wenn er vorbeikommt. Los, auf, auf, sonst kommen wir noch zu spät!«

Clark kratzte sich am Kopf. »Ich kann aber nicht. Tut mir leid, ich habe es wirklich vergessen und deshalb einen anderen Termin ausgemacht.«

Lucia sah ihn enttäuscht an. »Das geht aber nicht. Du darfst nicht fehlen! Ohne dich ist es nicht dasselbe! Außerdem weißt du, dass ich schüchtern bin … Ich brauche die moralische Unterstützung eines Freundes!«

Clark breitete die Arme aus. »Tut mir leid, Lucia. Du weißt, dass ich gern mitkommen würde, aber es geht wirklich nicht.«

Die Überraschung war perfekt: Samuele näherte sich dem U-Bahneingang an der Piazza Barberini, wie üblich mit weit ausholenden Schritten und wie immer versunken in seine Gedankenspiele zu einer möglichen Komplizenschaft des FBI mit Außerirdischen zwecks Unterwanderung der Weltwirtschaft. Doch nie im Leben hätte er mit einem Frontalangriff der drei Grazien gerechnet, die – hochsommerlich und entsprechend spärlich gewandet (was der unerwarteten Hitzewelle Ende Juni geschuldet war) – mit einem Mal in freudiger Erregung vor ihm standen. So dauerte es einen Moment, bis Samuele die drei Kolleginnen erkannte. Seine erschrockene Miene angesichts dieses überraschenden Ausbruchs an Gefühlsüberschwang entschädigte für vieles.

»Was wollt ihr von mir?«, murmelte er entsetzt.

»*Auguri!* Alles Gute zum Geburtstag!«, flöteten Romina, Roberta und Rebecca unisono und zerrten ihr Opfer an den Tisch, an dem bereits Lucia, Giulio, der feuerspeiende Lanza, Franca und die anderen Kollegen warteten. Sogar der schweigsame Giovanni Folli hatte beschlossen, der Veranstaltung beizuwohnen.

»*Auguri!*«, wiederholten alle im Chor.

Samuele errötete bis unter die Haarspitzen, ehe er ein schüchternes Lächeln zustande brachte. Oft schien er noch nicht im Mittelpunkt einer Feier gestanden zu haben.

»Danke! Vielen Dank!« Er breitete die Arme aus und sah sich ungläubig um. »Jetzt werde ich euch wohl auf ein Getränk einladen müssen …«

»Aber ja doch! Aber vor allem musst du etwas trinken. Und dann erzählst du uns von deinen neuesten Enthüllungen …«

Bereits eine Stunde später waren alle ein klein wenig beschwipst und bester Laune. Nach einem langen Arbeitstag hatte der Alkohol leichtes Spiel.

»Sag mal, Lucia, wie fühlst du dich denn jetzt in unserem Käfig voller Narren?«, wandte sich Romina an ihre neue Kollegin.

»Bestens. Ich bin inzwischen schon genauso verrückt wie ihr.«

»Na, dann ist dir nicht mehr zu helfen! Verrückt werden ist einfach, wieder zu Verstand kommen schon schwieriger«, rief Roberta und hob ihr Glas.

»Wie wahr, wie wahr. Dann bleibt dir jetzt nichts anderes übrig, als bei uns zu bleiben, denn für die normale Welt bist du für immer verloren …«

Lucia strahlte über das ganze Gesicht. »Das wäre wunderbar, aber das hängt nicht allein von mir ab!«, rief sie und deutete mit dem Kinn in Richtung Franco Lanza, der gerade in einen leidenschaftlichen Disput mit Giulio vertieft war, bei dem es darum ging, welcher der beiden Comic-Superhelden besser sei: Zagor oder Tex Willer. An prinzipiellen Fragen dieser Art können langjährige Freundschaften zerbrechen.

»Na, vielleicht spreche ich ihn das nächste Mal darauf an!«, meinte Lucia lachend.

»Und was hältst du jetzt von unserem Superman? Habe ich dir nicht gesagt, der Kerl ist eine Sünde wert? Mir kommt es übrigens so vor, als würdet ihr zwei euch bereits bestens verstehen. Findet ihr nicht auch?«, fragte Romina und zwinkerte Roberta und Rebecca verschwörerisch zu. Andere mit amourösen Anspielungen in Verlegenheit zu bringen, war nun mal ihr liebstes Hobby.

Und Lucia lief in der Tat dunkelrot an. Für einen Augenblick unterbrach Giulio seine Lobeshymne auf Zagor und mischte sich in ihr Gespräch ein. »Was plappert ihr da? Lucia gibt sich nur aus reiner Menschenfreundlichkeit mit diesem Kerl ab. In Wahrheit liebt sie nur mich.«

»Dich? Na, dann scheint sie aber wirklich eine Schwäche für schräge Typen zu haben …«

In diesem Augenblick tauchte Clarks Gestalt hinter Rebecca auf.

»*Eccomi*, ich habe mich doch noch loseisen können. Ich kann doch das Event dieses Sommers nicht verpassen! Also, was geht? Erzählt ihr schon wieder Schweinereien, um die arme Lucia in Verlegenheit zu bringen?«

»Was versteht ihr Männer schon von solchen Sachen?«, meldete sich Franca zu Wort. »Nur weil ein Mädchen nett und wohlerzogen ist, muss sie noch lange nicht unbedarft und naiv sein. Vielleicht hat die Kleine mehr Ahnung als ihr alle zusammen.«

»Mehr als Romina? Das ist unmöglich!«, spottete Giulio.

Man lachte, man scherzte, und zwischendurch stieß man immer wieder an. Und Lucia, die es nicht gewohnt war, Alkohol zu trinken, hatte in kürzester Zeit das Gefühl, in einer Seifenblase zu schaukeln. Ihr war schwindlig, und sie flüchtete sich auf die Toilette, wo sie lange in den Spiegel starrte. Sie erkannte die Frau kaum wieder, die ihr daraus entgegensah, fand sie aber schön in ihrer Leichtigkeit und Unbeschwertheit. Eine Sache jedoch war ihr trotz aller Vernebelung der Sinne klar: Sich in Gegenwart von Kollegen und vor allem ihres Chefs zu betrinken, war keine gute Idee. Deshalb beschloss sie, von nun an lieber den Mund zu halten.

Leicht schwankend kehrte sie an den kleinen Tisch zurück, wo sie gebannt Giulios weitschweifigem Monolog über eine Comic-Ausstellung in Rom lauschte, die offenbar ein großer Erfolg war. Giulio schien selbst nicht mehr ganz nüchtern. Kein Wunder. Ihm genügte bereits eine Flasche Corona, um betrunken zu sein. Vielleicht lag es am Wein, aber plötzlich fand Lucia ihren Kollegen ausnehmend geistreich. Gar nicht mal so übel, der Kerl, dachte sie, und stimmte begeistert zu, ihn zur Eröffnung der nächsten Comic-Ausstellung zu begleiten. Dabei ließ sie Clark, der bei den Kolleginnen saß und sich witzige Wortgefechte mit Lanza lieferte, jedoch keinen Moment aus den Augen.

Und so verstrich der Abend in bester Stimmung. Als es Zeit war, nach Hause zu gehen, überraschte Lucia alle mit ihrem plötzlichen Aufbruch. Umständlich verabschiedete sie sich, damit auch jeder mitbekam, dass sie allein wegging. Nach den Frotzeleien der drei Grazien bezüglich Clark Kent hatte sie nicht die geringste Lust, weiteren Gerüchten Vorschub zu leisten.

Lucia fühlte sich leicht wie eine Feder, als sie durch die Straßen von Rom wandelte. Ach was, sie schwebte; ihre Füße schienen kaum den Boden zu berühren. Der arme Clark, dachte sie, ich habe den ganzen Abend nicht ein Wort mit ihm gesprochen. Aber vielleicht war das ja gar nicht so falsch … Noch nie war ihr das Leben so reich erschienen, so vielversprechend. Es war einer jener Momente voller Wahrhaftigkeit, Schönheit und Klarheit, die man in vollen Zügen genießen muss. Ohne auf den Weg zu achten, folgte Lucia lediglich ihrer Eingebung, die sie schließlich auf einen baumbestandenen, breiten Prachtboulevard führte.

Dort schlug mit einem Mal ihre Stimmung um. Ihr wurde übel, und ein starker Schwindel erfasste sie, sodass sie sich an einem Straßenschild festhalten musste, um nicht hinzufallen. Vorsichtig ließ sie sich auf dem Randstein nieder, während der Nebel vor ihren Augen immer dichter wurde.

Wie dumm von mir, ich hätte etwas essen sollen, schalt sie sich. Zusammenhanglose Gedankenfetzen schossen ihr durch den Kopf, überlagert von einem Gefühl allumfassender Panik. Und wie komme ich jetzt nach Hause? Ich weiß ja nicht einmal, wo ich gerade bin. Sieht ganz danach aus, als wollte der liebe Gott mich bestrafen. Dummes Ding! Du wolltest die Welt umsegeln? Nun dümpelst du in unbekannten Gewässern vor dich hin. Bist du jetzt zufrieden?

Superhelden werden deshalb so genannt, weil sie stets im richtigen Moment erscheinen – keine Sekunde zu früh und keine zu spät. Plötzlich bremste ein Motorrad neben Lucia, und sein Fahrer stieg ab. Clark. Gleich sah die Welt wieder freundlicher aus. Jetzt gab es nichts mehr zu befürchten für Lucia, die Clark wortlos in die Arme fiel und sich dankbar von ihm nach Hause fahren ließ, nachdem es ihr mit letzter Kraft gelungen war, ihm den Treppenaufgang und das Stockwerk ihrer Wohnung zu nennen.

Dort blieb Clark nichts anderes übrig, als ihr die Schuhe auszuziehen, ihr ins Bett zu helfen und ein dünnes Laken über sie zu breiten. Dann setzte er sich neben sie und betrachtete die Schlafende, die nun ganz friedlich im Halbdunkel dalag. Wie merkwürdig, dachte er, diese plötzliche Intimität. Dass man sich unerwartet und ohne Vorwarnung so nahe kommen kann. Lange schaffte er es nicht, sich von Lucias Anblick zu lösen, deren feines Gesicht immer wieder durch die pulsierenden Lichter der Stadt erhellt wurde, die durch das Fenster fielen.

Nach einer Weile – einer Unendlichkeit, wie es Clark schien – beschloss er, ebenfalls zu Bett zu gehen. Doch bevor er das Zimmer verließ, konnte er nicht anders, als über Lucias Schulter zu streicheln, deren Haut so weich war, dass ihm ein Schauer über den Rücken lief. Er fühlte sich, als würde er einen Apfel stehlen, einen Apfel, der so köstlich war, dass es eine Schande gewesen wäre, nicht nach ihm zu greifen.

6

Mit Herz, aber ohne Krone

Am nächsten Morgen stieg Lucia beim Aufwachen der Duft nach frischem Kaffee in die Nase. Wo bin ich? Ach, ja, in der Wohnung von Tante Susanna.

Wie Luftblasen schwappten plötzlich erste Erinnerungen an den vergangenen Abend in ihr hoch.

Clarks Auftritt, seine starken Arme. Und dann? Danach verschwamm alles zu einem Traumbild: Wie war sie nach Hause gekommen? Wer hatte sie ins Bett gebracht? Ein für die Jahreszeit untypischer Nebel verhüllte den Rest ihrer Erinnerungen an den vorausgegangenen Abend.

In dem Moment ging die Tür auf, und Clark schob sich ins Zimmer, ein Tablett in der Hand.

»Bist du schon wach? *Scusa*, aber ich habe mir erlaubt, dir einen Espresso zu machen, damit du wieder auf die Beine kommst.«

»Was machst du denn hier?«, fragte Lucia irritiert. Tausend Gedanken schossen ihr durch den Kopf. Zum Glück war sie wenigstens angezogen.

»Ich habe hier geschlafen«, erwiderte er, als wäre es das Natürlichste von der Welt. »Ich wollte dich gestern Abend nicht allein lassen.«

Lucia zermarterte sich das Gehirn. Wieso konnte sie sich an nichts erinnern?

»Du hast … äh … hier geschlafen?«, wiederholte sie stockend und bemüht, nicht allzu bestürzt zu wirken, während ihr Blick auf der Suche nach verfänglichen Indizien durch das Zimmer schweifte.

Clark lächelte. »Nein, nicht *hier* … ich habe mich draußen auf dem Sofa hingelegt, wenn du es genau wissen willst. Du warst ziemlich angeschlagen, und ich dachte mir, du könntest eventuell Hilfe brauchen. Das war dir doch hoffentlich recht«, fügte er rasch hinzu und reichte ihr die Espressotasse. Plötzlich war es dahin mit seiner Ruhe. Aber was für ein schönes Gefühl, den ersten Kaffee des Tages miteinander zu trinken! Warum hätte er auf dieses Vergnügen verzichten sollen. Lucia nippte an ihrer Tasse und lächelte. Der Kaffee schmeckte ausgezeichnet. Und dabei war Clark Amerikaner und sicher an das wässrige Gebräu seiner Heimat gewöhnt.

»Es ist schon spät«, sagte er, und der friedliche Zauber des Morgens verflüchtigte sich schlagartig. »Ich muss los. Wir sehen uns dann in der Redaktion.«

Lucia begleitete ihn bis an die Tür. Sie hätte nicht zu sagen gewusst, worüber sie sich mehr freute: Dass er als Retter in der Not aufgetaucht war, dass er auf dem Sofa geschlafen hatte oder dass er so viel Takt besaß, sie jetzt allein zu lassen.

Er stand bereits auf dem Treppenabsatz, als sie seinen Namen rief: »Clark!«

Wortlos drehte er sich um und kam auf sie zu. Lucia spürte den Übergang zwischen dem Holzboden der

Wohnung und den Marmorfliesen des Treppenhauses unter ihren nackten Füßen, als sie über die Türschwelle trat, sich auf die Zehenspitzen stellte und Clark einen Kuss auf die unrasierte Wange gab.

»Danke«, sagte sie nur, ehe sie leise die Tür hinter sich schloss.

Als sie unter der Dusche stand, glaubte sie noch immer seine kratzige warme Wange zu spüren. Das Wasser prasselte heiß auf ihren Körper und sie merkte, wie es zusammen mit dem Schweiß und dem Schmutz auch den Alkohol und alle Müdigkeit aus ihrem Körper schwemmte. Als sie an ihrer matt schimmernden, leicht gebräunten Haut hinuntersah, musste sie plötzlich ans Meer denken. Das Meer fehlte ihr. Das Meer und ihre Großmutter. Und die Schildkröten. Lucia hielt das Gesicht unter den Wasserstrahl und dankte dem Himmel: Für die Chance, in einer Stadt wie Rom leben zu dürfen, für das Glück, im Notfall einen Superhelden zur Hand zu haben, und nicht zuletzt dafür, dass ihr beruflicher Traum wahr zu werden schien. Dann dachte sie wieder an ihr Leben in Siculiana, und sie fühlte sich wie eine Kugel auf einer abschüssigen Rampe, die unweigerlich in Richtung ihres Verlobten Rosario und dessen kleinkarierten Familieninteressen rollte. Sie stellte die Dusche ab und griff entschlossen nach einem großen Handtuch. Wie auch immer ihre Zukunft aussehen würde, jetzt hatte sie die einmalige Möglichkeit, aus der Enge ihres alten Lebens auszubrechen und herauszufinden, was sie wirklich vom Leben wollte.

Und das Gefühl, das sie in Clarks Armen verspürt hatte, war überraschenderweise ein wichtiger Teil davon.

Hastig zog sie sich an und verließ das Haus. In der Eile übersah sie die schwere Harley, die neben dem Eingangsportal auf dem Trottoir geparkt war. Als sie an der Bar an der Ecke vorbeikam, fiel ihr jedoch eine vertraute Gestalt auf, die an einem der kleinen Tische saß. Lucia war so überrascht, dass es ihr nicht gelang, ihre Freude über das rasche Wiedersehen zu verbergen.

»Was machst du denn hier, ich dachte, du wärst in die Redaktion gefahren?«

»Ich habe beschlossen, mir noch einen Kaffee zu gönnen. Ich dachte nicht, dass du so schnell bist.«

»Aber du hast doch gerade eben erst einen Espresso mit mir getrunken.«

»Äh, ja, und der hat mir so gut geschmeckt, dass ich unbedingt noch einen trinken wollte. Aber der bei dir war viel besser.«

»Hm … also, das überzeugt mich nicht. Sag die Wahrheit, hast du mir hier etwa aufgelauert?«

»Nein, so würde ich das nicht formulieren. Ich bin dir höchstens wieder einmal zuvorgekommen.«

»Komisch. Ich kann mir beim besten Willen nicht vorstellen, wann das gewesen sein könnte.«

»Also gut, wenn du unbedingt die ganze Wahrheit wissen willst … Es war ziemlich ungalant von mir, dir nicht wenigstens anzubieten, dich ins Büro mitzunehmen. Aber ich wollte auch nicht umkehren und aufdringlich erscheinen. Deshalb habe ich beschlossen, mich hierher zu setzen und zu warten, ob du eventuell vorbeikommst. Schließlich wirst du als gute Italienerin wohl kaum der Versuchung widerstehen können, vor der Arbeit auf einen Sprung in der Bar gleich um die Ecke vorbeizuschauen. Auf jeden Fall ist das ein Wink des Schicksals, und deswegen werde ich dich jetzt einfach auf meine Harley packen und mitnehmen.«

»Du hast recht. Dem Schicksal sollte man nicht ins Handwerk pfuschen.«

Von diesem Tag an wurde es ihnen zur festen Gewohnheit, dass Clark jeden Morgen vorbeikam und Lucia auf seinem Motorrad in die Redaktion mitnahm. Es ist schließlich nichts dabei, redete sie sich ein, immerhin liegt meine Wohnung auf seinem Weg.

Und Lucia arbeitete wirklich sehr hart in dieser Zeit. Dabei hatte sie das Gefühl, auf dem richtigen Weg zu sein und jeden Tag ein Stückchen besser zu werden. Die Kürze ihres Volontariats spornte sie an, jede Herausforderung anzunehmen.

In ihrer Freizeit fungierte Clark als Fremdenführer. Wie Audrey Hepburn im Film ließ sich Lucia (auch wenn sie keine Prinzessin war) von ihrem amerikanischen Reporter dessen geliebtes Rom zeigen. Seine Esseneinladung hatte Clark bisher allerdings noch immer nicht eingelöst. Und Lucia hatte ihn auch nicht mehr darauf angesprochen. Fast schien es, als scheuten sie noch zurück vor einem allzu privaten Zusammensein, das ihnen eventuell gefährlich werden könnte. Dafür zeigte ihr Clark jedes Wochenende eine andere Sehenswürdigkeit der Stadt. Manches hatte Lucia noch von den Reisen mit ihren Eltern in Erinnerung, die immer großen Wert darauf gelegt hatten, ihre Tochter mit der Kunst italienischer Städte vertraut zu machen. Aber es war eine andere Sache, dies alles mit den Augen einer Erwachsenen zu sehen.

Den Anfang machten sie mit den Vatikanischen Museen, für die sie sich gleich zwei Tage Zeit nahmen, um alles in Ruhe anschauen zu können. Doch noch mehr vielleicht als die Sixtinische Kapelle war es die Galerie der Landkarten, die bei Lucia den größten Eindruck hinterließ. Sie hätte nicht genau zu sagen gewusst, warum, aber die außergewöhnlichen Farben der Fresken an den Wänden (antike Karten italienischer Landstriche) versetzten sie derart in Euphorie, dass sie mehrere Stunden zwischen einem Gefühl absoluten inneren Friedens und einer unbestimmten Sehnsucht hin- und herschwankte.

Und sie besuchten aufs Neue die Villa Borghese, wo Lucia die Statuen Canovas und Berninis bestaunte, die zu neuem Leben zu erwachen schienen, als die Sonnenstrahlen schräg durch die Fenster fielen und ihre Silhouetten beleuchteten. Vollkommen überwältigt von diesem Anblick, hätte Lucia am liebsten nach der Hand ihres Begleiters gegriffen, der (um die Wahrheit zu sagen) jedoch mehr Augen für sie als für die großartigen Skulpturen hatte.

Auf einem ihrer Spaziergänge kamen Clark und Lucia eines Tages auch am Palazzo Spada vorbei. Dort zeigte er ihr Borrominis berühmte Scheinmalerei im Pomeranzengarten, der wunderschön und melancholisch zugleich dalag und von Katzen nur so wimmelte. Der eigenartige Säulengang, der vier Mal länger erschien, als er in der Realität war, zeugte von dem großen Interesse der Brüder Spada für die Illusion der Scheinperspektive. Nur eine Stadt wie Rom vermochte dem ahnungslosen Besucher solche Überraschungen zu bieten, vor allem dann, wenn er am wenigsten damit rechnete. Tief beeindruckt lauschte Lucia Clarks Worten. Wie leicht zweifelt man doch an den eigenen Sinnen, an der eigenen Wahrnehmung und stellt sich die Frage, wie viele andere Dinge im Leben sich als ebenso irreführend erweisen könnten.

Als vielseitiger Fremdenführer begleitete Clark Lucia selbstverständlich auch auf eine ausgedehnte Shoppingtour: Via del Corso, Via Condotti, Piazza di Spagna – nicht ein Geschäft wurde ausgelassen. Im ersten kaufte Lucia sich ein zierliches Paar Sandalen mit orangeroten Absätzen, im zweiten ein Paar hellblaue Wegdes, im dritten ein Paar elegante schwarze Pumps. Irritiert registrierte Clark das erregte Funkeln in ihren Augen. Sie hätte ohne weiteres noch ein viertes, ein fünftes und ein sechstes Paar Schuhe gekauft. An diesem Punkt musste auch der einfühlsamste und verständnisvollste Mann passen. Frauen und Schuhe. Welcher Mann würde je das verwirrendste aller weiblichen Geheimnisse verstehen können, dachte Clark.

Eines Sonntags, als sie auf dem Markt an der Porta Portese an den vielen Ständen vorbeibummelten, fiel Lucias Blick auf einen rosafarbenen Hut mit langer Feder. »Wie steht er mir?«, fragte sie kess, während sie einen Finger ans Kinn legte und sich wie ein Filmstar in Pose warf. Der Anblick war so überaus reizend, dass es Clark den Atem verschlug. Dem Besitzer des Standes erging es offenbar ebenso, denn er sagte schmunzelnd: »Signorina, den Hut schenk ich Ihnen.«

An diesem Tag ließen sie das Motorrad in der Nähe der Ponte Milvio stehen, deren majestätische Bögen sich gegen den Tiber abzeichneten, der glatt und ruhig in seinem Flussbett floss. Es war schon fast Abend, und Lucia schlug vor, zu Fuß weiterzugehen. Am höchsten Punkt der Brücke lehnten sie sich gegen die Brüstung und genossen die Ruhe dieses Augenblicks, während der Tag sich seinem Ende zuneigte und die Sonne langsam hinter den hohen Gebäuden entlang des Lungotevere unterging.

Die beiden waren tief in Gedanken versunken, welche dem jeweils anderen galten. Seit jenem ersten Mal hatte Lucia ihren Verlobten auf Sizilien nie mehr erwähnt. Sie und Clark waren schließlich nur Freunde. Gute Freunde, beste Freunde, wie sie sich beharrlich einzureden versuchte. Und jetzt war nicht der Moment für Liebeleien, jetzt hieß es, arbeiten, arbeiten und sich ranhalten, um allen, nicht zuletzt sich selbst, zu beweisen, dass sie es schaffen konnte. Trotzdem wusste Lucia ganz genau, wem ihr erster Gedanke beim Aufwachen am Morgen und wem ihr letzter beim Zubettgehen am Abend galt. Clark, der schweigend neben ihr stand, schlug sich mit einem anderen Problem herum: Küsse ich sie, küsse ich sie nicht, ja, ich küsse sie … Aber etwas hielt ihn davon ab. Angst vielleicht oder das Gefühl, dies könnte nicht der richtige Zeitpunkt sein. In diesem Augenblick flog ein säumiger Nachzügler seinem Vogelschwarm hinterher, er glitt mit raschen Flügelschlägen über den rotgestreiften Himmel und erregte Lucias Aufmerksamkeit. Verstohlen betrachtete Clark die Frau neben sich, wie sie mit großen leuchtenden Kinderaugen dem Vogel hinterhersah. Es war ein Bild absoluter Vollkommenheit, das ihn hoffen ließ, die Welt könnte sich eines Tags doch zum Besseren wandeln.

Am Samstag darauf besuchte Lucia im Auftrag ihrer Zeitung und in Begleitung von Clark eine Lesung des neuesten Romans von Paolo Strini. Strini, bekannt für seine extravaganten Auftritte und wütenden Pamphlete, hatte beschlossen, seine letzte Arbeit im Saal der Gemeindebibliothek von Tor Bella Monaca zu präsentieren. Da Lucia noch nie einen Fuß in dieses soziale Brennpunktviertel weit draußen am Stadtrand gesetzt hatte, hatte sie Clark gebeten, sie zu begleiten.

Entgegen ihren Erwartungen hatten sich viele Zuhörer eingefunden. Wahrscheinlich viele neugierige Bewohner aus den Plattenbauten ringsum, angelockt von einem eher ungewöhnlichen Ereignis für diese Siedlung in der Peripherie, wo kulturelle Veranstaltungen eine echte Seltenheit waren. Lucia und Clark nahmen in der ersten Reihe auf den für die Presse reservierten Stühlen Platz. Sie hatten beide das Buch gelesen und es nicht sonderlich gemocht, doch bevor sie eine Rezension schreiben würde, wollte Lucia sich zunächst einmal anhören, was der Autor zu sagen hatte. Unwahrscheinlich, dass ihr der Roman deswegen besser gefiel, aber vielleicht eröffnete sich ihr dadurch ein anderer Zugang. Am Ende der Lesung, nachdem Strini einige Exemplare seines Romans signiert hatte, entzog er sich der Kontrolle seines Pressebüros und bahnte sich einen Weg durch die Menge. Er kam direkt auf Clark zu.

»Sie sind doch dieser Clark Kent, stimmt's? Der Journalist vom *Eco*?«

Clark reichte dem Schriftsteller die Hand.

»Der bin ich.«

»Freut mich, Sie mal persönlich kennenzulernen, auch wenn Sie in Ihrer letzten Rezension nicht gerade zimperlich mit mir umgegangen sind.«

Clark zauberte ein engelsgleiches Lächeln auf sein Gesicht. »Keine Sorge«, sagte er und sah sich suchend nach Lucia um. »Dieses Mal werde nicht ich Ihren Roman besprechen.«

Der Autor runzelte bedauernd die Stirn, was jedoch nur unzulänglich über seine offensichtliche Freude angesichts dieser Neuigkeit hinwegtäuschte.

»Schade, ich fühlte mich schon geschmeichelt, dass der *Eco* erneut seinen besten Journalisten geschickt haben könnte, um mich zu verreißen.«

Endlich entdeckte Clark Lucias Gestalt ein paar Meter weiter weg. Sie redete gerade beruhigend auf zwei ältere Damen ein, die sich offenbar über etwas beschwerten. Vielleicht über die Tatsache, dass es kein Büfett gab, das sie plündern konnten.

»Tja, aber genau so ist es. Sehen Sie die junge Dame dort drüben?«, fragte er und deutete auf Lucia. »Sie ist nicht nur schön, sondern auch noch die beste Journalistin im Feuilleton des *Eco*.«

Der Blick des Schriftstellers wanderte zu Lucia hinüber.

»In der Tat, nicht übel. Ich kann nur hoffen, dass sie ebenso gut schreibt, wie sie aussieht.«

»Da haben Sie nichts zu befürchten. Das steht außer Frage.«

Lucia bedankte sich bei den beiden Damen für das nette Gespräch und flüchtete sich zu Clark hinüber.

»*Buonasera*, Signor Strini. Ich bin Lucia Leonardi. Danke für die Einladung, das war ja ein sehr interessanter Nachmittag.«

»Das Vergnügen ist ganz meinerseits. Ihr Kollege hat Sie gerade über den grünen Klee gelobt.«

»Glauben Sie ihm kein Wort. Seit ich in Rom bin, versucht er mit allen Mitteln, bei mir zu landen.«

Strini und Clark brachen in schallendes Gelächter aus, sodass sich die Umstehenden neugierig zu ihnen umdrehten.

»Na, den Mann kann ich verstehen«, meinte der Autor.

»Sehr charmant, aber mit Ihren Schmeicheleien kommen Sie nicht weit bei mir. Deswegen fällt meine Kritik auch nicht besser aus.«

Einen Moment lang schien Strini wie versteinert, und sein feistes Gesicht wurde blass. Lucia schien mit ihrer Bemerkung voll ins Schwarze getroffen zu haben.

Gleich darauf war der Schriftsteller erneut von Fans umringt, die ihn mit sich fortzogen, aber hin und wieder warf er einen beunruhigten Blick in Richtung der beiden Journalisten.

Als Clark und Lucia die Bibliothek verließen, war es draußen noch hell. Clark reichte ihr amüsiert den Helm.

»Was gibt es da zu grinsen?«

»Nichts, ich dachte nur gerade, dass der große Paolo Strini heute Nacht bestimmt nicht gut schlafen wird. Und das hat er dir zu verdanken.«

Lucia zurrte den Helm unter dem Kinn fest.

»Findest du, dass ich zu unfreundlich war? Dabei kann er von Glück reden, dass ich ihm nicht erzählt habe, was mir die beiden Mütterlein von vorhin verraten haben.«

Clark schwang sich auf das Motorrad, schob es vom Ständer und half Lucia, sich hinter ihn zu setzen.

»Ah, das wird ja immer interessanter. Was haben die beiden netten Damen dir denn so Schreckliches enthüllt?«

»Also, die Hälfte aller Anwesenden ist nur deswegen gekommen, weil der Pfarrer der hiesigen Gemeinde letzten Sonntag aus Versehen angekündigt hat, dass heute das neueste Buch von Annamaria Paoletti präsentiert werden würde. Du weißt schon, die berühmte Schriftstellerin und TV-Moderatorin.«

»Aber das wirst du doch nicht schreiben, oder?«, fragte Clark entsetzt.

Lucia lachte ausgelassen und verstärkte ihren Griff um seine Taille. »Natürlich nicht! Wirf lieber den Motor an, damit wir nach Hause kommen.« An Clarks Rücken geschmiegt, fühlte Lucia sich inzwischen sichtlich wohl auf der schweren Harley. Nirgendwo wäre sie im Moment lieber gewesen.

»Ja, aber es ist noch so früh am Abend«, erwiderte er. »Willst du wirklich schon nach Hause? Oder kann ich dich zu einem Spaziergang überreden?«

Und so zerriss gleich darauf das sonore Dröhnen des Motors die Stille der wenig befahrenen Straße. Lucia und Clark kehrten ins Zentrum der Stadt zurück, wo die Sonne gerade unterging und den Himmel glutrot färbte. Ziellos umherschlendernd landeten die beiden schließlich auf der Piazza Mattei im historischen Ghetto Roms – eine der vielen versteckten Kostbarkeiten in der an Schönheit ohnehin so reich gesegneten ewigen Stadt.

»Und, wie gefällt es dir hier?«, fragte Clark. »Rom kommt mir immer vor wie ein Haus, das so vollgestopft mit Schätzen aller Art ist, dass es dir leicht passieren kann, beim Stöbern auf dem Dachboden auf einen Van Gogh zu stoßen.«

»Stimmt … diese Piazza ist wirklich … Oh!« Lucia verschlug es die Sprache. Soeben hatte sie den Schildkrötenbrunnen entdeckt.

Wie sagte *nonna* Marta immer zu Lucia? Wenn es einen Beweis für die Existenz Gottes auf Erden gab, dann diesen: die jährliche Rückkehr der Meeresschildkröten an den Strand von Siculiana. Die Meeresschildkröte, *Caretta caretta*, ist ein eigensinniges Geschöpf. Denn wenn es an der Zeit ist, ihre Eier abzulegen, folgen diese Tiere einem uralten biologischen Programm und kehren an den Strand zurück, an dem sie geschlüpft sind, mag dieser auch noch so weit entfernt liegen. Trotz der oft Hunderte oder gar Tausende von Kilometern, die sie zurücklegen müssen, verfügen sie über die unglaubliche Fähigkeit, genau *ihren* Strand wiederzufinden, um schließlich hier ihre Nester für die Eiablage zu graben. In Italien sind diese Strände an den Fingern einer Hand abzuzählen, aber einer von ihnen ist der von Torre Salsa bei Siculiana. Der sonnenüberflutete Strand, den Lucia jeden Morgen in der Ferne sah, wenn sie das Fenster ihres Zimmers öffnete.

»Ach, wie gern wäre ich jetzt dort …«, flüsterte sie gedankenverloren. Sie setzte sich auf den Rand des Brunnens und tauchte eine Hand in das kühle Wasser. »Weißt du«, sagte sie zu Clark, dessen Silhouette sich vor dem mittlerweile nachtblauen Himmel abzeichnete, während ringsum die Straßenlaternen angingen, »die Schildkröten sind gewissermaßen das Symbol meiner Heimatstadt.«

»Das wusste ich nicht. Wieso?«

»Zwei Mal im Jahr kommen die Schildkröten in Scharen nach Siculiana und legen ihre Eier an unseren

Stränden ab. Aber das eigentliche Spektakel beginnt erst, wenn die Kleinen schlüpfen. Die Eier sind so groß wie Tischtennisbälle und platzen alle gleichzeitig auf, fast so, als würde eine unsichtbare Hand das erste Ei berühren und damit einen Dominoeffekt auslösen. Das hört erst auf, wenn die letzte kleine Schildkröte das rettende Meer erreicht hat.«

Lucia verstummte und betrachtete den Brunnen. Die Muscheln, die Köpfe der wasserspeienden Putten, die Haltung der Epheben, die sich den Schildkröten entgegenreckten. Eine reichlich unbequeme Stellung, wie ihr schien, um sie bis in alle Ewigkeit durchzuhalten.

»Das scheint ja ein unglaubliches Spektakel zu sein. Ich würde es gern mal mit eigenen Augen sehen.«

»Jetzt ist es bald wieder so weit, Anfang September. In dieser Zeit wird Siculiana jedes Jahr aufs Neue regelrecht überschwemmt von Biologen, Liebhabern der Meeresschildkröte und Aktivisten von Greenpeace. Sie kommen aus allen Teilen der Welt, um dieses Schauspiel mitzuerleben. Manche sind richtige Fanatiker und nennen sich selbst ›Schildkrötenbeobachter‹.«

Clark runzelte fragend die Stirn. Das Thema schien ihn zu interessieren.

»Schildkrötenbeobachter?«

»Ja, Beobachter. Diese Leute bringen es fertig, eine ganze Woche am Strand zu kampieren, um ja nichts zu verpassen. Mit Videokameras und Infrarotgeräten bewaffnet, lauern sie darauf, das Ereignis zu verewigen. Du musst dir das mal vorstellen: Hunderte von Eiern, deren

Schale aufplatzt, und ebenso viele kleine Schildkröten, die gleichzeitig in Richtung Meer streben. Ihren ›Stapellauf‹ antreten, wie meine Großmutter Marta und ich immer sagen. Das ist schon einzigartig. Obwohl ich es jetzt schon so oft gesehen habe, bin ich jedes Mal wieder aufs Neue beeindruckt. Es ist immer wieder neu und anders.«

Clark, der sich neben Lucia gesetzt hatte, stand auf und ergriff ihre Hand. »Lucia Leonardi, versprich mir feierlich, dass du mir eines Tages den ›Stapellauf‹ der Schildkröten in Siculiana zeigen wirst!«

Und Lucia versprach es ihm.

Bereits seit einiger Zeit beschränkten sich Lucias Anrufe nach Hause auf ein nötiges Minimum. Vor allem, was ihre Gespräche mit Rosario betraf. Allmählich kam es ihr so vor, als hätte sie ihr altes Leben abgestreift wie ein Kleid, das sie als Kind getragen hatte. Es hing zwar noch irgendwo im Schrank, aber sie würde es niemals mehr anziehen, weil es zu eng und zu altmodisch war. Merkwürdigerweise schien Rosario nichts aufzufallen. Er stellte keine Fragen und erweckte den Anschein, als würde er sich ebenso gern mit der reduzierten Version von Lucia zufriedengeben. Schon möglich, dass er sich hin und wieder doch die ein oder andere Frage stellte, es jedoch vorzog, nicht genauer hinzuschauen und verdächtige Dinge, die ihm auffielen, unter den Teppich zu kehren.

Mit ihrer Großmutter verhielt es sich natürlich genau umgekehrt. Ihr hätte Lucia liebend gern alles erzählt, doch das war zu riskant, und deshalb hielt sie fürs Erste den Mund. Nicht ein Wort kam ihr über die Lippen über ihren attraktiven amerikanischen Kollegen, mit dem sie inzwischen jede Sekunde ihrer Freizeit verbrachte. Mit Ausnahme der Nächte.

Die einfachste und effektivste Methode, sich über die Bedeutung klarzuwerden, die ein anderer Mensch im eigenen Leben hat, ist die, achtsam in sich hineinzuhören, wie es sich anfühlt, wenn er nicht da ist. Und genau das tat Lucia, als Clark für ein paar Tage nach Mailand fahren musste, um dort eine Off-Off-Theatergruppe zu interviewen. Mit einem Mal spürte sie, welches Loch seine Abwesenheit in ihr Leben riss. Drei Tage saß sie im Büro, unfähig sich zu konzentrieren, und starrte auf den Cowboyhut auf Clarks Schreibtisch, während sie hin und wieder ein dumpfes Ziehen in der Magengegend spürte. Dieses bisher nie gekannte Gefühl erschien ihr als etwas sehr Kostbares, das sie bis zu einem gewissen Punkt sogar zu genießen wusste.

Es war an einem dieser Nachmittage, als Lucias Blick wieder einmal ins Leere schweifte und sie mit ihren Gedanken wer weiß wo war, dass sie plötzlich die Gestalt der Redaktionssekretärin aus dem Augenwinkel näher kommen sah.

»Na, schönes Kind. Lanza sagt, du sollst zu ihm ins Büro kommen. Ist nicht eilig. Wenn du Zeit hast. Umso besser allerdings, wenn du jetzt gleich Zeit haben solltest.«

»Danke, Franca, um was geht es denn? Ist doch nichts Schlimmes, oder?«, erwiderte Lucia und strich die Falten aus ihrem Rock.

»In dieser beschissenen Welt ist alles möglich«, lautete Francas aufmunternde Antwort. Irgendwie schien sie heute mit dem falschen Fuß aufgestanden zu sein.

Als Lucia Lanzas Büro betrat, musste sie an das erste Mal denken, als sie hier gewesen war. Wie hatte sich doch seitdem alles verändert. Sie war eine andere geworden – eine Frau, die gelernt hatte, auf eigenen Füßen zu stehen.

Wie üblich war Lanza gerade dabei, seinen nicht vorhandenen Bart zu malträtieren. Nur kannte Lucia jetzt den Grund.

»Setz dich doch, meine Liebe.«

»Danke«, antwortete Lucia.

»Wie du ja weißt, halte ich mich nicht gern mit Förmlichkeiten auf und komme deshalb sofort zum Punkt«, sagte Lanza und sah ihr in die Augen. Lucia erbleichte kaum merklich und verspürte ein Ziehen im Magen, das sich dieses Mal jedoch durchaus anders anfühlte als in den Momenten, wenn sie sehnsuchtsvoll an Clark dachte. Dieses Mal war es Ausdruck schierer Panik.

Dabei half es auch nicht, dass die übliche Vorrede Lanzas über ungeliebte Förmlichkeiten lediglich ein rhetorischer Strohhalm war, an den er sich selbst gern klammerte. Und so holte der Chefredakteur erst mal ganz weit aus, bevor er auf das eigentliche Thema zu sprechen kam.

»Nun – wie gefällt es dir denn so bei uns? Behandeln deine Kollegen dich gut?«

»Natürlich, machen Sie Witze? Ich bin mehr als zufrieden und könnte nicht glücklicher sein. Alle haben mir geholfen, wo sie nur konnten. Die Arbeit ist spannend, die Redaktion grandios: Mit einem Wort, es ist ein Traum, und am liebsten würde ich für immer hier bleiben wollen.«

»Gut. Ich hatte schon Angst, die drei Grazien, diese Schlangen, könnten dich vergrault haben. Das wäre nicht das erste Mal. Aber nein, wie ich sehe, haben sie dich stattdessen unter ihre Fittiche genommen. Offenbar ist es dir gelungen, sie auf deine Seite zu ziehen. Eine große Leistung, wie hast du das bloß geschafft.«

Lucia lächelte.

»Und dein Kollege vom Feuilleton?«

Lucia spürte, wie ihr das Blut in die Wangen stieg und sie dunkelrot wurde.

»C-C-Clark?«, stotterte sie.

»Ja, C-C-Clark«, erwiderte Lanza leicht amüsiert, wie es Lucia schien. Machte er sich über sie lustig?

»Äh, wir sind ein gutes …« – Lucia zögerte – »… ein gutes Team, denke ich. Wir haben bereits einiges zusammen auf die Beine gestellt … Also, wir können sehr gut zusammenarbeiten, meine ich.«

»Hm … hm«, brummte Lanza und strich sich wieder über seinen nicht vorhandenen Bart. »Nun, meine liebe Lucia, dann kann ich wohl aus all dem nur schließen, dass es in deinem Sinne wäre und du es akzeptieren würdest, wenn ich dir einen Vertrag offerierte?«

»Einen V-V-Vertrag?« Lucia riss die Augen auf.

»Einen V-V-Vertrag«, bestätigte Lanza.

Lucia brach stumm in einen unbeschreiblichen Jubel aus. Jede Faser ihres Körpers war erfüllt mit Freude.

»Natürlich nicht ohne einen Wermutstropfen«, gab Lanza zu bedenken, ehe er sich in seinem Sessel umdrehte, aus dem Fenster starrte und anfing, sich in Rage zu reden.

»So etwas wie unbefristete Verträge gibt es ja leider schon seit ewigen Zeiten nicht mehr. Der Arbeitsmarkt ist beschissen, also, was soll ich dir lange erzählen. Die Argumente kennen wir alle. Ich komme jedoch gerade von einem Treffen der Eigentümer mit der Personalabteilung. Nachdem die Bilanz im letzten Jahr ziemlich positiv ausgefallen ist, ist es mir gelungen, doch etwas für dich zu erreichen. Der *Eco* wächst jetzt schon seit einigen Jahren. Du bist also zu einem günstigen Zeitpunkt zu uns gekommen«, sagte er und drehte sich mit einem zufriedenen Lächeln wieder zu ihr um. »Und ich kann dir etwas ganz Ordentliches anbieten, denke ich. Immer unter der Voraussetzung natürlich, dass du überhaupt bleiben willst.«

»Ob ich bleiben will? Das fragen Sie mich noch?«

»Man weiß ja nie. Ein Umzug in eine andere Stadt kann sich manchmal als Problem erweisen.«

Lucias Antwort kam wie aus der Pistole geschossen. »Nicht für mich. Ich habe nur einen Wunsch: hier zu arbeiten.«

Wieder lächelte Lanza.

»Hm … hm … das höre ich gern. Lass dir trotzdem ein bisschen Zeit und denke in Ruhe über mein Angebot nach. Ich dachte an einen Zwei-Jahres-Vertrag. Mit einem soliden Gehalt, mit dem du dir zwar keine Wohnung am Campo de' Fiori wirst leisten können, aber inzwischen dürftest du begriffen haben, dass Geld nicht der Hauptgrund ist, weshalb wir diese Arbeit machen.«

Lucia hielt es nicht länger aus. Sie stand auf und ging um den Schreibtisch herum. Lanza sah sie irritiert an.

»Entschuldigen Sie bitte, aber das muss jetzt einfach sein.« Mit diesen Worten drückte sie Lanza einen Kuss auf die Wange, während dieser heftig errötete. »Danke, danke, danke! Sie wissen nicht, wie viel mir das bedeutet.«

»Was für ein Enthusiasmus! Sei froh, dass ich schon ein alter Knacker bin, sonst würde ich mich glatt in dich vergucken … und hätte dich natürlich sofort entlassen müssen. Jetzt aber wieder an die Arbeit, marsch, marsch! Zwing mich nicht, es mir anders zu überlegen.«

Lucia knallte die Hacken zusammen und deutete einen zackigen Salut an. Dann drehte sie sich um und entschwand an ihren Schreibtisch.

Dort schnappte sie sich ihr Mobiltelefon und lief hinaus auf den Balkon. Die Welt schien sich auf einmal viel schneller zu drehen, und vielleicht kam ihr deshalb ihr Telefon viel zu langsam vor. Endlich hatte sich die Verbindung aufgebaut, und es meldete sich die Stimme mit dem anglo-romanischen Akzent, die so einzigartig war und die sie inzwischen in all ihren Facetten kannte.

»Clark Kent, halt dich fest! Du hast eine neue Kollegin!«

»Aha, und wie ist sie?«

»Schön und sympathisch, ganz zu schweigen von ihrer Intelligenz und ihrem Elan!«

»Sehr gut. Allerdings finde ich es fast ein wenig schade, weil ich mit dir nämlich auch ganz zufrieden war.« Sie konnte sein Grinsen direkt vor sich sehen.

»Idiot. Wann kommst du zurück? Wann führst du mich endlich zum Essen aus, wie du es versprochen hast? Oder bist du einer von denen, die erst laut tönen und dann einen Rückzieher machen?«

»Ich? Ich doch nicht. Ich komme morgen wieder, und dann führe ich dich so groß aus, dass dir die Augen übergehen.«

7

Fremdling, der du vorbeigehst!

Komme gegen neun Uhr vorbei und hole dich ab. Dresscode: Elegant. Aber ich weiß jetzt schon, dass du umwerfend aussehen wirst. C.

Lucia, die sich den Nachmittag freigenommen hatte, ging Clarks SMS nicht mehr aus dem Kopf. Da sie in ihrem Schrank nichts fand, das ihren Vorstellungen voll und ganz entsprochen hätte, beschloss sie, die Gelegenheit zu nutzen und eine Runde shoppen zu gehen. Der schönste Einkaufsbummel ist noch immer der, den eine Frau alleine unternimmt, vor allem, wenn sie genau weiß, wen sie beeindrucken möchte. Lucia sah sich zunächst in den Geschäften in der Nähe um und zog dann weitere Kreise. Wie zu erwarten, kehrte sie mit einem raffiniert geschnittenen schwarzen Kleid zurück – sehr körperbetont und mit einem eckigem Ausschnitt, der tiefe Einblicke bot, aber dennoch elegant war. Vervollständigt wurde ihr Outfit von einem breiten silbernen Armreif, den sie in einem kleinen Trödelladen gefunden hatte, und einer silbern schimmernden Clutch. Die Schuhe, schwarz, mit hohem Absatz, hatte sie bereits auf ihrer Shoppingtour mit Clark erstanden. Sie konnte es drehen und wenden, wie sie wollte – das war nun mal ihr Stil: kleines Schwarzes und hochhackige Sandalen. Lucia schaute in den Spiegel und fühlte sich eins mit sich selbst. Was wollte sie mehr?

Der verabredete Zeitpunkt kam schneller als erwartet. Und als Lucias Blick auf Clark in seinem eleganten Anzug fiel, war es fast um sie geschehen.

»*Mamma mia!* Ist das eure Nationaltracht in Montana?«, spottete sie, um den Eindruck, den er auf sie machte, zu überspielen. In Wirklichkeit spürte sie ihr Herz heftig klopfen. Ein wenig zu stürmisch für ihren Geschmack.

»Ja, und jetzt führen wir uns einen deftigen Hammelbraten in einem Indianer-Tipi in Trastevere zu Gemüte«, erwiderte Clark lachend, ergriff ihre Hand und zog sie an sich. »Entschuldigen Sie, wenn ich das sage, Miss

Leonardi, aber Sie sehen heute Abend einfach bezaubernd aus.«

Als sie jedoch das Foyer des Hotels Atlante Star in der Via Vitelleschi betraten, war Lucias Enttäuschung groß. Sie hatte noch nie Gefallen daran gefunden, in Hotels zu speisen; es kam ihr immer ein wenig aufgesetzt und beliebig vor. Doch alle ihr Bedenken waren wie weggewischt, als sie das oberste Stockwerk und das Restaurant *Les Étoiles* erreichten: Vor ihren Augen tat sich eine magische Landschaft aus dunklen, geheimnisvollen Silhouetten und unerwarteten Farben auf. Und die Hektik der Großstadt, die zu ihren Füßen lag, wich einem vollkommenen Frieden, der sie einhüllte wie ein weicher Mantel. Vor einer breiten Fensterfront mit atemberaubender Aussicht stand eine Reihe von Tischen, dezent mit Kerzen beleuchtet. Dazwischen elegante, zurückhaltende Kellner und leises Klavierspiel, das die Luft mit sanften Klängen erfüllte.

Vom ersten Moment an hatte Lucia das Gefühl, völlig im Gleichklang zu sein – mit der Welt und mit Clark, der sie schweigend an einen der Tische führte, während die stimmungsvolle Musik von *Es war einmal in Amerika* erklang.

Als Vorspeise Lachs, danach Ravioli mit Seeigel und gedämpfte Langusten, dazu Weißwein. Die Unterhaltung beim Essen floss leise und angenehm dahin wie ein fröhlich plätschernder Bach, eingebettet in Lucias perlendes Gelächter und gesäumt von Clarks weichem Akzent.

Das Dessert nahmen sie an einem kleinen Tisch draußen auf der Terrasse ein, wo der Ausblick (wenn überhaupt möglich) noch zauberhafter war. Der Mond, groß und rund wie in einer gemalten Theaterkulisse, ließ die von der sommerlichen Brise aufgeworfene zarte Kräuselung des Tibers wie flüssiges Silber erscheinen.

»Dieser Ort hier ist wirklich etwas ganz Besonderes, Clark. Danke. Ich habe das Gefühl, mit offenen Augen zu träumen«, sagte Lucia und griff nach dem Glas Prosecco, das Clark bestellt hatte.

»Träume mit offenen Augen sind die besten, weil man selbst bestimmen kann, wann man wieder aufwachen möchte.«

»Da hast du recht. Und du? Träumst du auch manchmal mit offenen Augen, vielleicht davon, eines Tages Ressortleiter zu werden oder gar Chefredakteur?«

Mit einem Mal wurde Clark ernst, und er sah ihr geradewegs in die Augen.

»Nein, das wird einmal dein Posten sein … wenn unser feuriger Lanza sich irgendwann auf sein Altenteil zurückgezogen haben wird.«

»Machst du Witze? Du wirst hinter Lanzas Schreibtisch alt werden, nicht ich.«

Clark verzog zweifelnd das Gesicht, und sein Lächeln war eigenartig.

»Ich glaube nicht, dass ich mein ganzes Leben lang Journalist bleiben werde.«

Lucia stützte beide Ellbogen auf den Tisch und beugte sich überrascht vor.

»Sieh an, sieh an«, erwiderte sie. »Na, dann wollen wir uns doch mal anhören, was der gute Clark einmal machen wird, wenn er groß ist.«

Jetzt beugte auch Clark sich vor, bis ihre Gesichter nur noch wenige Zentimeter voneinander entfernt waren.

»Schriftsteller«, flüsterte er.

Er sagte das mit solcher Überzeugungskraft, dass Lucia ihn ungläubig ansah.

»Du willst Schriftsteller werden? Und worüber willst du schreiben?«

»Über die Liebe.«

Lucia brach in schallendes Gelächter aus, da sie dachte, er würde sie auf den Arm nehmen. Doch ihr Lachen verstummte, als sie bemerkte, dass Clark die Situation nicht annähernd so komisch fand wie sie.

»Entschuldige, ich wollte mich nicht lustig machen über dich … Du hast das ernst gemeint, oder?«

»Insgeheim war das schon immer mein Traum … Heute habe ich das erste Mal einem anderen Menschen davon erzählt.«

»Und warum hast du bisher noch nichts geschrieben? Für einen Journalisten wie dich dürfte es doch kein Problem sein, einen Verlag zu finden.«

Clark seufzte und rutschte nervös auf seinem Stuhl herum.

»Das Problem war, dass ich bisher nie eine Geschichte hatte, die es wert gewesen wäre, aufgeschrieben zu werden. Aber lange wird es nicht mehr dauern, bis ich eine gefunden habe, das spüre ich. Allmählich hängt es mir nämlich zum Hals heraus, immer die Romane anderer lesen zu müssen.«

Die tiefe Melancholie in Clarks Stimme veranlasste Lucia, einem plötzlichen Impuls nachzugeben und ihn sachte am Arm zu berühren. Clark ergriff ihre ausgestreckte Hand und drückte sie.

Mehrere Sekunden verharrten sie so, ehe beide im selben Moment begriffen, dass sie einander vielleicht ein wenig zu nahe gekommen waren. Lucia reagierte als Erste und schlug verlegen die Augen nieder. »Apropos Romane«, begann sie, um das Schweigen zu brechen, das mittlerweile bereits zu lange andauerte. »Es gibt etwas, das ich dich schon lange fragen wollte, mein zukünftiger Bestsellerautor. Was ist eigentlich dein Lieblingsbuch?«

Clark fasste sich ans Kinn und ließ eine Weile verstreichen, ehe er antwortete.

»Hm, das ist eine schwierige Frage. Es gibt so viele gute Bücher …«

»Ja, aber ich meine ein Buch, das dir persönlich am Herzen liegt. Nicht irgendwelche nobelpreisgekrönten Schwarten, große Klassiker oder Bücher, die man gelesen haben muss.« Lucia blieb hartnäckig. »Ich will wissen, welches Buch dich zum Träumen angeregt und dich tief im Innern berührt hat, bis es zu einem Teil von dir geworden ist … Ich will etwas über Clark Kent wissen, das sonst niemand weiß«, schloss sie und schaute ihn aus großen Augen an.

»Schon gut, schon gut, ich habe verstanden«, erwiderte er. »Darauf gibt es nur eine Antwort. *Wie ein einziger*

Tag von Nicholas Sparks. Die schönste Liebesgeschichte, die ich je gelesen habe.«

Das war eine merkwürdige Wahl für einen Mann, dachte Lucia. Nicht einer der Männer, die sie bislang kennengelernt hatte – ganz zu schweigen von ihrem Verlobten Rosario –, hätte sich jemals für eine so romantische Lektüre entschieden. Auch sie hatte Tränen beim Lesen vergossen und sich sogar ein wenig in den Helden verliebt. Dieses Buch erzählte von der Liebe in all ihren Phasen: Von der Liebe in jungen Jahren, wenn man voller Überschwang ist und das Leben noch nicht kennt, wenn jedes Gefühl überwältigend, wild, schwarz oder weiß ist, wenn man von Vernunft nichts hören will. Dann die erwachsene Liebe, wenn man bereits gemeinsame Erfahrungen mit Freud und Leid gemacht und die Beziehung diverse Bewährungsproben bestanden hat, die einen manches anders sehen lassen und den Gefühlen größere Beständigkeit verleihen. Und schließlich die Liebe in reiferen Jahren, wenn man ein ganzes Leben miteinander verbracht hat und (vielleicht) endlich weiß, worum es geht.

Die Vorstellung, dass Clark gerade dieses Buch so sehr mochte, berührte Lucia eigenartig. Und zum ersten Mal ertappte sie sich bei dem Gedanken, dass sie mit einem Mann wie ihm nur allzu gern den Rest ihres Lebens verbringen, Kinder bekommen und ein Haus bauen würde. Dieser Mann scheint zu wissen, wie man eine Frau glücklich macht, dachte sie. Aber sie versagte sich die Vorstellung, dass sie diese Frau sein könnte.

»Eine ausgezeichnete Wahl«, meinte sie schließlich, als sie bemerkte, dass er sie in Erwartung ihrer Meinung unverwandt ansah.

»Ja, ich weiß, dass man so etwas von einem Mann nicht erwartet. Aber diese Geschichte ist so romantisch und so wahrhaftig zugleich. Wie viele Liebesgeschichten kennst du schon, denen weder Zeit noch widrige Umstände oder gesellschaftliche Unterschiede etwas anhaben konnten?«

Lucia seufzte tief, ein wenig irritiert von seiner Offenheit. »Da hast du sicher recht. Ich mag dieses Buch auch sehr gern.«

»Und welches ist dein Lieblingsbuch?«

Im Gegensatz zu Clark ließ Lucia sich nicht lange bitten, ihm ihren Lieblingsroman zu enthüllen.

»*Überredung* von Jane Austen.«

Clark schien wenig überrascht und lächelte verhalten.

»Frei nach dem Motto: Wahre Liebe gedeiht nur in Freiheit.«

»Kennst du das Buch? Ich liebe Anne, die Protagonistin. Ich weiß nicht, warum, aber ich habe eine Schwäche für unglückliche Heldinnen, sogar für solche, die am Ende zugrunde gehen. Anne begeht den größten Fehler, den eine Frau machen kann: Sie lässt ihre große Liebe gehen. Aus falscher Einsicht. Weil sie auf andere und nicht auf ihr Herz hört …«

Clark sah, wie Lucias Augen beim Erzählen glänzten, so als wollten sie mit dem Schein der Kerze, die in der Mitte des Tisches stand, um die Wette leuchten.

»Zum Glück gibt es im Buch aber ein Happy End«, fiel er ihr lächelnd ins Wort. »Und die wahre Liebe triumphiert. So müsste es immer sein, nicht wahr?«, fügte er hinzu, während er sie unverwandt anschaute.

Lucia schlug verlegen die Augen nieder.

»Mir gefallen Jane Austens Romane auch sehr gut«, fuhr er hastig fort. »Ich habe sie alle gelesen. Für eine Prüfung an der Universität über die englische Literatur des neunzehnten Jahrhunderts.«

»Du Glücklicher! Ich habe die Autorin erst spät für mich entdeckt. Und das habe ich nur dem Film *E-mail für Dich* zu verdanken!«, erwiderte Lucia lachend.

»Anscheinend hast du auch eine große Schwäche für romantische Filme. Das nenne ich konsequent!«

Lucia lächelte und senkte erneut den Blick, wobei eine leichte Röte ihre Wangen überzog.

»Ja, ich gebe es zu. Ich finde romantische Komödien einfach unwiderstehlich. Aber mein absoluter Lieblingsfilm wird immer *Schlaflos in Seattle* mit Tom Hanks und Meg Ryan sein.«

»Na, das kann ich gut verstehen. Jetzt bleibt nur noch eine wichtige Frage zu klären, bevor wir behaupten können, alles voneinander zu wissen: Welche ist deine Lieblingsfarbe?«

Lucia musste lachen. Ihr gefiel Clarks Talent, potentiell verfängliche Situationen zu entschärfen. Und dabei erwischte er immer genau den richtigen Moment. Ohne lange zu zögern, antwortete sie: »Grün und Blau.

Grün, weil es mich an die Schildkröten erinnert, und Blau wie das Meer meiner Heimat.«

»Na, dann trinken wir auf die Schildkröten, auf das Meer von Siculiana, auf diesen wunderbaren Abend und auf dich und mich.«

Einen Augenblick lang verharrte Lucia stumm, ehe sie ihr Glas ergriff und mit Clark anstieß.

»Auf uns …«

Die Kerze war mittlerweile erloschen. Lucia und Clark sahen sich tief in die Augen, während sie im Schein des Mondes aus ihren Gläsern tranken und im Blick des anderen ein Zeichen suchten, ein eindeutiges Signal, dass der Zauber des Moments nicht verflogen sein würde, sobald sie diese magische Terrasse verlassen hatten.

Ein letztes Mal bewunderten sie die in sanftes Mondlicht getauchten Silhouetten der umliegenden Palazzi. Dann ließ sich Clark die Rechnung bringen und half Lucia, den schwarzen Baumwollschal umzulegen, den sie zum Schutz gegen die kühle Abendluft mitgenommen hatte. Unschlüssig standen sie noch ein paar Minuten auf der Terrasse, um die Schönheit des Ortes bis zur Neige auszukosten.

Als sie im Aufzug nach unten fuhren, drehte Lucia sich unvermittelt zu Clark um und sah ihn prüfend an.

»Und wie sieht es bei dir mit Gedichten aus?«

»Wie?«

»Gedichte … kannst du eines auswendig?«

Überrascht von ihrer Frage antwortete Clark nicht gleich, sondern überlegte erst. Dann schien ihm etwas einzufallen. Er konzentrierte sich kurz, lächelte Lucia zu und drückte auf den Halteknopf des Aufzugs, ehe er seinen Mund ganz nah an ihr Ohr brachte.

»Fremdling, der du vorbeigehst! Du weißt nicht, wie sehnsüchtig ich nach dir blicke, du musst der sein, den ich suchte, oder die, die ich suchte (es kommt mir wie aus einem Traum). Ich habe sicherlich irgendwo ein Leben der Freude mit dir gelebt, alles ist wieder wach, da wir einander vorbeihuschen, flüchtig, zärtlich, keusch, gereift. Du wuchsest auf mit mir, warst Knabe mit mir oder Mädchen mit mir, ich aß mit dir und schlief mit dir, dein Körper blieb nicht dein eigen allein, noch ließ er meinen Körper mir allein. Du gibst mir die Lust deiner Augen, deines Gesichts und Fleisches, indes wir vorbeigehen, du nimmst von meinem Bart, Brust, Händen dafür. Ich will nicht zu dir reden, ich will an dich denken, wenn ich allein sitze oder nachts allein wache. Ich will warten, ich zweifle nicht, dass ich dir wieder begegnen werde, ich will darauf achten, dass ich dich nicht verliere.«

Als Clark die Verse zu Ende rezitiert hatte, wandte er den Kopf und berührte sacht mit den Lippen Lucias Mund. Einen Moment lang verharrte sie reglos, hilflos dem Ansturm von Gefühlen ausgeliefert, ehe sie seinen unerwarteten Kuss erwiderte. Als er sich schließlich von ihr löste, musste sie sich an der Fahrstuhlwand festhalten, um nicht das Gleichgewicht zu verlieren. Verlegen senkte sie den Blick, doch dann nahm sie ihren ganzen Mut zusammen und sah ihm in die Augen.

»Das ist ein sehr schönes Gedicht. Von wem ist es?«

Clark setzte den Aufzug wieder in Bewegung und ergriff lächelnd ihre Hand.

»Von Walt Whitman, und es heißt *An einen Fremden.*«

»Aha. Ich kenne Whitman, aber dieses Gedicht habe ich noch nie gehört. Du bist unglaublich, Clark Kent. Es gelingt dir immer wieder, mich zu überraschen.«

Hand in Hand verließen sie das Hotel und gingen zu dem Parkplatz zurück, wo sie das Motorrad abgestellt hatten.

Clark wollte Lucia gerade wie gewohnt den Helm reichen, als er plötzlich in der Bewegung innehielt.

»Du hast mir noch gar nicht verraten, welches dein Lieblingsgedicht ist. Kannst du denn eines auswendig?«

»Als ich noch ein kleines Mädchen war, hat meine Großmutter mich oft auf den Friedhof von Siculiana mitgenommen. Wir haben immer Blumen auf das Grab meines Großvaters gelegt. Einmal habe ich mich ziemlich weit von meiner Großmutter entfernt und bin zwischen den Gräbern umhergewandert. Es war Herbst, die Luft war noch mild, aber am Boden raschelten bereits die ersten welken Blätter. Ein Blatt hat meine Aufmerksamkeit besonders erregt. Ockerfarben leuchtend thronte es in perfektem Gleichgewicht auf der Spitze eines Grabsteins. Ich habe die Hand danach ausgestreckt, weil ich es mit nach Hause nehmen und zum Trocknen zwischen die Seiten eines Buches legen wollte. Als

Kind war ich völlig fixiert auf solche Dinge. Ich habe alles mit nach Hause genommen – Blumen, Blätter, Grashalme …«

»Hat dir schon mal jemand gesagt, dass du wunderschön aussiehst, wenn du dich in irgendwelchen Gedanken verlierst?«

Lucia lächelte. »Entschuldige – die Geschichte geht gleich weiter. Mehr aus Zufall habe ich damals gelesen, was auf dem Grabstein stand. Die Verse, die dort eingemeißelt waren, sind mir dennoch im Gedächtnis haften geblieben. Jahre später habe ich herausgefunden, dass sie von Robert Frost stammten. Seither liebe ich seine Gedichte.«

Am liebsten hätte Clark sie gleich wieder geküsst, aber er beschränkte sich darauf, ihr aufmunternd zuzulächeln.

»Und wie lauteten diese Verse?«

Lucia räusperte sich.

»*Zwei Wege trennten sich im Wald,*
und ich – ich nahm den Weg, der kaum begangen war,
das hat den ganzen Unterschied gemacht.«

»Das Gedicht heißt: *Der nicht genommene Weg.*«

»Und wem gehörte der Grabstein?«

»Das weiß ich nicht! In dem Alter habe ich mir den Namen, der dort stand, nicht gemerkt … Und außerdem – und das mag dir jetzt seltsam erscheinen –, ich habe den Grabstein danach nie mehr wiedergefunden.«

»Brrr! Wie unheimlich! *Lucia und der verschwundene Grabstein!* Diesen Film dürft ihr auf keinen Fall versäumen. Ein bluttriefendes Machwerk!«, witzelte Clark.

Lucia kicherte, dann sagte sie: »Aber seit heute Abend habe ich ein neues Lieblingsgedicht, und zwar von Walt Whitman.«

Clark küsste sie spontan auf die Wange.

»Weißt du eigentlich, dass du mir ziemlich sympathisch bist?«

»Danke, du bist auch nicht übel.«

Clark hievte die Harley vom Kippständer, hielt mit dem Fuß das Gleichgewicht und ließ ein paar Mal den Motor aufheulen. Dann schaltete er den Motor wieder aus und bockte die Maschine erneut auf.

»Was ist?«

Er drehte sich um und schob das Visier seines Helms nach oben. Man sah nichts außer seinen klaren blauen Augen.

»Wohin soll ich dich bringen?« Und noch bevor Lucia antworten konnte, fuhr er fort: »Vielleicht hättest du Lust, noch auf einen Sprung mit zu mir kommen?«

Noch während er die Frage stellte, bekam Clark es plötzlich mit der Angst zu tun, dass sie ablehnen könnte. »Nur auf einen Kaffee …«, fügte er hastig hinzu.

Lucia zögerte.

»Wenn ich jetzt Kaffee trinke, dann kriege ich die ganze Nacht kein Auge zu. Das ist mein Problem.«

Clark grinste über das ganze Gesicht.

»Wenn das so ist, dann mache ich dir gleich zwei Tassen.«

»Mister Kent, ich dachte eigentlich, dass ein Superheld wie Sie über andere Möglichkeiten verfügt, um eine Dame wachzuhalten.«

»Und ob, *Signorina*. Sie sollten mich lieber nicht herausfordern. Dann werde ich Ihnen eben keinen Kaffee servieren, sondern Ihnen meine Schmetterlingssammlung zeigen.«

Ohne ihre Antwort abzuwarten, schloss Clark sein Visier und gab Vollgas, damit Lucia keine Zeit blieb, ihre Meinung zu ändern. Oder bevor das Schicksal in seiner Launenhaftigkeit ihm noch Steine in den Weg legen konnte.

Einerseits sind da die äußeren Umstände, die Gespräche, die Gesten. Und dann ist da noch etwas anderes. Etwas, das tief unter die Haut geht, das eine Kaskade an Schauern auslöst und das Blut schneller zirkulieren lässt. Und plötzlich dreht sich die Welt in eine andere Richtung.

Genau das war an diesem Abend im Restaurant passiert. Als Clark aufgestanden war, um sich frisch zu machen, und dabei flüchtig die Hand auf ihre Schulter legte, hatte Lucia das Gefühl, als hätten seine Finger ihr einen elektrischen Schlag versetzt. Und dieses Gefühl hatte sich noch verstärkt, als sie sich nach dem Essen in der lauen Abendluft gemeinsam auf den Weg gemacht hatten.

Unvorstellbar, dass sie jetzt hätte allein nach Hause gehen können, während das Blut immer heftiger in ihren Adern pochte und sie über die Straße zu schweben schien. Nichts war schöner als die erregende Gewissheit, dass es geschehen würde. Sie strebte diesem Moment zu und hätte ihn am liebsten immer weiter hinausgezögert, so köstlich war diese Empfindung. Rosario kam ihr kurz in den Sinn, aber gegen die Gefühle, die Clark an diesem Abend in ihr auslöste, war sie machtlos. Es war überwältigend, und sie konnte sich nicht daran erinnern, mit Rosario jemals etwas Ähnliches empfunden zu haben. Es war eine Frage der Chemie, es war schicksalhaft.

Lucia war sofort verliebt in Clarks Wohnung, auch wenn sein Angebot, dort noch einen Kaffee zu trinken, mehr als durchsichtig war. Aber es kam im richtigen Augenblick und mit den richtigen Worten. Vom ersten Moment an hatte Lucia das Gefühl einer großen Vertrautheit. Mit seinen Büchern (die Visitenkarte eines Menschen), seinen Bildern, seinen Möbeln. Sogar mit dem Ausblick aus dem Fenster. In allem steckte ein Stück von Clark.

Und dann geschah es. Einfach so. Seine Hände waren zärtlich, aber zupackend. Es schien das Natürlichste von der Welt zu sein, und gleichzeitig war es etwas ganz Besonderes. So klar und rein wie eine Landschaft im Winter. Lucia fühlte sich schön wie nie zuvor in dieser Nacht. Sie hatte das Gefühl, endlich die Frau zu sein, die tief in ihr steckte.

Hinterher blieben sie Arm in Arm liegen, zärtlich umschlungen, und redeten in der Dunkelheit. Sie sprachen über ihre Kindheit, lachten, entblößten einander ihre Seelen. Und dann gestand sie ihm, auf jede Vorsicht oder taktisches Geplänkel verzichtend: Ich gehöre dir, so wie ich noch nie einem anderen gehört habe. Um das zu begreifen, muss ich kein Jahr, keinen Monat, nicht einmal eine Stunde warten. Manchmal passiert so etwas tatsächlich, nicht nur im Film. Und dann ist es sinnlos, sich dagegen zu wehren.

So verging die Nacht. Hin und wieder, zwischen zwei Worten, zwischen zwei Umarmungen, nickten sie kurz ein. Erwachten aber sofort wieder bei der leisesten Bewegung des anderen, als würden ihre Körper nie müde werden.

Die Morgendämmerung umfing sie mit ihrem sanften Schein, und dann sahen sie, wie hinter dem Fenster die aufgehende Sonne am Horizont in einem Farbenrausch explodierte.

Plötzlich ein seltsames Geräusch, das den Liebenden ein Erwachen der anderen Art bescherte, als risse die reale Welt sie vorzeitig aus einem Traum. Das Geräusch eines Schlüssels, der im Schloss umgedreht wurde. Zuerst spitzte Lucia die Ohren. Was sie hörte, war sicher nur die ungewohnte Geräuschkulisse einer fremden Wohnung. Als sie jedoch sah, wie Clark voller Panik aufschreckte, begriff sie, dass sie sich nicht getäuscht hatte. Da wollte jemand in die Wohnung.

Lucia konnte, wollte es nicht glauben. Doch noch während sie sich notdürftig mit dem Laken bedeckte und hastig nach ihren Kleidern umsah, musste sie sich eingestehen, dass sie offensichtlich jemand für ziemlich dumm verkauft hatte.

»Camilla!«, stieß Clark hervor.

Camilla schien nicht einmal wütend zu sein. Sie stellte ihren kleinen Koffer mitten in den Flur, von wo aus man durch die sperrangelweit offenstehende Tür direkt ins Schlafzimmer blicken konnte, strich sich eine Haarsträhne aus dem Gesicht und meinte nur trocken: »Ich hätte wohl besser anrufen sollen …«

Die junge Frau in dem eleganten Kostüm und der selbstsicheren Ausstrahlung einer Karrierefrau lächelte, wahrscheinlich Ausdruck ihrer unterschwelligen Wut. Dann schüttelte sie langsam den Kopf, verbittert und resigniert, wie Lucia fand. Sie fühlte sich wie beim Schiffchenversenken in der Schule: Sie war getroffen und versenkt.

Lucia ignorierte Clarks Flehen *(Ich kann dir alles erklären!)*, bedachte ihn mit einem Blick, in dem alle Verachtung lag, zu der sie fähig war, und verließ die Wohnung, wo sie das Licht des anbrechenden Tages mit unerwarteter Wucht traf.

8

Der Stand der Dinge

Hilflos dem Ansturm ihrer Gefühle ausgeliefert, in dem sich ohnmächtige Wut mit tiefster Verzweiflung abwechselten, schleppte Lucia sich durch die Straßen Roms.

Ich kann dir alles erklären.

Was für ein jämmerlicher Satz! Wie aus einem schlechten Film. Die abgedroschenste Ausrede, die man sich nur denken konnte, hervorgestammelt von einem jämmerlichen Feigling, dem nichts Besseres mehr einfiel.

Wie Geschosse hagelten Erinnerungsfetzen an die vergangene Nacht auf sie ein: Je schöner sie waren, desto größer war der Schmerz.

Lucia riss ihr Mobiltelefon, das nicht aufhören wollte zu vibrieren, aus der Tasche und warf einen raschen Blick auf das Display. Clark, Clark, immer wieder Clark. Aber sie hatte nicht die geringste Lust, mit ihm zu sprechen, zumindest nicht im Augenblick. Sie hätte seine dummen Ausflüchte und Lügen nicht ertragen. Und dann war da noch Rosarios Anruf vom Abend zuvor, den sie verpasst hatte. Mit einem Mal fühlte sie sich überwältigt von Schuldgefühlen. Das ist nun die gerechte Strafe, dachte sie.

Mit welchen Augen hatte sie Clark noch gestern gesehen, und wie sah sie ihn heute. Kaum zu glauben, dass nur ein Tag dazwischen lag. Die Fallhöhe war gewaltig, der Aufprall tat weh. Was für Illusionen hatte sie sich gemacht! Wie dumm war sie doch gewesen: einfältig und naiv. Ein Mädchen vom Lande eben. Der Schmerz brannte in ihrer Brust wie Feuer.

Unglücklich sah sie zum Himmel. Was hätte sie dafür gegeben, diese letzten zwei Monate einfach aus ihrem Leben zu streichen, Tabula rasa zu machen, Rom zu vergessen, mitsamt des *Eco di Roma* und aller Komplizen dieses verdammten amerikanischen Heuchlers.

Doch durch all ihre Empörung und Verzweiflung bahnte sich eine andere Wahrheit ihren Weg: Hätte sie das Rad der Zeit zurückdrehen können – sie hätte nicht anders gehandelt.

Unversehens fand Lucia sich vor dem Brunnen im ehemaligen Ghetto wieder, dem Brunnen mit den Schildkröten. Wie schön er war, sogar wenn Tränen einem die Sicht verschleierten. Die Schildkröten, dahinter das Haus, vergessen und verlassen. Ironie des Schicksals. Lucia blieb auf der Piazza stehen und sah das Schild einer Espresso-Bar: *Bar zur lustigen Schildkröte.* Das letzte Mal hatte sie herzlich darüber lachen müssen, jetzt hätte sie am liebsten mit einem Flammenwerfer auf das Holz gehalten. Sie zwang sich, weiterzugehen, ein Bein vor das andere zu setzen: Weiter, weiter, lauf zu! Alles war besser, als untätig zu sein.

Lucia bog auf die nächste größere Straße ein. Inzwischen hatte sie ihr Handy abgestellt. Sie wollte nicht, dass irgendjemand sie erreichte. Es gab niemanden auf der Welt, mit dem sie hätte reden wollen. Weder Clark noch Rosario, auch nicht ihr Vater oder ihre Großmutter. Es gibt Momente im Leben, da wünscht man sich nichts anderes, als sich in irgendeinem Mauseloch verkriechen zu dürfen und nie mehr herauskommen zu müssen.

Mit wildem Blick stürmte Clark in die Redaktion. Er sah sofort, dass Lucia nicht da war, und war sich sicher, dass sie heute auch nicht mehr kommen würde. Kurz danach trat Franca an seinen Schreibtisch und erzählte beiläufig, dass Lucia soeben angerufen habe. Sie fühle sich nicht wohl und wolle deshalb zu Hause bleiben.

Clark versuchte, Lucia auf dem Handy zu erreichen, wie bereits unzählige Male zuvor, seit sie fuchsteufelswild aus seiner Wohnung gestürmt war, aber ihr Telefon blieb stumm. Es war zum Verrücktwerden. Wie hatte er nur so dumm sein können? Clark ließ sich auf seinen Stuhl sinken und fixierte mit glasigem Blick den schwarzen Bildschirm. Dann stand er wieder auf. Er musste raus, fort von hier, auch wenn er nicht wusste, wohin.

Lucia saß derweil auf einer Bank im Park der Villa Borghese (es war dieselbe Bank, wo sie ihr erstes Mittagessen mit Clark geteilt hatte) und warf missmutig einen Kieselstein nach dem anderen in den Brunnen. Hin und wieder schaute sie zu der Nymphe hinüber, die sie mit vorwurfsvoller Miene zu mustern schien.

Sie hatte vergeblich versucht, nicht an Clark zu denken. Sie war wütend, aber nicht auf ihn allein; sie war vor allem wütend auf sich selbst. Wie hatte sie nur in so kurzer Zeit so tief sinken können? Auf einen Mann hereinzufallen, der … Ja, was war er eigentlich? War er verheiratet? Liiert? Hatte er ihr etwas vorgespielt, um eine schnelle Eroberung zu machen? Was für eine traurige und banale Geschichte.

Und doch hatte dieser Mann es in kürzester Zeit fertiggebracht, dass sie sich gefühlt hatte wie nie zuvor: umworben, mit Aufmerksamkeit überschüttet, geschätzt für das, was sie war, verstanden. Erneut begannen Zweifel an Lucia zu nagen. Ein schrecklicher Teufelskreis. Und wenn sie genau das gebraucht hatte? Einen Mann, der genau diese Gefühle in ihr weckte und sie ermutigte? Hätten irgendein x-beliebiger Marco oder Giorgio dieselbe Wirkung auf sie gehabt? Hätte irgendein römischer Single unter vierzig, der zu einem Minimum an Galanterie fähig war, sie vielleicht ebenso aus der Reserve locken und dazu bringen können, ihm ihr ausgehungertes Herz zu öffnen wie eine Bettlerin, die seit Tagen nichts mehr gegessen hatte?

Nein! So tief konnte sie nicht gesunken sein.

Als sie Clark mit zögernden Schritten auf sich zukommen sah, lächelte sie unwillkürlich. Wer weiß, warum, aber einen Augenblick lang war sie trotz allem froh, ihn zu sehen. Gleich darauf hallte jedoch wie ein Echo der Name Camilla in ihr wider. Lucias zaghaftes Lächeln verschwand, und ihre Augen funkelten böse.

Clark zog es das Herz zusammen, als er Lucia dort so aufgebracht und traurig sitzen sah. Sie wirkte unendlich müde, und es war ihr anzusehen, dass sie keinen Schlaf mehr gefunden und sich die Augen ausgeweint hatte. Er fühlte sich entsetzlich schuldig.

»*Ciao*, Lucia.«

Lucia schüttelte den Kopf und lachte nervös.

»Da hast du mich aber schnell gefunden. Bin ich so berechenbar?«

»Um ehrlich zu sein, ich habe dich überall gesucht, wo wir bisher zusammen waren. Dieser Ort hier war meine letzte Hoffnung. Darf ich mich setzen?«

Lucia schniefte, strich sich mit beiden Händen über das verheulte Gesicht und rutschte zur Seite, um Platz auf der Bank zu machen.

»Ich habe keine Taschentücher mehr.«

Clark gab ihr eines.

»Danke.«

Clark versuchte, ihre Hand zu ergreifen, aber sie zog sie sofort weg. Er seufzte resigniert.

»Das alles tut mir unglaublich leid, Lucia, ich wollte dich nicht verletzen … Ich hätte dir von Camilla erzählen sollen.«

Lucia wandte ihm den Kopf zu und sah ihn einen Augenblick stumm an. Dann drehte sie sich weg und starrte zu dem Brunnen hinüber.

»Mit uns ist es aus«, flüsterte sie. »Ich will dich nie mehr sehen, verstanden?«

Sie spürte, wie ihr die Tränen über das Gesicht liefen, und das Schluchzen, das in ihr aufstieg, hinderte sie daran, noch mehr zu sagen.

»Sieh mich an, Lucia, ich bitte dich! Schau mich nur einen Moment an.«

Lucia sah Clark ins Gesicht. Und sie vermochte in der Tat nicht zu glauben, dass diese lieben Augen, dieses freundliche und gleichwohl markante Gesicht mit dem kantigen Kinn, einem skrupellosen Kerl gehören sollten. Doch wie so oft im Leben trügt der Schein. Wieder brach Lucia in Tränen aus, aber Clark legte ihr beschwichtigend den Finger auf den Mund.

»Hör mich an, Lucia. Gib mir dreißig Sekunden. Dann verschwinde ich für immer aus deinem Leben, wenn du willst, aber lass es mich dir wenigstens erklären.«

Lucia nickte. »Dreißig Sekunden.«

Clark schluckte. Ihm war ganz eng im Hals. Er versuchte zu lächeln.

»Und hör sofort auf mit diesem idiotischen Grinsen, sonst verpasse ich dir eine, die du nie mehr im Leben vergessen wirst, verstanden?«

Clark zuckte erschrocken zurück.

»He, mal langsam. Wenn ich ausgeredet habe, kannst du mich immer noch verprügeln. Camilla ist nicht das, was du offenbar denkst, auch wenn die Umstände etwas anderes vermuten lassen. Sie ist eine gute Freundin von mir. Sie arbeitet für Ärzte ohne Grenzen und ist den größten Teil des Jahres auf der ganzen Welt im Einsatz. Aber wenn sie in Rom ist, benutzt sie meine Wohnung als Basislager. Normalerweise meldet sie sich kurz vorher bei mir, aber gestern hat sie erst nach der Landung bemerkt, dass sie kein Guthaben mehr auf ihrer Karte hatte. Und so ist sie eben unangemeldet in meine Wohnung geplatzt.«

Lucia senkte den Kopf. Die Tränen fingen abermals an zu laufen. Es kostete sie große Mühe, Clark in die Augen zu schauen, als sie mit dünner Stimme fragte: »Das heißt also, wenn ich dich richtig verstehe, dass du mit einer Frau zusammenlebst und es die ganze Zeit über nicht für nötig gefunden hast, sie auch nur zu erwähnen? Ich meine – sie hat einen *Schlüssel* von deiner Wohnung!«

»Aber sie ist doch nur eine Freundin! Außerdem war sie seit über zwei Monaten nicht mehr in Rom, und ich habe einfach nicht mehr daran gedacht …« Clark verstummte. »Na gut, vielleicht hast du recht«, meinte er schließlich und schaute verlegen zu Boden. »Ich habe es dir nicht erzählt, weil ich mich schämte, das heißt, nicht, dass ich mich für die Sache an sich schämen würde, aber ich hatte einfach Angst, dass du unser Arrangement missverstehen könntest …«

»Allerdings kann man das missverstehen. Und soweit ich feststellen konnte, gibt es in deiner Wohnung nur ein Schlafzimmer. Ich weiß nicht, ob ich mich deutlich genug ausdrücke.«

»Durchaus, aber da gibt es noch etwas, das du wissen solltest: Camilla … also … sie steht nicht auf Männer. Das ändert schließlich alles. Wir haben keine Beziehung, haben nie eine gehabt. Ich habe sie wirklich sehr gern – rein platonisch natürlich. Sie ist meine beste Freundin, aber zwischen uns läuft nichts, verstehst du?«

Lucia nickte zögernd. Irgendwie hatte sie den Eindruck, als hätte er ihr noch nicht alles gesagt.

»Gesetzt den Fall, ich glaube dir, dann verstehe ich aber umso weniger, warum du mir Camilla verschwiegen hast. Schließlich gibt es nichts, wofür du dich schämen müsstest, nicht wahr? Und warum solltest du es mir dann nicht sagen?«

»Ja, du hast recht. Es war dumm von mir, ich habe die Sache unnötig kompliziert.« Er starrte unglücklich zu Boden.

Lucia konnte dem Impuls, seine Hand zu ergreifen, nicht länger widerstehen. »Clark, sieh mich an. Das, was heute Nacht zwischen uns gesehen ist, ist etwas ganz Besonderes. So wie alles, was in den letzten beiden Monaten passiert ist. Ich habe gesagt, dass ich dir gehöre, und ich werde nicht ein Wort davon zurücknehmen. Ich bin bereit, deinetwegen mein ganzes Leben auf den Kopf zu stellen, und glaube mir, es fällt mir nicht leicht, aber ich denke, dass du es wert bist. Mach jetzt bitte nicht alles kaputt. Ich weiß, es ist manchmal verdammt schwer, die Wahrheit zu sagen, aber es gibt Augenblicke, da muss man diesen Mut aufbringen. Und falls du es noch nicht bemerkt haben solltest – jetzt ist so ein Augenblick. Jetzt entscheidet es sich: Wenn du mir die Wahrheit sagen willst, werden wir ihr uns gemeinsam stellen. Ansonsten kannst du ruhig weiter lügen, aber du solltest wissen, dass eine Lüge dich früher oder später immer einholen wird.«

Lucia verstummte und war selbst überrascht von ihrem langen Monolog.

Clark sah sie betreten an. Ihre Augen funkelten, und er wäre am liebsten darin versunken. Ihm war bereits früher aufgefallen, dass Lucias Augen je nach Stimmung ihre Farbe veränderten. Jetzt waren sie von einem dunklen, fast schwarzen Grün und schimmerten hart und bedrohlich wie zwei wertvolle Smaragde.

Lucia hatte recht. Dies war so ein Augenblick.

»Also gut.« Er atmete tief durch. »Du bist der wunderbarste Mensch, der mir jemals begegnet ist, Lucia. Du verdienst es, die ganze Wahrheit zu erfahren, und nicht nur das. Camilla ist lesbisch, das stimmt. Zwischen uns läuft nichts, das kann ich beschwören. Aber da ist noch etwas …« Clark hatte große Probleme, weiterzusprechen. Er schloss die Augen, holte tief Luft und stürzte sich, ermutigt von Lucias Worten, kopfüber in das Wagnis. »Wie soll ich es dir erklären? Es ist so schwer … Vor noch gar nicht langer Zeit haben wir beide beschlossen … zu heiraten. In dem Moment hielten wir das für eine gute Idee. Zuerst war es für mich nur ein Spaß, eine Möglichkeit, problemlos an die italienische Staatsbürgerschaft zu kommen … Doch irgendwann ist in Camilla dann der Gedanke gereift, dass sie auf diese Weise ein Kind adoptieren könnte. Bei ihren Einsätzen kommt sie immer wieder mit Kindern in Kontakt, die ihr sehr ans Herz wachsen, aber sie weiß genau, dass es für sie als alleinstehende Frau in Italien legal keine Möglichkeit zur Adoption gibt … Und so hat die Idee langsam Gestalt angenommen, Camilla hat alle Dokumente vorbereitet, und dann, stell dir vor, sind diese Papiere durch einen dummen Zufall sogar auf Lanzas Schreibtisch gelandet … Wir hatten also bereits beschlossen, diese Sache durchzuziehen … als Freunde, und dann …«

»ALS FREUNDE!?!?«, rief Lucia bestürzt. »Du heiratest … aus Freundschaft?! Hast du dich um deinen Verstand getrunken? Mag sein, dass ich aus einer Gegend stamme, in der man Traditionen noch hochhält, aber … also, zu heiraten, nur so aus Spaß! Das also ist die Wahrheit. Schöne Wahrheit, das muss ich schon sagen! Mir wäre es lieber, ich hätte sie nicht erfahren! So etwas Absurdes habe ich noch nie gehört!«

Lucia war völlig außer sich. Da ging man mit einem vermeintlich alleinstehenden Mann ins Bett, der einem hinterher gestand, dass er – rein freundschaftlich, versteht sich – beabsichtigte, eine lesbische blonde Schönheit im Designer-Kostüm zu ehelichen, damit diese ein Kind adoptieren konnte. Und weil alles so ein großer Spaß war.

»Warte, Lucia, bitte!« Clark räusperte sich, er hatte kaum mehr Stimme. »Heute Morgen habe ich Camilla erklärt, dass sich für mich inzwischen alles verändert hat. Ich habe die Papiere zerrissen, und für mich ist diese Geschichte damit erledigt. Ich glaube, Camilla hat immer gewusst, dass früher oder später so etwas passieren könnte. Damals war ich allein, nicht eine Frau am Horizont. Das heißt, natürlich gab es Frauen in meinem Leben, aber keine, mit der es mir ernst war. Deshalb dachte ich mir ja, warum nicht? Warum nicht einer echten Freundin einen Gefallen erweisen? Schließlich hätte sich nichts für mich geändert. Aber jetzt ist die Situation vollkommen anders, jetzt will ich nicht mehr … Ich meine … Jetzt, da ich dich gefunden habe.«

Lucia schniefte leise. Ihr Blick war nun weicher.

»Und das soll ich dir glauben?«, fragte sie, doch sie wusste, dass er dieses Mal die ganze Wahrheit gesagt hatte.

Clark rutschte ein wenig näher und zog sie schließlich in seine Arme.

»Glaub mir, es war mir noch nie so ernst.«

»Dann bring mich nach Hause. Ich bin völlig erschöpft, ich will nur noch schlafen. Die letzten Stunden waren …«

»Reichlich bewegt, ich weiß. Aber fahren wir lieber in deine Wohnung.«

9

Das eigentliche Problem

Liebste nonna,
wenn ich dir jetzt sage, dass es mir so gut geht wie noch nie im Leben, dann ist das keine Übertreibung. Meine Fantasie schlägt Purzelbäume, und ich fühle mich in schönstem Einklang mit der Welt. Noch nie zuvor habe ich die Dinge so intensiv und facettenreich wahrgenommen.

Ich komme mir vor, als schwebte ich auf einer Wolke und glitte mehrere Meter über dem Boden dahin. Wahrscheinlich denkst du jetzt, dass ich irgendwelche Drogen genommen habe, aber nein, im Gegenteil. Ich war noch nie so klar im Kopf. Endlich bin ich frei, ich selbst zu sein. Und darüber bin ich unvorstellbar glücklich. Du hattest recht, nonna. *Tief drinnen habe ich es zwar immer gewusst, aber ein Teil von mir hat es nie zugeben wollen. Ich habe die Lucia in mir gefunden, die ich ein Leben lang gesucht habe. Jetzt wirst du bestimmt schmunzeln und dir so deine Gedanken machen. Und du hast ja recht – Amor hat seine Hand im Spiel. Aber ich war wohl bereit, dem Mann meines Lebens zu begegnen, den ich hier mit viel Glück gefunden habe. Ich werde dir von ihm erzählen, sobald wir uns wiedersehen. Über die Liebe zu schreiben, fällt mir schwer. Na toll, wirst du jetzt sagen, du bist doch Journalistin? Natürlich könnte ich dir nun haarklein schildern, was bisher geschehen ist, aber ich will unbedingt dein Gesicht sehen, wenn ich dir davon erzähle. Und außerdem habe ich mein Talent als Journalistin bereits unter Beweis gestellt. Sie wollen mich nämlich hierbehalten. Sie bieten mir einen Vertrag an. Einen festen Arbeitsvertrag, verstehst du? Ich habe die Probezeit bestanden! Bist du zufrieden? Wahrscheinlich bist du die Einzige, die wirklich stolz auf mich sein wird. Bei den anderen habe ich das Gefühl, dass sie mir bestimmt Knüppel zwischen die Beine werfen werden. Aber du wirst mir doch sicher helfen, den väterlichen Zorn zu besänftigen, nicht wahr? Ganz zu schweigen von den stummen Seufzern und vorwurfsvollen Blicken wohlmeinender Besserwisser aus dem Dorf. Es ist traurig, aber das scheint der Preis zu sein, den ich bezahlen muss … Und aus der Ferne werde ich vielleicht besser beurteilen können, wer es wirklich gut mit mir meint und wer nicht. Aber ohne dich ist das alles nichts. Also, gewöhne dich schon mal an den Gedanken, mich so oft wie möglich in Rom besuchen zu kommen. Schließlich ist das alles nur deine Schuld. Ohne dich hätte ich nie den Mut aufgebracht, von zu Hause wegzugehen, und säße dort noch immer unschlüssig herum.*

Lucia nahm das Blatt Papier, knüllte es zusammen und warf es in den Papierkorb, der neben Clarks Schreibtisch stand. Nein, so ging das nicht. Um nichts auf der Welt hätte Lucia sich das Gesicht ihrer Großmutter Marta entgehen lassen wollen, wenn sie die Neuigkeiten erfuhr. Also kein Brief. Es war mittlerweile schon kompliziert genug, einfach nur mit ihr zu telefonieren … Ihrem Vater, ihrer Mutter oder Rosario irgendwelche Banalitäten zu erzählen, fiel Lucia nicht schwer, sie hörten meistens ohnehin nicht zu oder zeigten kaum Interesse, aber bei ihrer Großmutter war das praktisch unmöglich. Lucia hegte inzwischen sogar den Verdacht, dass Marta bereits etwas ahnte und die langen verlegenen Gesprächspausen am Telefon richtig zu deuten wusste.

Es war unvorstellbar für sie, sich auch nur kurz von Clark zu trennen. Dennoch beschloss sie, so bald wie möglich nach Hause zu fliegen und ihre Familie persönlich über ihre Entscheidung zu informieren. Es hatte keinen Sinn, die Sache noch länger hinauszuschieben, und es gab keine andere Lösung.

»Willst du, dass ich dich begleite? Ich könnte Lanza überreden, mir ebenfalls ein paar Tage freizugeben.«

Clark und Lucia saßen an einem kleinen Tisch in einer Caffè-Bar und sprachen über die bevorstehende Reise nach Sizilien. Lucia warf einen Blick auf Clark und lächelte. Sie überlegte kurz, wie es wohl wäre, ihn nach Siculiana mitzunehmen, ihn in einem Hotel zu verstecken, sich hin und wieder heimlich zu ihm zu schleichen und sich bei ihm von dem unvermeidlichen Stress, der ihr zu Hause bevorstand, zu erholen.

»Das ist eine verlockende Vorstellung, Liebster«, sagte sie schließlich und schüttelte dann bedauernd den Kopf. »Aber das kläre ich am besten allein.«

Clark strich ihr über die Wange und griff nach ihrer Hand.

»Aber dann könnte Superman dich vor allen Gefahren beschützen.«

Lucia beugte sich über den Tisch und küsste Clark auf den Mund.

»Mach dir mal keine Sorgen, mein Held. Du wirst sehen, es wird alles gut.«

Clark zwang sich zu einem Lächeln, aber ihm war deutlich anzusehen, dass ihn etwas beunruhigte.

»Was hast du denn, *amore*?«

»Nichts. Oder doch. Ich habe einfach Angst, du könntest, wenn du erst mal wieder zu Hause in Siculiana bist, auf die Idee kommen, dass du es hier in Rom doch nicht aushältst. Und dann ist da auch noch dein Verlobter!«

Lucia schüttelte den Kopf. Sie sah Clark liebevoll an, bevor sie sich ein Stück des Marmeladenkuchens vom Teller nahm und in den Mund steckte.

»Und das sagt ausgerechnet der Bräutigam in spe. Ich habe es dir doch schon zigmal erklärt: Ich liebe Rosario nicht, ich habe ihn nie wirklich geliebt. Bevor ich dich kennenlernte, hatte ich nicht die geringste Ahnung, was es bedeutet, zu lieben. Reicht das denn nicht?«

Sie hatten in den letzten Tagen oft genug darüber gesprochen. Lucia hatte Clark ausführlich erklärt, was sie mit dem Satz ›Ich bin *noch* verlobt‹ gemeint hatte. Mit diesem kleinen Wort war alles gesagt, was zu sagen war.

Und Clark hatte in diesem Moment auch alles verstanden, aber nun, angesichts Lucias bevorstehender Abreise, setzten ihm Angst und Eifersucht dennoch schwer zu.

»Aber kannst du es ihm denn nicht am Telefon sagen? Weiß überhaupt jemand, dass es mich gibt?«

Lucia bedachte Clark mit einem Blick voller Zärtlichkeit. Insgeheim gefiel ihr seine Eifersucht, aber sie wollte ihn auch nicht leiden sehen.

»Clark. Nein … du weißt genau, dass es nicht fair wäre, am Telefon mit ihm Schluss zu machen. Schließlich mag ich Rosario, wir kennen uns immerhin von Kindesbeinen an und sind zusammen aufgewachsen …«

»Ja, schon gut, schon gut«, erwiderte er und runzelte die Stirn, »aber hör auf, mir zu erzählen, was für eine besondere Beziehung euch verbindet. Das tut mir weh.«

»Aber das muss dir nicht wehtun. Und außerdem ist unsere Beziehung nichts Besonderes – wir kennen uns nur schon seit einer Ewigkeit. Ich kann mich nicht einmal mehr daran erinnern, ob das mit uns beiden jemals etwas Besonderes war. Wahrscheinlich hätte ich Rosario auch unabhängig von dir verlassen. Hier in Rom habe ich erst begriffen, dass es schon lange vorbei war zwischen ihm und mir. Und dann bist du in mein Leben getreten, mein Superheld. Das hat mir meine Entscheidung sehr erleichtert … Mal abgesehen von der Sache mit Camilla, natürlich!«

Mit Mühe brachte Clark ein halbherziges Lächeln zustande. Seine Ironie und sein Talent, jeder Situation die Dramatik zu nehmen, waren verschüttet unter einem Berg aus Zweifeln, Angst und Eifersucht.

»Kopf hoch, mein Lieber, es wird schon alles gut werden.«

»Ja, alles wird gut«, erwiderte er mechanisch, während er mit einem kleinen Löffel den Marmeladenüberzug der *crostata* malträtierte, bis Lucia endlich seine Hand festhielt.

»So wie du diesen armen Kuchen malträtierst, habe ich allerdings meine Zweifel …«

Clark seufzte, senkte den Blick, legte den Löffel zurück und schob den Teller beiseite.

»Du hast ja recht, aber ich bin einfach nervös. Wenn ich das alles richtig verstanden habe, werden dich deine Leute auf Sizilien dafür hassen, dass du deine Verlobung löst, und es wird nicht gerade einfach für dich werden. Deshalb wäre ich gern bei dir, um dir den Rücken zu stärken. Andererseits habe ich Angst, dass dir letztendlich der Mut zum Absprung fehlen wird. Es ist gegen die menschliche Natur, alle Brücken hinter sich abzubrechen, seine Heimat aufzugeben und sich gegen die ganze Familie zu stellen. Woher willst du wissen, ob du es dir nicht doch noch einmal anders überlegst? Ob du nicht ebenso entscheidest wie Anne aus dem Roman von Jane Austen?«

Lucia war gerührt, dass er ihr Lieblingsbuch erwähnte. Noch bevor sie etwas erwidern konnte, hellte sich plötzlich Clarks Miene auf, ganz so, als ob ihm ein Gedanke gekommen wäre.

»Weißt du was? Hier – nimm das mit! Dann weißt du, dass es sich lohnt, nach Rom zurückzukehren.«

Mit diesen Worten zog er einen Schlüsselbund aus seiner Hosentasche und legte ihn auf den kleinen Tisch.

»Das sind die Schlüssel zu meiner Wohnung. Die hatte bisher Camilla. Sie braucht sie jetzt nicht mehr … Sie ist gestern nach Mexiko abgereist, in irgend so ein abgelegenes Kaff, und nachdem sie mich jetzt nicht mehr heiraten wird, kommt sie erst nächstes Jahr im Sommer wieder nach Italien zurück. Sie lässt dich übrigens schön grüßen.«

Lucia nahm die Schlüssel und wog sie nachdenklich in der Hand, dann legte sie den Bund wieder auf den Tisch und schob ihn zu Clark hinüber.

»Ich möchte deine Wohnungsschlüssel jetzt noch nicht haben. Das ist nicht nötig. Ich nehme sie gern, wenn ich wieder zurück bin. Glaub mir, ich brauche keinen Anreiz, um zu dir zurückzukehren. Ich verstehe deine Ängste, aber du musst Vertrauen haben. Vielleicht nicht so sehr in mich als vielmehr in unsere Liebe. Sie sollte stärker sein als jeder Zweifel. Denkst du denn, dass ich auch nur einen Gedanken daran verschwenden könnte, auf dich zu verzichten? Gesellschaftliche Konventionen schön und gut, aber wir leben nicht mehr im England Jane Austens. So rückständig sind wir selbst in Sizilien nicht!« Sie fing an zu lachen, und schließlich stimmte auch Clark ein und nahm ihre Hand.

»Nun gut, schöne Sizilianerin … Ich werde als Euer ergebener Diener Eure Rückkehr erwarten. Um welche Uhrzeit bricht Eure Postkutsche auf?«

Lucia befreite ihre Hand aus Clarks Griff und versetzte ihm einen liebevollen Klaps.

»Weißt du, hierher nach Rom zu kommen, hat bereits meinen ganzen Mut erfordert. Aber das hat mir erlaubt, mein Leben so zu sehen, wie es wirklich ist, meine eigenen Entscheidungen zu treffen und nicht mehr andere über mich bestimmen zu lassen. Leider neigt man bei mir zu Hause nur allzu gern dazu. Aber Entscheidungen, die man aus freien Stücken getroffen hat, macht man nicht so leicht rückgängig. Ich werde es mir bestimmt nicht mehr anders überlegen, da kannst du ganz sicher sein.«

»Ich liebe dich, Lucia. Vergiss das nie.«

Lucia lächelte. »Es gefällt mir, wenn du den Romantiker hervorkehrst, Superman. Dann bestehst du nicht nur aus Muskeln und übernatürlichen Kräften.«

»Man muss vielseitig sein. Auch die übernatürlichsten Kräfte könnten eines Tages schwinden. Das Einzige, was mich wirklich unbesiegbar macht, ist die Gewissheit, dass es dich gibt und dass du zu mir zurückkehren wirst.«

»Selbstverständlich komme ich zurück.« Sie schmunzelte. »Schließlich bin ich dafür verantwortlich, dass deine Hochzeit geplatzt und dir die italienische Staatsbürgerschaft durch die Lappen gegangen ist … Ich bin dir also noch etwas schuldig!«

»Na, wenn's nur das ist … Vielleicht findet sich ja irgendeine andere Italienerin, die bereit ist, mich zu heiraten. Immerhin bin ich Superman.«

Lucia versetzte ihm einen Stoß. »Werd nicht frech«, sagte sie, erleichtert, dass er wieder etwas fröhlicher gestimmt war. Dann nahm sie sein Gesicht in beide Hände und sah ihm tief in die Augen.

»Ich liebe dich auch, Clark Kent, Superman oder wer immer du bist. Aber du sollst wissen, dass mir tatsächlich zwei Dinge aus Siculiana sehr fehlen werden: die Meeresschildkröten und meine Großmutter. Doch das ist nichts im Vergleich zu dem, was mir fehlen würde, wenn ich in Sizilien bliebe. Nämlich du.«

In ihren letzten gemeinsamen Stunden in Rom waren sie unzertrennlich. Übermächtig war der Wunsch, alles voneinander zu erfahren. Wenn sie sich nicht gerade liebten, redeten sie und redeten sie und redeten sie … So wie es nur Verliebte können.

»Sind das deine Eltern?«, sagte Lucia, als sie die Wohnung endlich verließen, und deutete auf ein Foto, das auf der Kommode im Flur stand und bereits bei ihrem ersten Besuch ihre Neugier erregt hatte.

Clark nahm den Rahmen in die Hand und betrachtete das Foto, als sähe er es das erste Mal.

»Ja, das sind meine Eltern. Sie bewirtschaften eine Farm in Montana. John und Caroline sind zwei ganz besondere Menschen. Sie haben mich adoptiert, als ich gerade mal drei Jahre alt war.«

Das war neu für Lucia. Sie hatte nicht gewusst, dass Clark ein Adoptivkind war. Eine Welle der Zärtlichkeit stieg in ihr hoch. »Und – fehlen sie dir?«, fragte sie.

Erst nach einer Weile antwortete er ihr mit einem gezwungenen Lächeln. »Ja, in gewisser Weise. Es ging mir gut bei ihnen, ich habe viel von ihnen gelernt. Vor allem Respekt – nicht nur für andere Menschen, sondern für die gesamte Schöpfung. Für die Erde, die Bäume und alle anderen Kreaturen. Aber ich habe immer gewusst – und ich glaube, sie auch –, dass mein Weg mich eines Tages von ihnen wegführen würde. Ich weiß nicht, ob das irgendetwas mit meiner … wie soll ich sagen … nebulösen Herkunft zu tun hat … Vielleicht ist es dieses große Fragezeichen, das für mein bisher so unstetes Leben verantwortlich ist. Aus irgendeinem Grund war ich stets felsenfest von meiner Unfähigkeit überzeugt, je etwas aufbauen zu können … im Sinn einer Familie meine ich. Ich habe immer gedacht, ich kann so etwas gar nicht. Doch dann bist du in mein Leben getreten und zu mir gekommen wie aus einem Traum …«

Clarks Stimme klang mit einem Mal belegt, und Lucia umarmte ihn mit Tränen in den Augen.

»Du kannst alles. Du bist doch mein Superheld.«

Trotz ihrer Versuche, das Unvermeidliche so lange wie möglich hinauszuzögern – irgendwann war es dann doch so weit. Der Moment war gekommen, zum Flughafen hinauszufahren.

»Weißt du, was das eigentliche Problem sein wird?«, sagte Lucia. »Eine Woche lang nicht mit dir schlafen zu können. Wie soll ich das nur aushalten.«

»Ich weiß es nicht«, erwiderte er, »ich weiß nur eines: Ich will in Zukunft immer neben dir aufwachen! Ich mag mir gar nicht vorstellen, wie es ohne dich gehen soll.«

Selbstverständlich beteuerten beide, dass sie Abschiede hassten, dass es schließlich nur eine Woche sei, die im Nu vergangen wäre, und selbstverständlich begleitete Clark Lucia bis zur letzten Sicherheitskontrolle, wo sie sich dann endgültig voneinander trennen mussten.

»Ach, das hätte ich fast vergessen«, sagte er dann obenhin, obwohl ihm unschwer anzusehen war, wie bewegt er war, als er jetzt ein kleines Samtschächtelchen aus der Tasche zog.

»Hier, das ist für dich.« Er schluckte.

»Für mich? Oh …«, hauchte Lucia überrascht.

»Damit du immer etwas bei dir hast, das von mir ist.«

Mit zitternden Händen mühte sie sich mit dem Deckel der kleinen Schatulle ab, bis er sich endlich hob und den Blick auf einen wunderbaren Solitär freigab.

»Man hat mir gesagt, dass ich diesen Ring an einem Bändchen um den Hals hängen hatte, als ich ins Waisenhaus kam. Wahrscheinlich gehörte er meiner Mutter. Jedenfalls ist ein Name eingraviert: Laura.«

»Der Ring ist wunderschön«, stammelte Lucia gerührt, »aber ich kann ihn unmöglich annehmen, Clark. Das ist vielleicht das einzige Andenken an deine Mutter.«

Clark tat so, als hätte er nichts gehört, nahm den Ring aus dem Kästchen und steckte ihn Lucia mit einer zärtlichen Geste an den Finger.

»Ich möchte, dass du ihn trägst. Zunächst als ein ganz besonderes Geschenk von mir, und danach, wenn du dich von Rosario getrennt hast, als Verlobungsring. Das heißt, natürlich nur, wenn du willst.«

Stumm betrachtete Lucia den Diamanten, der an ihrem Finger funkelte. Sie versuchte nicht einmal, die Tränen zurückzuhalten. Es hätte ohnedies nichts genützt.

»Was jetzt – ist der Ring so hässlich, dass du weinen musst?« Er lächelte. »Also, wenn er dir partout nicht gefällt, nehme ich ihn natürlich wieder zurück.«

»Das kannst du vergessen …« Lucia lachte und weinte zugleich. »Wenn du den wieder zurückhaben willst, musst du mir schon den Finger abschneiden.« Sie lehnte ihre Stirn an die seine und küsste ihn zärtlich. Dann flüsterte sie: »Nachdem du mir das hier geschenkt hast, will ich dir auch etwas geben, das dich an mich erinnern und das dir Glück bringen soll.« Mit diesen Worten zog sie ihre kleine Schildkröte aus der Tasche und hielt sie ihm auf der offenen Handfläche hin. »Sie ist nicht so wertvoll wie dein Ring, aber ich hänge sehr daran. Und jetzt bitte ich dich, Liebster, geh, sonst bleibe ich am Ende doch noch hier.«

Clark spürte, wie die Rührung in ihm aufstieg. Er riss sich zusammen, gab Lucia einen letzten schnellen Kuss und verabschiedete sich mit einem gezwungenen Lächeln.

»Und nicht vergessen, ruf an, sobald du angekommen bist. *Ciao*, Lucia …«

Ein letztes Mal berührten sich ihre Hände, dann drehte er sich um und ging. Lucia sah ihm nach, bis seine Gestalt in der bunten Menge verschwand, die den Flughafen bevölkerte.

10

Ein halsbrecherisches Leben

Als das Flugzeug in Palermo landete, musste Lucia daran denken, wie sie sich bei ihrer letzten Abreise gefühlt hatte. Wie hatte Rosario gleich noch mal ihr dreimonatiges Volontariat beim *Eco* bezeichnet? *Das römische Intermezzo.* Und nun war alles anders. Das Einzige, was gleich geblieben war, war die Fahrt mit dem Taxi – damals zum Flughafen und jetzt wieder zurück nach Siculiana. Ihr Herz war ebenso weit wie damals, ihr Blick ebenso auf den Horizont gerichtet, und sie verspürte dieselbe Unruhe, eine Mischung aus Vorfreude und Angst vor dem, was sie an ihrem Ankunftsort erwartete.

Im Übrigen war das, was in Rom geschehen war, alles andere als ein Zwischenspiel gewesen. Im Gegenteil. Es war das bisher Wichtigste in ihrem Leben und mit Sicherheit kein Intermezzo ohne Folgen. Sie hatte mit einem Mal das Gefühl, dass ihr die ganze Welt offen stand.

Was habe ich doch für ein Glück, dachte Lucia und betrachtete Clarks Ring, der an ihrem Finger funkelte. Mein Traum wird Wirklichkeit. Doch was sie zu Hause erwarten würde, davor grauste es ihr schon jetzt. Ihr Vater würde außer sich sein, ihre Mutter würde sich selbstverständlich auf seine Seite stellen, ebenso Rosario, und zusammen mit der Familie würde sich gewiss auch der ganze Ort das Maul über sie zerreißen. So etwas war einfach unerhört, das machte kein Mädchen aus Siculiana. Vielleicht würde man sie sogar für immer verbannen. Lediglich ihre Großmutter Marta würde sie verstehen und sie unterstützen, damit die Situation nicht eskalierte.

Doch außer der zu erwartenden Reaktion ihrer Familie, die Lucia einiges Bauchweh verursachte, quälte sie auch der Gedanke daran, wie sehr sie all die Menschen, die ihr nahestanden, verletzen und vor den Kopf stoßen würde. Es ist nie leicht, einem anderen in vollem Bewusstsein wehzutun, aber in diesem Fall hatte sie leider keine andere Wahl. Schließlich ging es um *ihr* Leben, wie sie sich immer wieder einzuschärfen versuchte. Und schließlich ist man nicht auf der Welt, um so zu leben, wie es anderen gefällt.

Während das Taxi die Serpentinen entlangfuhr, betrachtete Lucia noch einmal ihren Ring, um sich selbst Mut zu machen. Einen Augenblick später zwang sie eine merkwürdige Vorahnung, den Blick wieder auf die Straße zu richten. Ein uralter Hit von Vasco Rossi erklang gerade im Radio, als das Taxi mit hoher Geschwindigkeit eine enge Kurve nahm. Wenige Meter vor ihnen strömte eine Schafherde vom Bergkamm herab, und in kürzester Zeit war die Straße mit Tieren überschwemmt. Der Taxifahrer reagierte sofort und schaltete mit der rechten Hand herunter, während er mit der Linken nach einer Biene schlug, die ausgerechnet in diesem Moment durch das Fenster hereinflog. Vasco sang unbeirrt weiter, während das schrille Kreischen der Bremsen die Luft zeriss und es plötzlich nach verbranntem Gummi stank. Der Wagen schoss in die Menge aus Tierleibern, drehte sich um die eigene Achse, prallte gegen die Begrenzungsmauer und wurde gegen den Rand der befestigten Fahrbahn geschleudert, wo er – in einem labilen Gleichgewicht – mit der Schnauze gefährlich weit über den Abgrund ragte. Zwischen Himmel und Erde, zwischen Leben und Tod. Hinter den zertrümmerten Scheiben waren die Airbags aufgegangen und verstopften den Fahrgastraum, während sich auf dem Asphalt eine Lache aus Öl und Benzin ausbreitete.

Aus dem Autoradio plärrte die Stimme von Vasco Rossi, der immer noch seinen Wunsch nach einem halsbrecherischen Leben besang. Und bis zum Eintreffen des Schafhirten blieb seine Stimme auch das einzige Geräusch eines menschlichen Wesens. Es vergingen weitere fünfzehn unendlich lange Minuten, bis man aus der Ferne die Sirene des Krankenwagens vernahm.

Zwischenspiel: Caffè Americano

Eine neue Liebe hinterlässt ihre Spuren. Blind verharren wir in einer Zeitschleife, die sich uns gleichermaßen entzieht, wie sie uns nicht aus ihrem Bann entlässt. Es ist, als trieben wir in einem smaragdgrünen Meer, doch unser in vielen Jahren erworbener, bisweilen zynischer Weitblick nützt uns nichts mehr, denn weiter als bis zur wellenumspülten Nasenspitze sehen wir ohnehin nicht, während der Rest als diffuser Schatten am Horizont verschwimmt.

Und dann ist man plötzlich allein. Einige Stunden lang lebt man noch aus der Erinnerung. Ein fast körperlich erfahrbarer Nachgeschmack an zärtliche Berührungen wie Abdrücke auf unserer Haut.

Die Zeit verrinnt langsam wie die Körner einer Sanduhr, allmählich verblassen die Abdrücke, und Zweifel steigen hoch. War alles nur ein Traum? Diese dichten, intensiven Wochen, in denen ein Tag nicht vom anderen zu unterscheiden war, diese Nächte voller Sinnlichkeit und Raserei, diese ungeheure Energie, die es einem ermöglichte, ohne Essen, Trinken, Atmen auszukommen und nichts anderes zu suchen als die Nähe und Wärme des anderen … Hatte es das alles tatsächlich gegeben?

Clark war mit seinem Artikel für die nächste Ausgabe der Zeitung fertig. Den Rest des Tages hatte er frei. Aber ohne Beschäftigung zu sein, ist nicht immer das, was einem guttut. Und folglich war Clark zu nichts anderem imstande, als an Lucia zu denken, während er durch die Straßen Roms lief.

Sie ist bestimmt schon angekommen. Aber warum ruft sie dann nicht an? Wahrscheinlich wird sie sofort ihre Eltern treffen müssen. Und die Großmutter. Und den … Verlobten. Schon das Wort verursachte ihm Übelkeit. *Sicher, ich muss sie in Ruhe lassen, ich muss mich da raushalten. Aber die Zeit für einen Anruf, die könnte sie sich wirklich nehmen. Und außerdem hat sie versprochen, mich sofort nach der Landung anzurufen …*

Clark holte die kleine Holzschildkröte aus der Tasche, die Lucia ihm geschenkt hatte. Wenn einem jemand etwas schenkt, das dieser Person viel bedeutet, dann heißt das doch, dass man ihr vertrauen kann.

Ja. Aber warum ruft sie dann nicht an?

Auf seinem Weg durch die Stadt musste er unbedingt auch einen Abstecher zur Villa Borghese machen, wo er der kleinen Statue einen Besuch abstattete. Lucia hatte erwähnt, wie tief sie sich dieser zur Reglosigkeit verurteilten Nymphe verbunden fühlte, die ebenso wie sie unfähig war, ihr eigenes Leben zu leben. (Was Verliebte sich so alles erzählen!) Aus diesem Grund war die Steinfigur auch für ihn etwas Besonderes, sodass er auf der Suche nach einem Zeichen, dass Lucia tatsächlich hier gewesen war, gleich mehrmals den Brunnen umrundete.

Ziellos lief er weiter. Eine alte Angewohnheit von ihm, schon bevor er Lucia gekannt hatte, doch ohne sie kamen ihm die Sehenswürdigkeiten Roms nur noch vor wie ein verblasster Abklatsch einstiger Schönheit. Als er den Park verließ, riss ihn der Schrei einer Krähe aus seinen Gedanken. Ohne den Grund zu wissen, fühlte er sich plötzlich niedergeschlagen, von Pessimismus erfüllt. Noch vor wenigen Monaten hatte Lucia nicht einmal existiert für ihn. Und jetzt? Es war verrückt, aber inzwischen konnte er sich ein Leben ohne sie nicht mehr vorstellen. Doch welche Garantie hatte er eigentlich, dass alles so kam, wie er es sich erhoffte? Hatte er vielleicht einen Vertrag mit dem Schicksal, mit dem Herrn da oben oder gar einer Versicherungsgesellschaft abgeschlossen? Schließlich waren sie es, die heutzutage die Welt regierten. Nein, nein und nochmals nein. Also, was erwartete er sich dann? Sie war zu ihm gekommen wie aus einem Traum, und ebenso gut konnte sie sich wieder verflüchtigen wie ein Traumbild und verschwinden, als hätte sie nie existiert. Vielleicht waren diese Brosamen des Glücks, die er fälschlicherweise für eine Vorspeise gehalten hatte, schon das ganze Menü. *Basta.* Aus. Ende. Lucia war ein Engel auf der Durchreise, der ihn besucht hatte und danach in sein Paradies zurückgekehrt war.

Clark zog sein Mobiltelefon heraus. Er war noch nie der Typ gewesen, der sich von Ängsten hatte überwältigen lassen. Und damit würde er auch jetzt nicht anfangen.

Lucia Leonardi, eigentlich ein Allerweltsname. Wie hatte diese Frau es nur geschafft, so wichtig für ihn zu werden?

»Das wollen wir doch mal sehen. Wenn du mich nicht anrufen willst, dann rufe ich eben dich an. Ein Kinderspiel.«

Er drückte auf die grüne Taste.

»Der gewünschte Teilnehmer ist momentan nicht erreichbar.«

»*Va bene, pazienza.* Dann musst du eben Geduld haben, Clark, und dich in Zurückhaltung üben.«

Nach einer Viertelstunde Versuch Nummer zwei.

»Der gewünschte Teilnehmer ist momentan nicht erreichbar.«

Eine halbe Stunde später Versuch Nummer drei. Mit demselben Ergebnis.

Fünfundvierzig Minuten. *Komm schon, Lucia, schalt dein Telefon ein. Ich muss deine Stimme hören, und sei es nur eine Sekunde.*

»Der gewünschte Teilnehmer …«

Verflucht. Und jetzt?

Als Clark an einem Kino vorbeikam, war er kurz versucht, sich hineinzuflüchten. Doch im Grunde hatte er nicht die geringste Lust dazu.

Also beschloss er, weitere zehn Minuten zu warten. Und noch einmal zehn Minuten. Bestimmt war ihr Akku leer, aber eigentlich musste sie doch schon seit Stunden bei ihren Eltern sein und hätte dort ihr Handy aufladen oder ihn vom Festnetz aus kurz anrufen können.

Ein erneuter Versuch. Wieder ohne Erfolg.

So wie der träge vor sich hin fließende Tiber jeglichen Zauber verloren hatte, so hatte Clark inzwischen den Überblick verloren, wie oft er es schon probiert hatte.

Doch Achtung! Es klingelt. Aber nach zwei, drei Klingelzeichen war die Verbindung plötzlich wieder unterbrochen. Seltsam. Clark versuchte es erneut, und wieder dasselbe. *Va bene.*

Mit dem Telefon in der ausgestreckten Hand und leerem Blick stand er da. Was hatte das zu bedeuten?

»Ich habe noch nie den Kopf verloren und werde es auch jetzt nicht tun«, sagte sich Clark, als er nervös und mit unschlüssigen Schritten durch Trastevere lief. Schließlich betrat er eine Caffè-Bar, ohne zu wissen, was er dort eigentlich wollte.

Warum meldete sich Lucia nicht? War sie entführt worden? Hatte man sie umgebracht? Oder (das schien ihm wahrscheinlicher) hatte man sie zu Hause einer Gehirnwäsche unterzogen? Vielleicht hatte man ihr aber auch bloß das Telefon weggenommen. Das kann passieren, wenn man sich gegen die Honoratioren eines kleinen sizilianischen Ortes stellt. *Der Pate*, Teil vier.

Während Clark stumm und gedankenverloren am Tresen stand und Löcher in die Luft starrte, musterten ihn die beiden Barista (einer jung, der andere schon etwas älter) neugierig, als wäre er ein seltsames Fabeltier.

»Was haben solche komischen Vögel eigentlich hier verloren? Hängt da draußen vielleicht ein Schild, auf dem steht: FÜR NORMALE GÄSTE VERBOTEN?«, nörgelte der Alte.

»Ach, Dario, was hast du denn jetzt schon wieder? Der Mann ist mit seinen Gedanken einfach woanders …«, erwiderte der Jüngere von beiden.

»Vielleicht ist er ein Schlafwandler …«, gab ein Gast am Tresen zu bedenken.

»Anto', nur weil *du* nicht schlafen kannst, muss es anderen nicht genauso gehen.« Der Barista wandte sich mit entschuldigender Miene an Clark. »Verzeihen Sie bitte, Signore, aber dieser Herr hier leidet an Schlaflosigkeit und ist ständig auf der Suche nach Leidensgenossen. Kann ich Ihnen vielleicht helfen oder wollen Sie erst noch überlegen?«

Clark betrachtete den jungen Mann hinter der Theke. Er war ungefähr im selben Alter wie er selbst, machte aber den Eindruck eines Menschen, der schon einiges mitgemacht und seinen Weg gefunden hatte. Clark hätte nicht zu sagen gewusst, warum, aber die beiden Männer flößten ihm sofort Vertrauen ein.

»Sorry, aber ich bin im Moment etwas neben der Spur. Außerdem bin ich müde, kann mich nicht entscheiden und mache mir große Sorgen. Vor allem Letzteres.«

»Na, das scheint ja wirklich nicht Ihr Tag zu sein!«, meinte der ältere Barista. »Die Leute, die sonst in dieser Verfassung zu uns kommen, wollen nur etwas trinken und sind weniger kompliziert. Aber wenn ich Ihnen einen Rat gegen darf, dann bestellen Sie sich was Starkes, das beruhigt die Nerven.«

»Gibt es bei Ihnen auch psychologische Beratung?«

»Aber klar doch«, erwiderte der grauhaarige Barista, »das ist sozusagen unsere Spezialität, und es ist alles im Preis inbegriffen. Wir sagen Ihnen sogar, welcher Typ Sie sind. Je nachdem, welchen Kaffee Sie bestellen. Was meinst du, Mino?«, fragte er und wandte sich an den Jüngeren. »Was servieren wir denn nun unserem Gast? Woher kommen Sie eigentlich?«

»Aus Amerika. Aber ich lebe schon seit Jahren in Italien. Hört man meinen Akzent denn noch so stark?«

»Aah … *Ein Amerikaner in Rom*. Ein schöner Film. Unser Schutzheiliger hängt dort oben.« Mit diesen Worten deutete er auf das bekannte Schwarzweißfoto von Alberto Sordi im weißen T-Shirt vor einem Teller Spaghetti, der Römer war und so gern Amerikaner gewesen wäre. Zumindest im Film. Darüber hing merkwürdigerweise ein überdimensionales Kreuzworträtsel.

Der jüngere Barmann wischte mit einem Lappen über die Theke. »Wie sagt man noch gleich bei Ihnen: *Take your time*. Außerdem gibt es gleich ein paar köstliche Antipasti zum Aperitif. Es lohnt sich, darauf zu warten!«

»Dann könnte ich mir an sich also schon etwas Stärkeres zu Gemüte führen? Ich dachte eigentlich eher an einen Caffè Americano …«

»Ich wusste es doch! Sie sind genau der Typ, der zu jeder Tages- und Nachtzeit mit einem Becher Kaffee in der Hand auf der Veranda hockt. Das passt wie die Faust aufs Auge. Aber um diese Uhrzeit kann man durchaus schon zu alkoholischen Getränken übergehen. Umso mehr, wenn man was für die Nerven braucht. Wie wäre es mit einem kühlen Bier oder einem schönen Spritz? Der wird in der letzten Zeit oft verlangt, und deshalb haben wir uns darauf spezialisiert. Sie können natürlich auch einen kalten Weißwein haben. Müssen Sie noch fahren?«, fragte der Jüngere, der offenbar Mino hieß.

»Nein, ich bin zu Fuß unterwegs. Dann probiere ich mal den Spritz!«

Clark warf einen verstohlenen Blick auf sein Mobiltelefon, ehe er sich an die Theke lehnte. »Diese Bar liegt ja wirklich an einem schönen Plätzchen«, meinte er schließlich, um wenigstens etwas zu sagen.

»Gefällt es Ihnen bei uns? Wollen Sie bei uns einsteigen? Mein Kollege hier wird nächstes Jahr neunundneunzig. Mit hundert will er in Pension gehen, sagt er!« Der Barista grinste.

»Ach, besten Dank für das Angebot, aber ich habe den Eindruck, dass ihr Kollege fitter ist als ich! Dazu gehört allerdings nicht viel.« Clark seufzte tief.

»Machen Sie sich nichts draus!«, erwiderte der Alte lachend. »Wir von der alten Garde sind noch so gebaut, dass wir ewig halten. Ihr jungen Hüpfer könnt ja nichts dafür, dass ihr der Generation ›Konsum‹ angehört. Ex und hopp, heißt es da, Menschen inklusive!«

»Na, na, jetzt mach mal halblang, Dario. Die Rechnung wird immer erst am Schluss präsentiert. *Ecco* – Spritz nach Art des Hauses für unseren Gast aus der Fremde!«

Clark machte Anstalten, nach seiner Brieftasche zu greifen.

»Haben Sie nicht gehört, was er gesagt hat?«, fragte Dario. »Die Rechnung wird erst am Schluss präsentiert.« Er zog die buschigen Augenbrauen hoch. »Klar gibt es Leute, die das ausnützen. Aber das scheint mir bei Ihnen nicht der Fall zu sein.«

»In der Tat. Ich hasse es, Schulden zu machen. Dieser Spritz ist übrigens ausgezeichnet. Ein guter Tipp.«

Da stehe ich nun, dachte Clark, nachdem er zum x-ten Mal vergeblich auf sein Handy geschaut hatte, genehmige mir auf nüchternen Magen einen Drink und schwatze mit dem Barkeeper. Der Klassiker.

»Sie ruft nicht an, wie?«, fragte Dario.

Clark seufzte. Es ist so weit, jetzt geht es los mit den Vertraulichkeiten. Tiefer kann ich wahrlich nicht mehr sinken.

»Sie müssen Darios Neugierde entschuldigen. Früher mal, ja, da war er die Diskretion in Person, aber mit dem Alter wird es immer schlimmer mit ihm.«

»Ich wollte nicht indiskret sein, aber eines habe ich kapiert, wenn auch ziemlich spät: Man muss die Dinge beim Namen nennen. Da schlägt man gleich zwei Fliegen mit einer Klappe. Erstens verstehen wir selbst besser, was Sache ist, und hören auf, uns zu schämen oder uns irgendwelche Dummheiten einzureden, und zweitens können uns die anderen eventuell einen guten Rat geben … man weiß ja nie!«

»Schon klar, aber das heißt noch lange nicht, dass dir alle ihr Herz ausschütten müssen!«, konterte der Jüngere der beiden.

»Nichts hast du verstanden, Mino! Wer zwingt ihn denn? Ich biete doch nur eine Schulter zum Ausheulen an, und wenn jemand keine Lust dazu hat, ist es doch seine Entscheidung. Ich nehme es niemandem übel!« Er zuckte unwillig die Achseln.

Clarks Blick wanderte belustigt zwischen den beiden Männern hin und her, als verfolge er eine Partie Tischtennis.

»Ha! Ein Ziel haben wir erreicht: Jetzt lächelte er immerhin schon wieder. Als er hier reinkam, hat er ein Gesicht gemacht, als käme er von einer Beerdigung!«

»Aber das liegt nur an meinem Spritz, das hat nichts mit deiner plumpen Vertraulichkeit zu tun.«

»Das wird sich noch zeigen!«

Und tatsächlich breitete sich auf Clarks Gesicht ein Lächeln aus.

»Vielleicht haben Sie recht. Es ist sicher nicht gut, alles in sich hineinzufressen. Aber man kann auch nicht in der Gegend herumlaufen und allen mit seinen Wehwehchen auf den Wecker gehen. Jeder hat so seine Probleme. Aber wenn Sie meine Geschichte wirklich interessiert, erzähle ich sie Ihnen. Sie ist allerdings ziemlich kurz.«

Als Clark zu Ende erzählt hatte, seufzte der alte Dario tief, wischte ein paar Mal mit dem Lappen über die Theke und meinte: »Ach ja! Diese Frauen – wer wird sie jemals verstehen? Andererseits gefallen sie uns gerade deswegen, weil sie so launenhaft sind wie das Wetter. Aber eines lassen Sie sich gesagt sein, mein Herr: Um beim Thema Wetter zu bleiben – diese ständigen

Wechsel kann man auch positiv sehen. Das heißt, nichts ist entschieden, alles ist offen und ändert sich je nach Stimmung oder Blickwinkel …« Dario legte den Lappen beiseite und hob den Kopf. »Nein, im Ernst – man sollte sich nie entmutigen lassen. Und außerdem sollten Sie wissen, dass heute Ihr Glückstag ist, stimmt's, Mino?«

»Na, dann habe ich aber schon Angst davor, wie die anderen Tage aussehen!«, bemerkte Clark trocken.

»Aber nein, das soll doch nur heißen, dass Sie heute durch Zufall genau in die richtige Bar gestolpert sind! Mein junger Freund hier, der könnte übrigens ein Lied davon singen. Jetzt tut er so, als sei nichts gewesen, aber es ist noch gar nicht lange her, da war er in derselben Situation wie Sie. Das heißt, wenn ich das so sagen darf – er war noch viel schlimmer dran. Er war richtiggehend am Boden zerstört und kam buchstäblich auf dem Zahnfleisch angekrochen.«

Der jüngere Barista griff nach dem Lappen und schleuderte ihn nach seinem Kollegen.

»Der Signore hier scheint heute wohl beschlossen zu haben, reinen Tisch zu machen, nur was seine eigene Peron betrifft, schweigt er sich aus. Aber es stimmt … Ich war auch mal unsterblich in eine Frau verliebt, die plötzlich von einen Tag auf den anderen verschwand und nichts mehr von sich hören ließ.«

»Ich kann mir die Situation lebhaft vorstellen … Wie ist die Sache ausgegangen?«

»Ähäm, also … der alte Klugscheißer hier hat mir den Rat gegeben, nicht aufzugeben. Geh und kämpfe um sie, hat er mir befohlen. Stell dich der Realität und tu, was in deiner Macht steht, dann musst du dir hinterher wenigstens keine Vorwürfe machen, auch wenn nichts daraus wird.«

»Ja, aber in Ihrem speziellen Fall – ist es nun gut oder schlecht ausgegangen?«

»Darauf kommen wir noch, aber vorher würde ich Ihnen gern den tieferen Sinn von Darios Rat begreiflich machen: Ganz egal, was dabei herauskommt, man muss es versuchen. Wie in dem Song von Francesco Guccini. Kennen Sie den? *Die fünf Enten?*«

»Nein.«

»Aah, nicht? Na ja, Sie sind Amerikaner. Also, da sind diese fünf Enten, die fliegen in den Süden, und in jeder Strophe stirbt eine von ihnen ... Wie geht der Text gleich noch mal? Ach, ja, eine erfriert, die andere wird vom Jäger erschossen, und so weiter und so fort. Am Schluss heißt es dann: ›Vielleicht werden wir nur eine ankommen sehen, aber dass sie geflogen ist, bedeutet nichts anderes, als dass sie fliegen musste.‹ Haben Sie verstanden, was er damit sagen will? Guccini sagt nicht, dass die Ente durchkommen wird, nur ›vielleicht‹. Und dass man all die Mühe und das Leid nicht eines sicheren Resultates wegen auf sich nimmt, sondern nur wegen diesem ›vielleicht‹. Doch allein der Versuch ist die Mühe schon wert. Immer, *capito*?«

»Oho, Mino, und mich nennst du einen alten Klugscheißer?« Der Alte runzelte die Stirn. »Du bist ja schlimmer als ich, muss ich sagen, und dabei bist du noch so jung!«

»Was soll ich machen, bei dem Vorbild, was du abgibst …«

»Schon gut. Erzähl lieber, wie deine Geschichte ausgegangen ist, sonst stirbt uns der Kerl hier noch vor Neugier.«

»Nun? Was glauben Sie? Wie ist die Geschichte ausgegangen?«, fragte Mino lachend.

TEIL ZWEI

Sizilien

1

Erinnerungen

Lachen. Lucia vernahm eine Stimme, die sie kannte und liebte. Die Stimme lachte und rief Erinnerungen in ihr wach, die sie in diesem Augenblick jedoch nicht in Bilder umzusetzen vermochte. Es war ihr unmöglich, dieses Knäuel aus konfusen Gedanken zu entwirren, das sich in ihrem Kopf breitmachte.

Hätte sie die Kraft gehabt, die Augen aufzuschlagen, hätte sie ein Krankenhauszimmer gesehen und eine geliebte Person, die neben ihr saß. Aber ihre Augenlider waren schwer wie Blei, und so musste sie sich aufs Zuhören beschränken. Lucia hörte, wie die Tür leise geschlossen wurde, und dann sagte die vertraute Stimme: »Ah, Kleines, endlich sind wir zwei allein! Aber lange wird das bestimmt nicht dauern. Der Doktor hat gesagt, dass du dich auf keinen Fall anstrengen darfst. Also zwing dich zu nichts, du musst nichts sagen oder sonst wie reagieren, ja? Tu nur das, wonach du dich fühlst.

Und erschrick nicht, wenn dir ein bisschen merkwürdig zumute ist. Dein Kopf hat nämlich ziemlich etwas abbekommen. Du hast eine schlimme Gehirnerschütterung, *mia cara* … aber das vergeht wieder, du wirst schon sehen! Du fragst dich jetzt bestimmt, warum ich meinen Mund nicht zukriege. Aber weißt du, der Doktor hat gemeint, es tut dir gut und muntert dich auf, wenn ich dir was erzähle! Außerdem weißt du, dass ich alles für dich machen würde, mein Schatz … sogar sterben würde ich für dich! Na ja, wollen wir mal nicht übertreiben … das wird wahrscheinlich nicht nötig sein!«

Wieder ein sanftes Lachen. Gleich darauf einen Moment lang Stille. Als Signora Marta weiterredete, lag ein leichter Vorwurf in ihrer Stimme.

»Aber wirklich, meine Kleine, wenn das eine Überraschung für uns sein sollte, dann hast du ziemlich übertrieben! Du hast uns vielleicht einen schönen Schreck eingejagt. Aber nachdem es mir jetzt endlich gelungen ist, deinen – nicht böse sein – schnöseligen Verlobten hinauszukomplimentieren, bin ich sicher, dass du gleich die Augen aufschlagen und mir ein Lächeln schenken wirst. Nur damit ich endlich zu quasseln aufhöre.«

Und tatsächlich war in just diesem Moment ein Zucken auf Lucias Gesicht wahrzunehmen, das tatsächlich einem Lächeln glich. Was auch immer der Grund dafür sein mochte, dass sie weder sprechen noch die Augen öffnen konnte, die Monologe ihrer Großmutter Marta schienen ihre Wirkung jedenfalls nicht zu verfehlen.

»*Cara*, aber du bist ja wach! Du hörst mich! Du lächelst! Schnell, schnell, kommt, sie wacht auf!«

Lautes Rascheln, Schritte. Wie aus der Ferne drangen die vertrauten Stimmen ihrer Mutter, ihres Vaters und die von Rosario an ihr Ohr. Alle redeten aufgeregt durcheinander, einer fiel dem anderen ins Wort, und in dem ganzen Stimmengewirr war nichts mehr zu verstehen.

Dann trat ein Arzt ins Zimmer. Mit strengem Tonfall bereitete er dem Radau ein Ende und wies mit Nachdruck darauf hin, dass dieses Durcheinander der Patientin nur schade und dass er während der Visite höchstens einen Besucher im Zimmer haben wolle.

An diesem Punkt kam es beinahe zu Handgreiflichkeiten zwischen Signora Marta und den restlichen Anwesenden, aber schließlich einigte man sich auf Rosario, der als Einziger im Zimmer bleiben durfte. Was mit Sicherheit nicht dazu beitrug, die ohnehin nur schwach ausgeprägte Sympathie der alten Dame für den jungen Mann zu vergrößern. Laut schimpfend verließ sie das Zimmer. Lucia sei immerhin ihre Enkelin, zeterte sie, während die anderen sie aus dem Zimmer zerrten. »Verlobte kommen und gehen, aber Großeltern bleiben für immer!«, war das Letzte, was man von ihr hörte, bevor die Tür zugemacht wurde.

Bei diesen Worten wurde Lucias Lächeln immer breiter.

Reden. Rechnen. Rächen. Clark saß in seiner Wohnung und kritzelte irgendwelche Wörter auf ein Blatt Papier, die zufälligerweise alle mit R begannen. So wie die Namen der drei Grazien, seine temperamentvollen Kolleginnen. Warum eigentlich hatte keine dieser jungen Frauen eine derartige Wirkung auf ihn gehabt wie Lucia? Nur sie hatte ihn in eine neue Umlaufbahn katapultiert, einem extraterrestrischen Wesen gleich. Um kurz darauf gleich wieder im Nichts zu verschwinden. Drei Tage waren inzwischen vergangen, und er hatte noch immer nichts von ihr gehört. Das Schlimme war, dass er nicht einmal richtig wütend werden konnte. Nur unendlich traurig war er.

Keine SMS, keine Nachricht, ganz zu schweigen von einem Anruf. Nichts. Null. Zero. Es war wie in einem Alptraum. Clark kam noch ein weiteres Wort mit R in den Sinn: Rekapitulieren. Allmählich war er besessen von diesen R-Wörtern. Denk nach, sagte er sich, es muss doch einen Hinweis geben, irgendeine versteckte Andeutung, die er übersehen hatte und hinter der sich die Wahrheit verbarg. Wenn Lucia ihn hinterging (aber hätte sie das tun sollen?), dann musste doch irgendwo ein verräterisches Detail zu finden sein.

Aber nein. Zwischen ihnen hatte alles zum Besten gestanden.

Okay. Jetzt hieß es, Ruhe bewahren. Zumindest für den Augenblick. Um dann schnell reagieren zu können.

Natürlich war es auch eine Frage des Stolzes. Er war gezwungen, über seinen Schatten zu springen. Und welche Demütigung, hinter ihr herzuschnüffeln! Wie unwürdig! Vielleicht lag sie in diesem Moment schon in den Armen ihres Verlobten. Wäre es nicht besser, die Niederlage einfach zu akzeptieren?

Nein. Drei Tage waren mehr als genug. Es war an der Zeit, sich einen Ruck zu geben.

Clark griff nach dem Telefon und wählte Franco Lanzas Nummer. Ein Mann, der nicht nur sein Chef war, sondern auch sein Freund. Es war das erste Mal, dass er sich mit einer Angelegenheit an ihn wandte, die nichts mit der Arbeit zu tun hatte.

»*Ciao*, Clark, was gibt es? Alles in Ordnung?«, fragte Lanza in der Vermutung, es handele sich um einen Artikel.

»Ja, alles okay, danke.«

»Hm, hm, deine Stimme klingt aber nicht danach. Was ist los?«

»Ich bin nur ein bisschen müde. Aber mach dir keine Sorgen, es ist nichts Schlimmes. Ich rufe dich an, weil ich dich um einen kleinen Gefallen bitten wollte.«

»Ich höre.«

Plötzlich wurde Clark klar, dass er unmöglich um Hilfe bitten konnte, ohne weiter auszuholen und sich zu erklären. Er war versucht, am Apparat zu kratzen, eine Störung zu simulieren, aufzulegen und sich für immer aus dem Staub zu machen. Lanza ist ohnehin der Typ, der sofort wieder vergisst, dass ich etwas von ihm wollte, sagte er sich. Doch stattdessen meldete sich eine andere Stimme vorlaut zu Wort und zwang Clark, sich für eine erwachsenere Strategie zu entscheiden.

»Tja, es ist ein bisschen zu kompliziert, um jetzt alles zu erzählen. Ich kann Lucia nicht erreichen. Seitdem sie wieder in Sizilien ist, geht sie nicht mehr an ihr Handy. Ich muss aber dringend mit ihr reden.«

»Dringend? Worum geht es denn?«

»Das erkläre ich dir später. Ich kann nur sagen, es ist wirklich wichtig für mich. Ich muss einfach wissen, was da los ist. Du bist schließlich ihr Chef. Wenn du versuchen würdest, Informationen über sie einzuholen, dann würde das doch keinen Verdacht erregen, oder?«

»Ich habe verstanden. Überlass alles Weitere mir.« Ohne sich zu verabschieden, legte Lanza auf.

Vierzig Minuten später, die Clark wie eine Ewigkeit vorkamen, klingelte endlich das Telefon.

»Clark«, setzte Lanza schwungvoll an, um anschließend in ein Schweigen zu verfallen, das ein wenig zu lange dauerte. »Ach, weißt du, was? Ich komme bei dir vorbei. Du bist doch zu Hause? Klar bist du zu Hause. Du hockst doch immer zu Hause herum, wenn du Probleme hast. Wir essen eine Kleinigkeit, und ich erzähle dir, was ich herausbekommen habe, ja?«

Er wartete Clarks Antwort gar nicht erst ab, sondern drückte ihn sofort weg.

Nach einer Stunde klingelte es unten an der Tür. Es vergingen weitere fünf Minuten, bis Lanzas massige Silhouette im Türrahmen stand. Er keuchte. »Uff, hältst du dich so in Form? Gehst du diese Treppen etwa jeden Tag zu Fuß hoch?«

»Oh Mann, das tut mir leid. Da hat wahrscheinlich wieder dieser Kerl aus dem fünften Stock die Tür zum

Aufzug nicht richtig zugemacht. Das passiert oft. Komm doch rein, setz dich«, forderte Clark seinen Chef auf und deutete auf einen Sessel.

»Also, was gibt es zu essen?«

Clark ging in die Küche und kehrte mit einem Tablett zurück, auf dem vier *panini* lagen.

»Die Spezialität des Hauses!«

»Hm, hm, lass mal sehen: Erdnussbutter mit Marmelade? Echte Nervennahrung, was?« Lanza sah sich um und fügte hinzu: »Jetzt fehlt nur noch ein Bier.«

»Du hast recht«, entgegnete Clark. Das Benehmen seines Vorgesetzten machte ihn verlegen.

Lanza wirkte wie ein kleiner Junge auf Schulausflug und schien sich über ein entspanntes Mittagessen unter Freunden zu freuen. Nach dem ersten Bier verlangte er gleich noch ein zweites. Clark war beinahe gerührt.

Lanzas Biografie war voller Höhen und Tiefen. Zu Beginn seiner Karriere hatte er sich mit Ellbogeneinsatz seinen Weg nach oben geboxt und wichtige Führungspositionen bekleidet. Er war wie die anderen Haifische im Becken: kaum Freunde, und auch die wenigen meinten es nicht wirklich ernst. Nach einer Liebesgeschichte, die in einer großen Enttäuschung geendet hatte und von der niemand Einzelheiten kannte, hatte er offenbar das Interesse und die Lust am Kampf verloren. Immerhin – er stürzte sanft und landete auf dem alles andere als bedeutungslosen Posten des Chefredakteurs des *Eco di Roma*, wo er weiterhin von dem profitierte, was er in den Jahren zuvor erreicht hatte. Er besaß wenige, aber enge

Kontakte, zudem umwehte ihn der Nimbus des alten, einsamen Wolfs. Clark hatte Lanza erst in der zweiten Hälfte seiner Karriere kennengelernt und ihn stets als klugen, ehrlichen und väterlichen Ratgeber erfahren. Er mochte ihn, auch wenn er einen Abgrund aus Einsamkeit in ihm erahnte, der ihm ein wenig Angst machte.

Als Lanza nach einem weiteren Erdnuss-Sandwich verlangte, wurde Clark allmählich ungeduldig. Er wollte endlich zur Sache kommen.

Lanza zog eine Zigarre aus seiner Jackentasche. »Darf ich? Dein *panino* schmeckt ausgezeichnet, aber zum Verdauen brauche ich jetzt etwas Stärkeres.« Ohne eine Antwort abzuwarten, zündete er seine Zigarre an und verschwand hinter einer Rauchwolke.

»Hast du was dagegen, wenn ich ein Fenster aufmache?«

»Nein, nein, nur zu«, erwiderte Lanza großzügig, als wäre er der Hausherr, ehe er plötzlich umschwenkte, ernst wurde und in verändertem Tonfall hinzufügte: »Also … die Sache mit Lucia …«

»Ja, was ist mit ihr – erzähl mir, was du herausbekommen hast.«

»Tja, mein Junge … Es tut mir leid, dass ich keine besseren Neuigkeiten habe, aber wie es aussieht, hatte Lucia einen Autounfall.«

»WAS?« Clark spürte, wie ihm der Boden unter den Füßen weggezogen wurde. »Sie hatte einen *Unfall*?!«

Sieht sich der Mensch mit einer schrecklichen Nachricht konfrontiert, die völlig unerwartet kommt und die Macht hat, sein Leben auf einen Schlag für immer zu verändern, dann neigt er bisweilen zu merkwürdigen Gedankensprüngen. Plötzlich schießen ihm Bilder durch den Kopf, die nicht das Geringste mit der Sache zu tun haben.Vielleicht weil er der Realität dieser Nachricht entfliehen will.

Auch Clark erging es nicht anders. Er musste (warum auch immer) plötzlich an seine Schulzeit denken. Damals durfte er immer vor allen anderen Mitschülern ins Klassenzimmer, weil sein Adoptivvater ihn stets viel zu früh zur Schule brachte und der Hausmeister so freundlich war, dem Jungen aufzusperren, damit der arme Kerl nicht draußen in der Kälte stehen musste. Im Gegenzug dafür half Clark ihm bei der Erledigung kleinerer Aufgaben. So wischte er zum Beispiel immer die Tafel mit einem nassen Schwamm ab. Es war unglaublich, wie der hartnäckige graue Belag der Kreide plötzlich wich und einem glänzenden Schwarz Platz machte, das schön, aber irgendwie auch unheimlich war. Dieses Schwarz trat ihm nun wieder vor Augen, und es hatte nichts von seinem Glanz, aber auch nichts von seiner Bedrohlichkeit eingebüßt.

Lanza, der seinem Angestellten wohl ansah, welche Tragödie sich gerade in ihm abspielte, beeilte sich hinzuzufügen: »Aber es geht ihr so weit gut, sie ist nicht in Lebensgefahr, du musst dir keine Sorgen machen.«

»Hast du denn mit Lucia gesprochen?«, stieß Clark, nervös hin und her laufend, hervor. »Bitte sag mir alles, was du weißt.«

»Nein. Ich konnte nicht mit ihr selbst sprechen. Meine Nachforschungen entpuppten sich außerdem als regelrechte Schnitzeljagd. Zuerst dachte ich, eine schnelle Antwort zu bekommen, indem ich mich an ihre Tante wende, die eine alte Freundin von mir ist. Aber ich erreichte sie nicht, und dann fiel mir wieder ein, dass sie ja verreist ist. Auf Umwegen ist es mir dann gelungen, die Festnetznummer von Lucias Eltern zu bekommen. Die steht zwar nicht im Telefonbuch, aber irgendeinen gibt es immer, der einem noch einen Gefallen schuldig ist. Am Apparat war schließlich ein ziemlich bärbeißiges Mitglied der Familie, das aber recht schnell freundlicher wurde, als ich mich als Lucias Chef zu erkennen gab. Du weißt ja, wie diese Sizilianer sind … höflich und gastlich Fremden gegenüber, aber kaum geht es um ihre Privatsphäre, betritt man vermintes Gebiet. Auf jeden Fall erzählte mir dieser Verwandte, dass Lucia auf dem Rückweg vom Flughafen einen Autounfall hatte. Irgendwelche *Schafe* seien daran schuld gewesen, sagte er noch.« Lanza schüttelte den Kopf. »Auf jeden Fall ist Lucia auf dem Weg der Besserung, braucht aber wohl absolute Ruhe. Sie hatte eine schwere Gehirnerschütterung und kurzzeitig das Bewusstsein verloren und ist noch immer nicht ganz bei sich. Sie wird noch eine Weile brauchen, bis sie wieder ganz auf dem Damm ist, und ich habe ihr natürlich ausrichten lassen, dass sie sich alle Zeit der Welt lassen kann, um gesund zu werden, und dass ihr Arbeitsplatz hier auf sie wartet. Der Typ am Telefon schien aus allen Wolken zu fallen, als er das hörte, hat sich dann aber vor Freundlichkeit fast überschlagen und ist immer vager geworden … Du kennst doch das Gefühl, wenn man glaubt, dass eine Sache zum Himmel stinkt? Und genau diesen Eindruck hatte ich bei ihm. Die ganze Geschichte kommt mir äußerst merkwürdig vor. Wenn mein Instinkt mich nicht trügt, will ihre Familie offenbar nicht, dass Lucia nach Rom zurückkehrt … Und wenn es stimmt, dass es ihr schon wieder besser geht, dann verstehe ich nicht, warum ich nicht mit ihr sprechen konnte.«

Clark hörte mit offenem Mund und zornigem Blick zu.

»Ich habe deswegen sogar einen Kollegen bei der *Voce di Sicilia* angerufen – die Zeitung, für die Lucia mal gearbeitet hat. Du weißt ja, wie das so ist. Lucias Familie gehört dort unten zur Lokalprominenz, aber es ist mir nicht gelungen, irgendetwas herauszubekommen. Mein Kollege hatte natürlich von der Sache gehört, wusste aber auch keine Details. Das Einzige, was mir dieser Anruf bei ihm einbrachte, war eine mehr oder weniger versteckte Warnung: Es sei besser, keine weiteren Nachforschungen anzustellen, meinte er, und dass unser Angebot an Lucia quasi als Übergriff angesehen werde … *Ecco.*«

Clark blieb vor dem Fenster stehen und lehnte die Stirn an die Scheibe. Er war verzweifelt.

»Die Sache geht dir sehr nahe, wie ich sehe. Das habe ich schon befürchtet – trotzdem meine ich, dass es besser ist, wenn du die Wahrheit kennst. Was ist denn eigentlich los?«

Clark schüttelte den Kopf. »Lass gut sein. Für mich bricht nur gerade eine Welt zusammen. Momentan geht wirklich alles schief!« Er nahm ein Kissen vom Sofa und schleuderte es zu Boden.

»Raus mit der Sprache! Da steckt doch mehr dahinter. Ich nehme mal an, du bedauerst es nicht nur aus beruflichen Gründen, dass deine Kollegin, wie es aussieht, nicht mehr zurückkommt?«

»Wer bist du – Perry Mason?«

Lanza grinste. »Ich will mich ja nicht in deine Privatangelegenheiten mischen, aber mir war sofort klar, dass zwischen dir und Lucia etwas läuft. Nicht zuletzt deswegen wollte ich in Ruhe mit dir reden. Deine übertriebene Auffassung von Privatsphäre ist dabei zwar wenig hilfreich, aber es hat ja doch noch geklappt.«

Clark stieß ein dankbares Lachen aus. Sein kluger Chef hatte alles durchschaut und war genau aus diesem Grund zu ihm nach Hause gekommen, um in vertraulicher und entspannter Atmosphäre mit ihm zu reden. Er hatte ihn so schonend wie möglich auf die schlimmen Neuigkeiten vorbereiten wollen. Er wollte ihm helfen. Der gute alte Lanza!

Clark runzelte die Stirn und überlegte konzentriert, als könnte er damit seine Verzweiflung überspielen.

»Was kann da nur passiert sein? Ob die Familie sie unter Hausarrest gestellt hat? Wer weiß, wie es ihr wirklich geht? Vielleicht ist sie gar nicht auf dem Weg der Besserung, vielleicht sagen sie nicht die Wahrheit.«

»Na, na, jetzt übertreib mal nicht. Schließlich leben wir in einem zivilisierten Land. Mehr oder weniger zumindest. Mag sein, dass die Familie ihre labile Verfassung ausnutzt, um ihr den Kopf zu waschen, aber ich bin mir sicher, dass es ihr wieder gut geht. Wenn wirklich etwas Ernsthaftes passiert wäre, dann hätte mein Freund mir das gesagt.« Lanza strich sich über das Kinn. »Also, dann fassen wir die Lage einmal zusammen, *caro amico.* Ich weiß, dass Frauen wie Lucia nicht gerade auf den Bäumen wachsen, und ich sehe es dir an der Nasenspitze an, dass dir die Sache ernst ist. Deshalb müssen wir handeln. Und einen Vorteil hast du, und zwar den, dass dort unten niemand etwas von deiner Existenz weiß. Das sehe ich doch richtig, oder?«

Lanzas entschiedener Blick schien auszudrücken, dass er keine Zeit zu verlieren gedachte, und Clark dankte dem Himmel für die Entschlossenheit seines Chefs, die seine eigene Ohnmacht wieder wettmachte.

Er nickte. »Ja. Soweit ich weiß, hat Lucia bisher niemandem von mir erzählt. Das hat sie zumindest gesagt. Sie wusste, dass ihre Familie von den Neuigkeiten nicht gerade begeistert sein würde.« Er zögerte. »Sie hat … noch einen Verlobten dort unten und wollte die Sache mit uns nicht am Telefon besprechen, sondern es ihrer Familie persönlich sagen. Ich wäre mitgekommen, aber das wollte sie nicht. Natürlich habe ich versucht, sie anzurufen, als sie sich dann nicht meldete, aber zuerst ist niemand rangegangen und dann war ihr Handy ganz aus. Ich nehme mal an, Lucias

Familie weiß weder, wie ich aussehe, noch kennen sie meinen Namen. Für die bin ich gar nicht existent.« Er seufzte.

»Sehr gut. Das ist ein Punkt zu unseren Gunsten. Diese Angelegenheit ist nämlich so delikat, dass sie nicht mit vier kurzen Telefonaten zu klären ist. Leider.«

»Und was heißt das?«

»Das heißt, dass du selbst hinfahren musst.«

»Ja, und wie soll das gehen? Unter falschem Namen vielleicht? In diesen gottverlassenen Dörfern weiß doch nach zwei Tagen jeder über jeden Bescheid und zählt eins und eins zusammen.«

»Na, hör mal! Sizilien ist nicht Montana, wo der nächste Nachbar achthundert Meilen entfernt wohnt. Überleg lieber! Ein falscher Name wäre womöglich nicht schlecht, aber meiner Meinung nach ist die beste Lüge die, bei der man sich nicht allzu weit von der Wahrheit entfernt. Vor allem dann, wenn man wie du … na ja … ein wenig durch den Wind ist. Du brauchst einen guten Grund, um dich dort unten aufzuhalten. Irgendetwas, das nichts mit Lucia zu tun hat und das dich in keiner Weise verdächtig macht.«

»Aber was kann man dort unten schon tun, außer den Touristen zu spielen? ›Durch Zufall‹ dort zu landen ist nicht gerade sehr glaubwürdig.«

Clark schüttelte nachdenklich den Kopf.

»Tja, du sagst es«, stimmte Lanza ihm zu. »Wir brauchen also einen hieb- und stichfesten Plan.«

Lanza stand auf. Nonchalant, als sei er der Hausherr, holte er aus der Bar eine Flasche Rum heraus, die noch halbvoll war.

»Das wird uns den nötigen kreativen Schub verleihen, mein Junge.«

Er füllte zwei Gläser und stellte eines davon dem unglücklichen Clark vor die Nase. Dann leerte er sein Glas in einem Zug, streckte es aus und beobachtete fasziniert, wie ein Tropfen der braunen Flüssigkeit langsam am Innenrand hinunterlief.

»Ah, hervorragend. Ein guter Rum wird viel zu oft unterschätzt.«

»Der hier ist aber auch fünfzehn Jahre in der Flasche gereift.«

»Die fünfzehn Jahre waren nicht vertan«, bemerkte Lanza, während er die Flasche in seinen Händen drehte. »Hm, hm.« Plötzlich sprang er überraschend behände auf und lief zu seinem Freund hinüber. »Sieh her! Da haben wir ja unsere Inspiration!«

»Was? Ich verstehe kein Wort.«

»Siehst du das Etikett? Was steht da?«

»Rum Tortuga … Und?«

»Und damit haben wir unsere Tarnung! Bevor ich Lucia zur Probe einstellte, las ich einige ihrer Artikel, die sie für die *Voce di Sicilia* verfasst hatte. Einer hat mir besonders gefallen. Es ging dabei um einen Strand in der Nähe von Siculiana, wo jedes Jahr die Meeresschildkröten an Land gehen, um ihre Eier abzulegen. Die Jungen schlüpfen alle zur gleichen Zeit, und wenn ich mich nicht irre, findet dieses Ereignis immer gegen Ende des Sommers statt. Mit einem Wort – jetzt. Und in dieser Zeit scheint der Ort regelrecht überschwemmt zu werden von Schildkrötenbeobachtern aus aller Welt.«

Clark sah ihn begriffsstutzig an. »Ja, Lucia hat mir davon erzählt … aber was hat das mit mir zu tun?«

»Ist doch sonnenklar: Du fährst da runter und gibst dich als einer dieser Schildkrötenfanatiker aus. So kannst du dort herumschnüffeln, ohne allzu viel Argwohn zu erregen. Unter deinem eigenen Namen, dich kennt doch sowieso niemand, und wenn Lucia dich tatsächlich nie erwähnt hat …«

Endlich ging Clark ein Licht auf. »Mann, die Idee ist genial! Lucia hat mir sogar erzählt, dass ihre Großmutter in der fraglichen Zeit manchmal Zimmer vermietet …«

Lanza stieß einen begeisterten Ruf aus und rannte im Zimmer auf und ab wie ein Löwe, der nur darauf wartet, aus seinem Käfig befreit zu werden.

»Perfekt! Das Glück ist uns hold. Wir buchen sofort ein Zimmer. Und morgen fahren wir beide dorthin.«

»*Wir* buchen? *Wir* fahren?«, fragte Clark verwirrt.

»Aber natürlich. Du brauchst dringend jemand, der dich unterstützt. Einen *sparring partner*, wie ihr bei euch in Montana sagt. Ich werde aufpassen, dass du keinen Unsinn machst, und dir mit Rat und Tat zur Seite stehen. Und wenn doch etwas passieren sollte, ist es halb so schlimm, wenn man zu zweit ist«, fügte er hinzu. Offensichtlich gefiel ihm die Vorstellung eines Abenteuerurlaubs in Sizilien.

Clark war nicht restlos von Lanzas Idee überzeugt, aber angesichts seines tatkräftigen Enthusiasmus konnte er schlecht einen Rückzieher machen.

»Also schön! Aber man sollte sich zuvor auf das Thema ›Schildkröten‹ vorbereiten. Und außerdem brauchen wir die Telefonnummer der Großmutter, um reservieren zu können.«

Lanza war bereits heftig am Organisieren. »Also, wir werden folgendermaßen vorgehen. Du legst dich jetzt erst mal hin, so fertig wie du ausschaust, kann ich dich nicht gebrauchen. Schlaf eine Runde und geh anschließend ausgiebig unter die Dusche. Und hör sofort damit auf, dir unnötige Gedanken zu machen. Ich gehe inzwischen nach Hause und mache dasselbe. Dann packen wir unsere Koffer, suchen im Internet nach dieser Pension und buchen uns ein Zimmer. Wie heißt denn Lucias Großmutter? Weißt du das?«

»Nein, so ein Mist.« Clark schüttelte den Kopf. »Sie heißt Marta, aber den Nachnamen kenne ich nicht.«

»Leonardi?«

»Nein, das glaube ich nicht. Wenn ich Lucia richtig verstanden habe, dann ist sie ihre Großmutter mütterlicherseits. Ihr Vater kann seine Schwiegermutter übrigens nicht ausstehen. Wenn es nach ihm ginge, würde er sie am liebsten irgendwo einsperren und den Schlüssel wegwerfen. Aber diese Marta scheint eine starke, unabhängige Frau zu sein, die sich von niemandem etwas vorschreiben lässt.«

Lanza schmunzelte. »Nun – wir werden sie schon ausfindig machen. Jetzt zerbrich dir mal nicht weiter den Kopf, sondern tu, was ich dir gesagt habe: Erst Sofa, dann Dusche.«

2

Signora Giglio

Clark nickte auf dem Sofa ein und schlief wie ein Toter. Als er aufwachte, hatte er einen dicken Schädel und den penetranten Nachgeschmack von Rum im Mund. Er setzte sich auf und verfluchte Lanza. Aber so wirklich böse sein konnte er ihm nicht, denn außer ein paar Gläschen zu viel hatte dieser ihm immerhin auch die perfekte Tarnung für seine Nachforschungen serviert.

Clark schaltete den Laptop ein und startete eine Schnellrecherche zum Thema »Meeresschildkröten in Siculiana«. Als Journalist waren Nachforschungen dieser Art Routine für ihn, und mehr als ein Mal war es ihm gelungen, Gesprächspartner mit seinem rasch angelesenen Halbwissen zu beeindrucken und sich als Experte für die verschiedensten Themen auszugeben. Unvorstellbar, dass es Leute gab, die sich ein Leben lang ernsthaft mit nur einer Sache beschäftigten, während er nichts anderes tat, als von einem Thema zum nächsten zu springen, ohne jemals in die Tiefe zu gehen.

Clark merkte, wie er mit einem Mal ganz melancholisch wurde. Im Grunde beneidete er solche Menschen und bewunderte sie insgeheim für ihre Hingabe an eine Sache. Er hingegen kam sich manchmal wie ein Hochstapler vor. Von allem wusste er ein bisschen und von nichts wirklich viel.

Er gab sich ein Versprechen: Wenn alles gut ausgeht, werde ich mein unstetes Leben aufgeben und mich ganz einer Sache widmen, dem Schreiben. Ich werde mit Lucia leben und nur noch für sie da sein. Und dann werde ich den schönsten Liebesroman aller Zeiten schreiben.

Mit einem Mal wurde ihm klar, dass er auch sein restliches Leben lang haltlos wie ein Luftballon im Wind dahintreiben würde, wenn es ihm nicht gelänge, Lucia zurückzuerobern. Mit ihr würde er das verlieren, was ihm am wichtigsten war: die Lust an der Herausforderung.

Mit der üblichen Routine machte Clark sich daran, sich die wichtigsten Fakten zum Thema Meeresschildkröten anzueignen: Ablage der Eier von Mai bis in die ersten Augustwochen hinein, nach frühestens sechzig, spätestens nach neunzig Tagen Schlüpfen der Jungen, je nach Wetterlage. Danach studierte er eingehend die Karte des Naturschutzgebiets von Torre Salsa und prägte sich die wichtigsten Details ein. Nachdem er glaubte, genug zu wissen, um als echter Schildkrötenbeobachter durchzugehen, wandte er sich dem Teil seiner Arbeit zu, den er am meisten fürchtete: der Suche nach der Pension. Wenn es ihm nicht gelänge, die berühmte *nonna* Marta ausfindig zu machen, würde das die Nachforschungen erschweren.

Zum Glück stieß er im Internet recht bald auf einen Link mit Adressen von Vermietern in der Gegend. Mit angehaltenem Atem wartete Clark darauf, dass sich die Website öffnete. Und seufzte schließlich erleichtert, als er den Namen Marta Giglio las. Noch war nicht gesagt, dass sie die Richtige war. Aber es gab keine anderen Martas, und außerdem hörte sich der Name gut an. Clark nahm einen Zettel und notierte sich die Telefonnummer. Er würde erst später dort anrufen. Erst musste er sich noch zurechtlegen, was er sagen wollte.

Noch während er das Telefon nachdenklich in der Hand wog, erwachte der Gegenstand mit einem Mal vibrierend zum Leben. Die Hoffnung, es könnte Lucia sein, war zwar nur von kurzer Dauer, aber die Enttäuschung deswegen nicht weniger groß, als sie es nicht war. Andererseits war es auch keine große Überraschung, Lanzas Stimme am anderen Ende der Leitung zu hören.

»Clark! Ich habe eine schlechte Nachricht für dich!«

»Noch eine? Hat das vorhin nicht gereicht? Was ist denn jetzt schon wieder passiert?«

»Beruhige dich, nichts Schlimmes. Aber leider kann ich dich doch nicht nach Siculiana begleiten. Du wirst allein fahren müssen, und ich weiß jetzt schon, dass du nichts als Dummheiten anstellen wirst. Aber ich kann wirklich nicht mitkommen, ich muss zu meiner Mutter.«

»Hat sie gesundheitliche Probleme?«, meinte Clark und fragte sich, wie alt Lanzas Mutter wohl sein mochte.

»Gesundheitliche Probleme? Nein, um Gottes willen, meine Mutter hat eine eiserne Konstitution. Sie hatte eher gewisse Probleme mit der Signora, die zu ihr nach Hause kommt. Und deswegen muss ich hin und die Wogen glätten. Meine Mutter ist nämlich ein richtiger alter Drache. Und da sie nun mal in Mailand lebt, muss ich dich wohl oder übel allein fahren lassen. Ein schlechter Tausch, wirst du jetzt sagen – Mailand statt Sizilien. Und soll ich dir was sagen? Mailand ist bei allem noch das kleinere Übel. Ich habe eine Weile dort gelebt, und im August ist es dort richtig schön, weil dann kein Mensch in der Stadt ist. Das eigentliche Problem ist meine Mutter. Ich habe jetzt schon Kopfschmerzen bei der Vorstellung, ein paar Tage mit ihr verbringen zu müssen.«

Clark musste lachen, als er seinen Chef so wehklagen hörte.

»Ich sehe schon.« Lanza schnaufte. »Du scheinst das wahre Ausmaß der Tragödie nicht zu begreifen. Du könntest ruhig ein bisschen mehr Anteilnahme zeigen, nachdem ich mich so in dein Problem reingehängt habe. Aber Dankbarkeit darf man auf dieser Welt wohl nicht erwarten.«

Clark biss sich auf die Unterlippe. »Tut mir echt leid für deine Mutter. Aber du musst zugeben, dass die Situation einer gewissen Komik nicht entbehrt.«

»Meine Mutter muss dir nicht leidtun. Um mich solltest du dir Sorgen machen. Aber lassen wir das. Was hast du jetzt beschlossen? Meinst du, du schaffst es auch ohne mich?«

»Oh, ich denke schon.« Clark lächelte. »Es wird natürlich nicht dasselbe sein, aber ich habe immerhin bereits allein die Telefonnummer ihrer Großmutter herausgefunden. Zumindest glaube ich, dass sie es ist. Drück mir die Daumen.«

»Mach ich. Halt mich auf jeden Fall auf dem Laufenden. Und tu nichts, was ich nicht auch tun würde.«

»Keine Angst, Chef, und grüß mir deine Mutter. Aus gebührender Entfernung natürlich. Man weiß ja nie, wie so ein alter Drache reagiert.«

»Hast du denn schon reserviert?«

»Nein, ich war gerade dabei … Aber irgendwie bin ich heute nicht ganz fit. Mir brummt der Schädel. Irgendwer hat mir zu viel Alkohol eingeflößt!«

»Tja, so ein kreativer Schub hat auch seine Schattenseiten. Ich rate dir zu einem sofortigen Gegengift.«

»Ein Gegengift?«

»Ja, genau. Einen Kater kuriert man am besten mit Alkohol. Danach bist du schnellstens wieder nüchtern. Aber übertreibe es nicht, sonst geht es dir morgen wieder genauso schlecht. So – das war mein letzter Rat an dich. Von jetzt an musst du allein zurechtkommen, mein Sohn«, fügte er mit Pater-Brown-Stimme hinzu.

»Tja, das fürchte ich auch. Aber ich werde mein Bestes geben. Ah, fast hätte ich es vergessen: Danke für alles. Keine Ahnung, wie ich das ohne dich auf die Reihe gekriegt hätte.«

»Das war ich dir schuldig, Clark. Du brauchst gar nicht so auf die Tränendrüse zu drücken. Ich weiß, du hättest das Gleiche für mich getan.«

Clark befolgte brav den Rat seines Chefredakteurs, goss sich ein eiskaltes Bier ein und hoffte, dass es nicht der Fehler seines Lebens war. Vorsichtig trank er den ersten Schluck. Der pochende Schmerz hinter seinen Schläfen verschwand umgehend und wich einer indifferenten Leichtigkeit. Beflügelt kehrte Clark an seinen Schreibtisch zurück, nickte auf dem Weg dorthin kurz dem Foto seiner Eltern zu und wählte die Nummer auf Sizilien.

Das Freizeichen ertönte. Nicht mehr lange, und er würde die Stimme der Person vernehmen, die Lucia so sehr liebte.

»Pronto!«

Obwohl Clark darauf gefasst war, verschlug es ihm für einen Moment vollkommen die Sprache. Erst als die Frau am anderen Ende der Leitung ein zweites Mal »Hallo« sagte, konnte er sich zu einer Antwort aufraffen.

»Guten Abend, könnte ich bitte mit Marta Giglio sprechen?«

»Das bin ich. Was kann ich für Sie tun?«

Ermutigt von diesem Anfangserfolg, hörte Clark sich bereits etwas weniger verkrampft an, als er fortfuhr.

»Guten Abend, Signora. Entschuldigen Sie, wenn ich Sie um diese Zeit noch störe, aber ich wollte mich erkundigen, ob Sie noch ein Zimmer frei hätten. Und zwar schon ab morgen.«

Schweigen am anderen Ende der Leitung. Clark presste aufgeregt seine Finger zusammen.

»Wie war noch mal Ihr Name?«

»Ich heiße Clark Kent und rufe aus Rom an.«

»*Clark Kent!* Soll das ein Witz sein? Na, dann verraten Sie mir doch mal, Signor Kent, welcher Arbeit Sie nachgehen? Ich meine, wenn Sie nicht nachts im blauen Strampelanzug und mit wehendem Umhang herumflattern, um als Superman den Schwachen und Unterdrückten zu Hilfe zu eilen?«

Clark verzog die Mundwinkel zu einem Grinsen. Die alte Dame war offensichtlich nicht auf den Mund gefallen. Er beschloss, auf das Spiel einzugehen.

»Aber Signora! Sagen Sie bloß, Sie haben vergessen, was ich tagsüber so treibe, um meine wahre Identität zu verbergen!«

»Clark Kent – war der nicht Journalist?«, fuhr sie in scherzhaftem Ton fort. »Sie arbeiten tatsächlich bei der Zeitung?«

Je länger er Martas fröhlicher Stimme lauschte, desto besser fühlte sich Clark.

»Exakt, aber nicht beim *Daily Planet*, sondern beim *Eco di Roma*.«

Clark konnte sich diesen zaghaften Vorstoß nicht verkneifen. Vielleicht hatte Lucia ihn ihrer Großmutter gegenüber doch einmal erwähnt, aber die Antwort der alten Dame machte seine flüchtige Hoffnung rasch zunichte.

»Was für ein unglaublicher Zufall, Signor Kent! Wissen Sie was? Meine Enkelin hat als Volontärin für ebendiese

Zeitung gearbeitet und ist erst vor ein paar Tagen nach Siculiana zurückgekommen. Vielleicht haben Sie sie sogar kennengelernt. Lucia. Sie war in der Kulturredaktion.«

»Ach, wissen Sie, ich bin oft für Außenreportagen unterwegs, und außerdem sind wir ziemlich viele Kollegen beim *Eco*. Bestimmt ist sie mir irgendwann mal über den Weg gelaufen, aber im Moment kann ich mich nicht an sie erinnern.«

Nachdem klar war, dass Signora Marta keine Ahnung von seiner Existenz hatte, zog Clark es vor, ihr die Wahrheit zu verschweigen, um die Situation nicht noch unnötig zu verkomplizieren.

»Sehr schön, Signor … *Clark Kent*, na dann … Sie haben gesagt, dass Sie das Zimmer bereits morgen beziehen möchten. Ich möchte Sie allerdings darauf aufmerksam machen, dass die Schildkröten gemäß den Berechnungen der Biologen des WWF erst in circa drei Wochen schlüpfen werden. Das heißt, falls Sie deswegen kommen sollten.«

Clark war geistesgegenwärtig genug, um auf diesen Tiefschlag mit einer überzeugenden und plausiblen Antwort zu reagieren.

»Natürlich, ich weiß. Aber ein befreundeter Meeresbiologe ist überzeugt, dass wegen des für Sizilien ungewohnt kühlen Sommers die Jungen bereits früher schlüpfen könnten.«

Gut pariert, dachte Clark zufrieden. Aber bei den nächsten Worten der Signora fühlte er sich wie ein Bergsteiger, der nur einen Schritt vom Gipfel entfernt den Halt verliert, abrutscht und sich von ganz unten wieder hinaufarbeiten muss.

»Ich hätte noch ein Zimmer frei – allerdings gibt es da noch ein Problem. Wir haben demnächst eine Hochzeit in der Familie, und wie Sie sich wohl vorstellen können, werde ich alle Hände voll zu tun haben. Bei mir im Haus wird es drunter und drüber gehen, da möchte ich eigentlich nicht vermieten.«

Während des kurzen Schweigens, das folgte, glaubte Clark, draußen vor dem Fenster einen Raben krächzen zu hören.

Das Krächzen lag in der Luft wie eine dunkle Vorahnung.

»*Pronto!* Signor Kent, sind Sie noch dran?«

»Ja. Ja, natürlich, entschuldigen Sie, bitte, Signora Giglio, mir ist eben das blöde Telefon aus der Hand gerutscht. Hören Sie, das macht doch alles gar nichts. Ich brauche wirklich nur ein Zimmerchen. Ich verspreche Ihnen, dass ich Ihnen nicht zur Last fallen werde. Tagsüber werde ich ohnehin unterwegs sein, um mir Ihre wunderbare Stadt anzusehen. Sie werden nicht einmal merken, dass ich überhaupt da bin.«

Signora Giglio schien zu überlegen. Ein paar weitere Sekunden verstrichen, in denen Clark das Herz bis zum Hals schlug. Vielleicht überlegt sie es sich noch, und es besteht die Chance, dass sie Ja sagt, hoffte er inständig.

»Sagen Sie, Signor Kent, sind Sie einer von diesen Schildkrötenbeobachtern oder wollen Sie hier nur Urlaub machen?«

Clark beschloss, das Risiko einzugehen.

»Ich bin sogar ein leidenschaftlicher Beobachter von Meeresschildkröten, Signora. Seit vielen Jahren schon. Ich habe Schildkröten im gesamten Mittelmeerraum beim Schlüpfen beobachtet.«

Hatte er vielleicht doch ein wenig zu dick aufgetragen?

»Aha!«, erwiderte Lucias Großmutter und fügte nach einer Pause hinzu: »Und woher haben Sie meine Telefonnummer?«

»Die habe ich von einem Freund, der meine Leidenschaft teilt und der bereits einmal Ihre Gastfreundschaft genossen und sich sehr wohl bei Ihnen gefühlt hat.«

Marta Giglio schien gebührend beeindruckt zu sein.

Clark hielt es für einen geschickten Schachzug, ihr zu verschweigen, dass er ihre Pension im Internet gefunden hatte wie ein x-beliebiger Tourist. Die Sache mit dem Freund klang besser. Gleich darauf verfluchte er sich innerlich. Es war absehbar, dass sie ihn nach dem Namen dieses famosen Freundes fragen würde. Und genauso kam es.

»Na so was, da gibt es tatsächlich jemanden in Rom, der *mich* empfiehlt. Sagen Sie, war das zufälligerweise ein gewisser Giorgio Rizzo?«

Clark konnte sein Glück kaum fassen.

»Genau. Wie haben Sie das nur erraten?«

»Ich dachte es mir. Er war der einzige Gast aus Rom im letzten September. Wirklich ein selten netter Mensch.«

Clarks Antwort beschränkte sich auf ein dankbar zustimmendes Gemurmel.

Damit hatte er Signora Giglio wohl endgültig überzeugt.

»Gut, Signor Kent, in diesem Fall sollen Sie Ihr Zimmer bekommen. Dann erwarte ich Sie morgen. Wann werden Sie in Siculiana eintreffen?«

Einen kurzen Augenblick brachte ihre Frage Clark völlig aus dem Konzept. Mit gemischten Gefühlen fragte er sich, was ihn wohl in Siculiana erwarten würde. Und so dauerte es einen Moment, bis er sagte:

»Ich werde wohl am späten Nachmittag in Siculiana ankommen.«

»Wunderbar, bis dahin ist Ihr Zimmer fertig. Dann also bis morgen! Falls etwas dazwischenkommen sollte, rufen Sie mich bitte kurz an.«

»Bis morgen, und schon mal danke für alles.«

3

Der fremde Gast

Auch die Verzweiflung hat ihre Daseinsberechtigung. Ist man glücklich, empfindet man es kaum als Last, am Leben zu sein. Der Schmerz hingegen weist mit Nachdruck auf diesen beseelten Klumpen Fleisch hin, den man mit sich herumschleppt. Die bohrende Verzweiflung einer unglücklichen Liebe zeigt einem ungeschminkt, wer man ist und was man will, und zieht eine scharfe Grenze zwischen der eigenen Person und dem Rest der Welt. Und so trägt man den Mühlstein der Verzweiflung mit einem gewissen tragischen Heroismus um den Hals und beäugt seine Mitmenschen. Sie scheinen alle viel glücklicher zu sein als man selbst, aber auch hohl und oberflächlich. Mag sein, dass man sie um ihre gute Laune beneidet, aber bei näherer Überlegung würde man doch nicht mit ihnen tauschen wollen, weil man sein Leid irgendwie liebgewonnen hat.

Das trifft erst recht auf unseren verzweifelt Liebenden zu, den die Unruhe erst aufs Motorrad und dann auf die Autostraße treibt, wo er im Rekordtempo die südliche Hälfte seiner Wahlheimat hinunterbraust bis zur Meerenge von Messina. Und bald darauf steht er an Deck der Fähre, die Nase im Wind und den Wind in den Haaren, und blickt der Insel entgegen, die auf ihn zukommt und immer größer wird. Dann schwingt er sich wieder auf die Maschine, während rechts und links die Landschaft zurückweicht, als flüchtete sie vor dem Mut und der Entschlossenheit des Fahrers.

Nur Siculiana erwartet ihn ganz ungerührt.

Clark bremste vor dem Torre dell'Orologio, dem Sitz des Stadtrats, der mit seinen von Zinnen gekrönten Mauern auf dem Hauptplatz des Ortes stand. Aus der Ferne war Clark Siculiana wie eines jener Pappmachédörfer erschienen, das seine Großmutter an Weihnachten immer neben die Krippe gestellt hatte. Eine Handvoll Häuser vor einer grünen Berglandschaft. Die Menschen, die das Zentrum des Städtchens bevölkerten, betrachteten ihn mit neugierigem Misstrauen. Zum Glück war er nicht der einzige Tourist auf der Straße, sodass auch er nach der traditionellen Musterung durch die Altvorderen von Siculiana bald als Neuzugang in der Landschaft akzeptiert und sofort wieder vergessen wurde. Nur die Kinder, die auf den Stufen des Kriegerdenkmals hockten, standen auf und kamen auf ihn zu, um dieses Wunder auf zwei Rädern zu bestaunen. Kaum war die erste Schüchternheit überwunden, fingen sie an, das Motorrad zu streicheln wie einen großen Hund. Clark nützte die Gelegenheit und erkundigte sich nach dem Friedhof, sein einziger Anhaltspunkt, um den Weg zum Haus von Lucias Großmutter zu finden. Und zweihundert Meter weiter stand er tatsächlich vor einem wunderschönen, zweistöckigen Gebäude, eingebettet in einen Hain aus Mandel- und Zitronenbäumen, das sich schüchtern hinter jener üppig wuchernden Mauer zu verstecken schien.

Langsam fuhr Clark bis zu dem schmiedeeisernen Gittertor weiter, hielt an und entzifferte den Namen, der auf dem kleinen goldenen Schild auf der Einfassungsmauer stand. Nun war der letzte Zweifel ausgeräumt: Hier war er richtig.

Er stieg vom Motorrad, nahm den Helm ab und machte sich auf die Suche nach einer Klingel, die es nicht zu geben schien, aber gerade als er aufgeben wollte, überzeugt, dass dort nirgendwo ein Klingelknopf zu finden wäre, entdeckte er, dass das Tor bereits offenstand.

Zögernd folgte er dem kleinen Weg zum Haus, während er an seinem Hemdkragen nestelte und sich durch die Haare fuhr, die von langen Stunden unter dem Helm verschwitzt am Kopf klebten. Drei Stufen aus dunklem Granit führten zur Eingangstür hinauf. Bevor Clark klingelte, drehte er sich noch einmal um und blickte zurück. Wie schön wäre es, hier am Abend zu sitzen, die frische Luft im Garten und den Sonnenuntergang zu genießen. Wie oft Lucia dies wohl als junges Mädchen getan hatte? Während er darauf wartete, dass ihm jemand öffnete, sah er sich neugierig um. Dabei entdeckte er, halbversteckt hinter einem blühenden Oleanderstrauch, einen Ständer voller Fahrräder. Gerade als Clark seine Aufmerksamkeit erneut der Eingangstür zuwenden wollte, ging diese auf, und eine attraktive ältere Dame mit silbergrauem Haar und einem auffallenden violetten Tuch um den Hals musterte ihn erwartungsvoll durch Brillengläser im selben Farbton.

»Sie wünschen?«

Clark lächelte verlegen.

»*Buongiorno*, ich suche die Dame des Hauses, Signora Marta Giglio. Ich bin Clark Kent und habe hier ein Zimmer gebucht.«

Er sprach langsam und wartete auf ein Zeichen der Zustimmung. Die Frau zögerte kurz und reichte ihm dann mit einem freundlichen Lächeln die Hand.

»Nun, dann sind Sie hier genau an der richtigen Adresse. Aber nennen Sie mich doch bitte Marta, sonst fühle ich mich so alt. Kommen Sie, ich habe Sie schon erwartet … Das heißt, da bin ich nicht die Einzige, um die Wahrheit zu sagen …«

Während Clark ins Haus trat und Signora Marta den Flur entlang folgte, versuchte er aus ihren Worten schlau zu werden. Doch er sollte rasch verstehen, was sie damit gemeint hatte.

Als Marta nämlich die Tür zu dem geräumigen Wohnzimmer öffnete und lächelnd verkündete: »Hier haben wir unseren Superman!«, blickte er in die neugierigen Gesichter einer Gruppe von Frauen.

Die munteren Damen jeglichen Alters musterten ihn interessiert von Kopf bis Fuß – sogar anerkennende Pfiffe wurden unter allgemeinem Gelächter laut.

»Achten Sie gar nicht auf diese albernen Hühner, Senor Kent, manche von ihnen sind schon zu lange verwitwet. Und sobald sie zusammenglucken, sind sie nicht mehr zu bremsen. Obwohl … ich bin mir nicht sicher, ob sie einzeln tatsächlich besser zu ertragen wären …«

Signora Marta schnitt eine scherzhafte Grimasse in Richtung der Frauen und hakte sich bei Clark ein.

»Ich habe Sie ja gewarnt. Im Moment ist mein Haus eine Art Kommandozentrale für die Hochzeitsvorbereitungen. Ich habe Ihnen doch von der Hochzeit erzählt, oder?« Sie kicherte. »Andererseits haben Sie das große Privileg, den einzigartigen Moment mitzuerleben, dem wir alle entgegenfiebern: Heute findet nämlich hier im

Haus die Anprobe des Hochzeitskleides statt. Und so etwas erlebt ein Mann nicht alle Tage.«

Hinter der Schar Frauen, die in einem bunten Haufen hinter- und nebeneinander saßen, war plötzlich eine Stimme zu hören, die Clark unter Tausenden sofort wiedererkannt hätte.

»Was ist? Wollt ihr mir den geheimnisvollen Gast nicht auch mal vorstellen?«

Unter lautem Aaah und Oooh der anwesenden Damen schritt Lucia durch das Spalier ihrer Bewunderinnen und präsentierte sich in einem ausnehmend schönen Brautkleid.

Zu Clarks großem Glück hatte Marta sich immer noch fest bei ihm untergehakt – sonst wäre er gleich auf den Marmorfliesen zu Boden gegangen, und sein Herz wäre in tausend Stücke zersprungen.

Der Rest verlor sich im Nebel seiner Erinnerung. Von einer Sekunde auf die andere war jegliches Gefühl von Lebendigkeit, das er während der Reise verspürt hatte, von ihm gewichen, und er fühlte sich wie eine Marionette.

Manchmal bleibt einem nichts anderes übrig, als auf Autopilot zu schalten: Augen zu und durch, danach hat man immer noch Zeit genug, um zu verstehen, was mit einem geschieht. Und genau das tat Clark. Oder, besser gesagt, der himmlische Puppenspieler, der die Fäden der Marionette in der Hand hielt und ihn zum Glück gerade noch davon abhielt, der zukünftigen Braut um den Hals zu fallen und sie vor den Augen der freundlichen Damen zu küssen.

Doch auch der große Puppenspieler konnte Clark nicht davor bewahren, den Ausdruck auf Lucias Gesicht zu bemerken. Freundlich und herzlich, ja, aber zweifelsohne ohne jede Spur eines Wiedererkennens.

Ein Fremder. Ich bin ein Fremder für sie! Wie ein Pingpongball hüpfte das Wort in Clarks Kopf hin und her, bis es als unverständliches Echo verhallte.

Lucia verhielt sich so, als sähe sie ihn zum ersten Mal. Oder tat sie vielleicht nur so, um den anderen etwas vorzumachen? Was für eine Schauspielerin! Welche Kaltschnäuzigkeit.

Während sie ihm die Hand entgegenstreckte, hätte er sich am liebsten hingekniet, sich das Herz aus dem Leib gerissen und es ihr vor die Füße geworfen wie ein verschmähter, gedemütigter Liebhaber.

Stattdessen ergriff er ihre Hand und versuchte, jenen Funken wieder zum Leben zu erwecken, der noch vor wenigen Tagen bei jeder Berührung zwischen ihnen übergesprungen war. Doch vergebens. All das schien wie ausgelöscht.

Aus der Nähe bemerkte Clark die Schrammen in Lucias Gesicht. Sie rührten bestimmt von dem Unfall her, der noch nicht lange zurücklag.

»Sehr erfreut, ich bin Lucia Leonardi.«

Clark musste sich sehr zusammenreißen, um das Zittern seiner Hände zu kontrollieren.

»Die Freude ist ganz auf meiner Seite«, erwiderte er. Nun gut, dann würde er eben auf das Spiel eingehen, auch wenn er nicht wusste, was sie damit bezweckte. In einem lichten Moment fiel ihm jedoch der Ring auf, den Lucia am Finger trug. Es war der Ring, den er ihr geschenkt hatte. Dann handelte es sich wohl um einen Scherz, eine Inszenierung. Offenbar hatte sie ihrer Familie noch nichts von ihm erzählt. Eine andere Erklärung gab es nicht. Aber warum?

Gut, er würde schon noch dahinterkommen. Jetzt ging es erst einmal darum, sich nicht völlig zum Narren zu machen und unbeschadet aus der Situation herauszukommen.

Clark beschloss, den Rückzug anzutreten. Zumindest fürs Erste. Er war verwirrt, überfordert und musste erst einmal wieder einen klaren Kopf bekommen. Auch wenn ihn eine diffuse Angst beschlich, dass es ihm nicht unbedingt besser gehen würde, wenn er alles verstanden hätte.

Er räusperte sich.

»Ihre Gesellschaft ist wirklich äußerst charmant, meine Damen, aber ich bin seit vier Uhr morgens auf den Beinen und habe eine lange Fahrt auf dem Motorrad hinter mir …«

Neugierig spitzten die Damen die Ohren, um ja kein Wort zu verpassen, als Marta sich jetzt an Clark wandte.

»Natürlich, ich zeige Ihnen sofort Ihr Zimmer … Ihr müsst wissen, dass Signor Kent ein passionierter Schildkrötenbeobachter ist. Er ist allerdings der Meinung, dass die Jungen dieses Jahr früher schlüpfen werden, und ist deshalb jetzt schon angereist …«

Anerkennendes Murmeln vonseiten der anwesenden Damen.

»Aber bitte, holen Sie doch Ihr Motorrad herein und stellen Sie es zu den Fahrrädern meiner Freundinnen«, fügte Signora Marta hinzu.

Lucia sah Clark einen Moment lang an. Doch der Ausdruck in ihrer Augen blieb unverändert. Freundlich, aber distanziert.

4
Kalte Dusche

Wie hatte sein Adoptivvater immer gesagt? Wenn du nicht mehr weiterweißt und nicht eine Nacht darüber schlafen kannst, dann geh wenigstens kalt duschen. Sein Adoptivvater war zwar nur ein einfacher Farmer gewesen, aber er wusste wie jeder andere Mensch auch, was es heißt, Probleme zu haben, Verantwortung zu tragen und Entscheidungen zu treffen. Und seiner Ansicht nach verflüchtigten sich nach einer ausgiebigen Dusche die meisten Probleme von selbst, und zurück blieb ein klarer Kopf.

Clark holte frische Wäsche aus seiner Reisetasche und ging ins Badezimmer. Kaltes Wasser war vielleicht kein Allheilmittel, aber es gab Momente, da griff man nach jedem Strohhalm.

Er schüttelte ratlos den Kopf. Im Vergleich zu dem, was er hier gerade erlebte, war seine Beinahe-Hochzeit mit Camilla eine Lappalie gewesen. Clark war völlig durcheinander.

Er setzte sich in die Wanne, schloss die Augen und richtete den Wasserstrahl aus der Handbrause auf seinen Kopf, in der Hoffnung, Klarheit in seine Gedanken zu bringen.

Er musste Lucia unbedingt allein sprechen und sie zur Rede stellen. Sie war ihm eine Erklärung schuldig.

Einige Zeit später, als es ruhig geworden war im Haus, verließ Clark sein Zimmer und setzte sich auf die Stufen vor der Eingangstür.

Es war ganz still. Die Äste der Bäume bewegten sich in einer abendlichen Brise, und ihr leises Rauschen gab ihm das Gefühl, weniger allein zu sein. Nachdenklich holte er die Videokamera, die er sich von einem Kollegen bei der Zeitung geliehen hatte, aus der Hülle, legte sie behutsam neben sich auf die Stufe und machte sich daran, die Bedienungsanleitung des ultramodernen Apparats zu studieren. Clark war noch nie ein großer Freund komplizierter Technik gewesen, und angesichts dieses hochprofessionellen Geräts begann seine Zuversicht, einigermaßen gute Aufnahmen zustande zu bringen, zu schwinden. Obwohl sein Kollege viel Mühe und Zeit darauf verwendet hatte, ihm die wichtigsten Funktionen zu erklären, erinnerte sich Clark nur daran, dass sich der Knopf zum Einschalten irgendwo rechts oben befinden musste.

Nachdem er den Teufelsapparat resigniert in seine Schutzhülle zurückgesteckt hatte, versenkte er sich in den Anblick der Blätter in den Bäumen, die vor dem Haus standen. Ihm kamen die bewundernden Blicke der Damen wieder in den Sinn, als Signora Marta ihn als Spezialist für Meeresschildkröten vorgestellt hatte. Bei der Vorstellung, wie empört sie wohl wären, sollten sie je erfahren, dass er ein simpler Schreiberling war, der Mühe hatte, Miesmuscheln von Venusmuscheln zu unterscheiden, musste er schmunzeln.

Doch seine Heiterkeit war wie weggewischt, als er wieder daran dachte, wie er am Nachmittag das Motorrad hereingeholt und dabei plötzlich den unwiderstehlichen Drang verspürt hatte, sich in den Sattel zu schwingen, davonzubrausen und all diese Frauen hinter sich zu lassen, die in ihm nur einen Fremden sahen und nicht den Mann, in den Lucia bis vor kurzem noch unsterblich verliebt gewesen war. Lucia, die ihn behandelt hatte wie einen Fremden! Die ihm als Braut im Hochzeitskleid entgegengetreten war. Es war zu schmerzlich! Doch dann waren ihm nach und nach Argumente eingefallen, die für ein Bleiben sprachen: die Freundlichkeit der Signora Marta, die Sympathie, die Lanza ihm und seinem Vorhaben entgegenbrachte, die herzlichen Worte der beiden fremden Männer in dieser Bar in Trastevere. Kurzum – trotz der niederschmetternden Umstände hatte sich eine schwache Stimme in ihm zu Wort gemeldet und ihm zugeflüstert, er solle nicht aufgeben. Während er sein Motorrad die schmale Allee entlangschob, hatte er auf der Suche nach einem Lichtblick (und mochte er noch so schwach sein), nach Hoffnung, nach einem Licht am Ende des Tunnels überlegt, was inzwischen offenbar alles passiert war. Der Schlag mit der bevorstehenden Hochzeit hätte wohl den Stärksten zu Boden gehen lassen. Aber vielleicht gab es noch eine Möglichkeit, vielleicht hatte er noch die Zeit, das Ruder herumzureißen.

Als er jetzt mit Kopfschmerzen auf den Stufen saß, während die Sonne bereits unterging, raubte ihm die Vorstellung, dass Lucia in Kürze ihren Verlobten heiraten könnte, fast den Verstand. Diesen Mann, den sie – es war noch keine vier Tage her! – eigentlich hatte verlassen wollen. Normalerweise dauerten Hochzeitsvorbereitungen Monate, aber hier schien alles schon vorbereitet und bestens organisiert zu sein. War es möglich, dass Lucia ihn während der ganzen Zeit in Rom an der Nase herumgeführt hatte? Dass er nur ein Zeitvertreib für sie gewesen war, eine Art verlängerter Jungesellinnenabschied? Widersprüche, wo immer Clark auch hinblickte. Und wenn Lucia das brave Mädchen einfach nur gespielt hatte? Dann gehörte sie eher auf eine Theaterbühne als in eine Zeitungsredaktion. Nein, Clark mochte nicht glauben, dass sie von Rom aus per Telefon die tausenderlei Details einer Hochzeit organisiert und gleichzeitig eine leidenschaftliche Affäre mit ihm gehabt hatte. In dieser Geschichte gab es zu viele Ungereimtheiten, angefangen bei der Tatsache, dass Lucia noch immer den Ring seiner Mutter am Finger trug.

Eine nur allzu bekannte Stimme riss Clark schlagartig aus seinen Gedanken.

»Entschuldigung, darf ich Sie etwas fragen?«

Clark fuhr hoch.

»Oh, Verzeihung, ich wollte Sie nicht erschrecken … Superhelden wie Sie rechnen offenbar mit ständigen Angriffen und sind deshalb immer auf der Hut, was?« Sie lächelte.

War das zu fassen! Das Schicksal hatte seine Bitten erhört. Plötzlich stand Lucia neben ihm, und noch dazu allein. Aber weshalb siezte sie ihn?

»Nein, nein, du hast mich nicht erschreckt. Ich war nur in Gedanken versunken.«

Lucia stutzte, setzte sich dann aber neben ihn auf die Stufen.

»Wollen wir uns duzen? Von mir aus gern. Das kommt mir irgendwie auch normaler vor.«

»Ja … äh … klar. Schließlich sind wir ja beide im selben Alter, nicht wahr …«, stammelte er verblüfft, weil er nicht wusste, was er sonst darauf hätte antworten sollen.

»Ich wollte dich nur etwas fragen, weil … also, meine Großmutter hat gesagt, dass du Journalist beim *Eco* bist.« Er starrte sie wortlos an. »Aber vielleicht hat sie da was falsch verstanden …«, erklärte Lucia schnell. »Wenn *nonna* Marta jemanden mag, übertreibt sie gern ein bisschen.« Sie lachte ihn unbefangen an.

Okay, sagte sich Clark, entweder sie ist verrückt oder ich bin verrückt. Eine andere Möglichkeit gibt es nicht. Doch dann schlug er sich mit der flachen Hand gegen die Stirn. Wieso hatte er so lange gebraucht, um es zu verstehen?! Sie nahm ihn auf den Arm! Ah, was für ein toller Scherz! Bravo! Das war wohl ihre Retourkutsche wegen Camilla. Aber irgendwann war Schluss mit lustig.

Er lächelte sie an. So absurd diese ganze Schmierenkomödie auch war, so schnell ließ er sich nicht unterkriegen. »Doch, doch«, erklärte er und zwinkerte ihr komplizenhaft zu. »Deine Großmutter täuscht sich nicht. Ich arbeite tatsächlich für den *Eco*.«

Aber Lucia erwiderte sein Lächeln nicht. Sie legte die Hand an die Stirn und warf ihm einen traurigen Blick zu.

Jetzt reichte es. Clark stand auf und stapfte erbost davon. Aber er kam nicht weit. Nach ein paar Schritten schon drehte er sich wieder zu Lucia um und starrte sie missmutig an. Was sollte das Theater?

Lucia erwiderte seinen Blick, zog die Augenbrauen hoch und brach dann in schallendes Gelächter aus.

»Also … Falls du hergekommen bist, um deine Ruhe zu haben, dann hast du Pech gehabt. *Ecco*, die lustigen Witwen sind zurück!«

Und tatsächlich sah sich Clark in Sekundenschnelle von einer Schar munter plappernder Sizilianerinnen umringt.

»Oh, meine Enkelin belästigt Sie doch hoffentlich nicht?«, fragte Marta besorgt. Ihr Italienisch wies nur eine leichte Färbung des sizilianischen Akzents auf.

»Ach, lass die Kleine doch, Martuzza. Das sind ihre letzten Tage in Freiheit«, meinte eine Signora mit Adlernase und schwarzem Spitzenschal in einem für Clark kaum verständlichen Dialekt.

»Ganz recht … wer kann schon einem fremden Mann widerstehen, noch dazu, wenn er so schön ist«, feixte eine Dritte.

»Achte einfach nicht auf sie«, erwiderte Lucia. »Normalerweise sind die Freundinnen meiner Großmutter schrecklich nett, aber heute haben sie anscheinend alle Hemmungen über Bord geworfen. Hier im Ort weiß jeder, dass man sie nicht allzu ernst nehmen darf. Sie sind ja auch schon etwas älter.«

»Hört, hört! Mag schon sein, dass wir nicht mehr die Jüngsten sind, aber zu unserer Zeit gab es das nicht, dass sich eine Braut mit fremden Männern vergnügt. Nein, nein«, bemerkte eine andere und wackelte mit ihrem gichtgekrümmten Finger vor Lucias Nase herum. »Die Signorina hat wohl alle guten Manieren vergessen.«

Clarks Blick wanderte von einer zur anderen. Er verstand kein Wort.

»Ja, ja, junger Mann. So ist es. Stellen Sie sich nur vor, die Signorina kann sich nicht mal mehr an ihren Hochzeitstermin erinnern! Meiner Meinung nach tut sie aber bloß so, nicht wahr, Martuzza?«, sagte die alte Frau mit dem schwarzen Spitzenschal.

»Offensichtlich«, entgegnete Marta. »Ich wäre selbst froh, wenn ich dieses Datum vergessen könnte.« Sie seufzte. »Bist du wirklich sicher, dass du Ja gesagt hast, Lucia?«

Noch verwirrter als zuvor, wollte Clark etwas erwidern, wurde aber vom allgemeinen Gelächter übertönt.

Es war Lucia, die ihm schließlich aus der Verlegenheit half. »Siehst du, was ich meine, wenn ich sage, dass sie keine Hemmungen mehr kennen? Diesen alten Krähen ist nichts heilig!«

»Aber, aber – du bist doch jetzt nicht beleidigt, *tesoro*? Du weißt ganz genau, dass sie nur versuchen, den Ernst der Lage ein bisschen herunterzuspielen«, fiel Marta ihr ins Wort und wandte sich an Clark, während Lucia resigniert die Augen zum Himmel verdrehte.

»Sie müssen wissen, Signor, dass unsere Familie erst kürzlich ein unglaubliches Unglück ereilt hat. Als ob das Leben nicht schon kompliziert genug wäre! Unsere reizende Lucia hier ist für ein paar Monate in Rom gewesen, und als sie danach vom Flughafen mit dem Taxi nach Siculiana zurückfuhr, hatte sie einen Unfall. Zum Glück hat sie sich nichts gebrochen oder schlimmere Verletzungen davongetragen, aber die starke Gehirnerschütterung hat bei ihr eine Teilamnesie ausgelöst. Das heißt, sie kann sich an manche Dinge nicht mehr erinnern.«

Clark verschlug es die Sprache. Doch dann war er geistesgegenwärtig genug, um so zu reagieren, wie man es von einem fremden Gast erwartete, den das alles im Grunde nichts anging.

»Na … so was! Das ist ja eine dumme Sache …«, entgegnete er so unbeteiligt wie möglich und als hätte er eben erfahren, dass der Verkehr in Rom heute wieder besonders schlimm war.

»Tja, leider ist das so. Die arme Lucia, sie hat uns einen ganz schönen Schrecken eingejagt …«

Für einen Moment vergaß Clark nun doch alle Menschen um sich herum. Das heißt, alle, bis auf Lucia, der er fest in die Augen sah. »Und du erinnerst dich an *nichts* … an buchstäblich *gar nichts* mehr?«

Mit großer Ernsthaftigkeit, die das Gemurmel der Damen zum Verstummen brachte, erwiderte Lucia: »Ich habe eine selektive Kurzzeitamnesie. Das ist der Fachbegriff. Und das heißt, dass ich mich nicht mehr an die letzten Monate erinnern kann. Meine Zeit in Rom ist in einem schwarzen Loch verschwunden.« Sie verstummte einen Moment. »Es ist seltsam, sich das vorzustellen. Es ist, als hätte ich einen Teil meiner Lebenszeit verloren, ohne Sinn und Zweck. Natürlich ist es möglich, dass die Erinnerung von einem Moment auf den anderen zurückkehrt, auch noch nach Monaten oder Jahren. Vielleicht aber auch nie. Aber, wie meine Großmutter sagt, man sollte die Sache nicht unnötig dramatisieren. Schließlich hätte alles viel schlimmer ausgehen können. Mein Leben ist nicht zu Ende, im Gegenteil – etwas Neues beginnt.« Sie lächelte zaghaft.

Nach dem ersten Schock brach sich diese Neuigkeit mit Macht ihre Bahn, und Clark begann allmählich zu begreifen, was das alles für ihn bedeutete. Marta, Lucia und die lustigen Witwen plapperten wieder weiter, aber Clark hörte sie nicht mehr. Er sah nur, wie sich ihre Lippen bewegten. Die ganze Welt schien sich lautlos aufzublähen und wieder in sich zusammenzufallen – wie ein Ballon, der nicht wusste, ob er explodieren oder sich zu einem winzigen Punkt zusammenziehen sollte: Das Ergebnis war dasselbe.

Clark versuchte sich zusammenzureißen, während sich ihm tausend Fragen aufdrängten und die lustigen Witwen unentwegt weiter ihre Münder bewegten.

Plötzlich hörte er durch den Nebel seiner Gedanken fernes Hupen. Der Name Rosario fiel einige Male. Und Lucia hob die Hand und winkte.

Ohne sich noch einmal umzudrehen, eilte Lucia davon und verschwand in der Dämmerung, während Martas Freundinnen sich langsam zerstreuten.

Clark blieb allein zurück. In tiefen Zügen atmete er den Geruch des Meeres ein, der die Luft erfüllte, und versuchte, das Puzzle zusammenzusetzen. Mag sein, dass es dir gelingen wird, flüsterte ihm eine innere Stimme zu. Aber wer wird dein in tausend Stücke zersprungenes Herz wieder zusammensetzen?

Irgendwie schaffte er es, einen Fuß vor den anderen zu setzen und in das Haus zurückzugehen, als ihn eine freundliche Stimme wieder ins Leben zurückholte: Marta.

»Wie unaufmerksam von mir! Jetzt habe ich Ihnen gar nicht wegen des Abendessens Bescheid gegeben! Verzeihen Sie mir, aber der Tag heute hat es wahrhaftig in sich …«

Sie haben ja keine Ahnung, wie es mir geht, dachte Clark. Wir können gern tauschen!

»Ich kann Ihnen heute leider nur eine bescheidene Mahlzeit anbieten. Aber ich verspreche Ihnen, falls die Damen mich in den nächsten Tagen in Ruhe lassen sollten, werde ich Sie bekochen, wie es sich hier auf Sizilien gehört.«

Die bescheidene Mahlzeit war gar so bescheiden nicht: Als Vorspeise gab es hausgemachte Spaghetti alla Norma (und nicht nur die Sauce, sondern auch die Nudeln waren selbstgemacht) mit Auberginen aus dem eigenen Garten und anderen frischen Zutaten, als Hauptgang einen süß-sauren Salat mit Orangenspalten, auch diese selbstverständlich eigenhändig angepflanzt und geerntet, dazu frischen Mozzarella und einen kräftigen Käse aus der Region, und zum Abschluss ein Sorbet aus Zitrusfrüchten, wieder aus dem eigenen Garten, verfeinert mit einem Schuss Limoncello.

Nachdem Marta sich lang und breit für dieses spartanische Mahl entschuldigt hatte, ging sie an diesem Abend früh zu Bett und verschob die weitere Bekanntschaft mit ihrem Gast, der ihr (wie sie sich eingestand) äußerst sympathisch war, auf die kommenden Tage.

Am nächsten Morgen schlich Clark auf Zehenspitzen die Treppe hinunter in der Annahme, als Erster im Haus wach zu sein. Doch als er in die Küche trat, sah er, dass Marta bereits auf den Beinen war. Sie saß am Küchentisch und ließ sich ihren Kaffee schmecken.

»Guten Morgen. Haben Sie gut geschlafen in Ihrer ersten Nacht in Siculiana?«

»Ja, sehr gut, danke.«

Clark trat an den Tisch und blickte sich suchend um.

Marta schien zu wissen, was ihr Gast suchte, und kam seiner Frage zuvor.

»Die sauberen Tassen sind über der Spüle. Der Kaffee ist noch heiß.«

Er dankte ihr lächelnd mit einem Kopfnicken, nahm sich eine Tasse aus dem Holzregal und goss sich Kaffee ein.

»Wenn Sie Zucker möchten, der steht auf der Anrichte.«

»Danke, aber ich trinke ihn lieber bitter und schwarz.«

Clark trat ans Fenster, schaute hinaus und führte die Tasse an den Mund.

Marta warf ihm einen kurzen Blick zu und stand auf.

»Warum setzen Sie sich nicht?«, fragte sie, während sie den Wasserhahn aufdrehte, um ihr Frühstücksgeschirr abzuspülen. »Soll ich Ihnen etwas zu essen machen? Etwas Handfestes vielleicht? Ihr Amerikaner seid ja an ein üppiges Frühstück gewöhnt.«

Clark drehte sich um. Sein Gesicht war blass, und man sah ihm an, wie unruhig er geschlafen hatte.

»Entschuldigen Sie, wenn ich Ihnen den Rücken zugedreht habe. Sie sind wirklich sehr freundlich, aber der Kaffee reicht mir.«

»Wie Sie meinen. Verzeihen Sie meine Neugier, aber haben Sie schon Pläne für heute?«

Um die Wahrheit zu sagen, Clark hatte keine Pläne, war aber auf Fragen dieser Art gut vorbereitet.

»Ich dachte mir, ich mache erst einmal einen Rundgang durch Siculiana, um mich zu orientieren. Und heute Nachmittag werde ich dann zum Strand hinuntergehen und mir anschauen, wo die Schildkröten ihre Eier abgelegt haben, damit ich weiß, wo ich mich am besten mit meiner Videokamera postiere.«

Interessiert strich sich Signora Marta über das Kinn.

»Dann wollen Sie heute Vormittag also den Touristen in unserer schönen kleinen Stadt spielen?«

Der eigentliche Grund, weshalb Clark beschlossen hatte, zunächst in den Ort zu gehen, war simpel: Die Wahrscheinlichkeit, Lucia über den Weg zu laufen, war dort am größten.

»Ja, und dem wenigen nach zu schließen, was ich gestern bereits gesehen habe, ist Siculiana die Mühe wert.«

Marta nahm ihm lächelnd die leere Tasse aus der Hand.

»Ich hoffe nur, dass sich Ihr Freund, der Biologe, nicht geirrt hat. Es wäre fantastisch, wenn Sie das Schildkröten-Spektakel ganz allein genießen könnten. Ich freue mich jetzt schon auf Ihre Aufnahmen. Natürlich immer vorausgesetzt, dass Sie mir die Ehre erweisen, mir den Film als Welturaufführung zu zeigen.«

Einen Moment lang fühlte Clark sich von ihrer Frage überrumpelt, aber dann gewann seine gute Erziehung die Oberhand.

»Ich würde mich geehrt fühlen, das Urteil einer Dame zu hören, die seit vielen Jahren den ›Stapellauf‹ der kleinen Schildkröten persönlich miterlebt hat.«

Clark entging der verwunderte Ausdruck auf dem Gesicht der Signora Marta nicht, und er begriff augenblicklich, dass er sich verplappert hatte. Er hatte »Stapellauf« gesagt und damit einen Ausdruck benutzt, den sonst nur Lucia und ihre Großmutter verwendeten.

Jetzt blieb ihm nichts anderes übrig, als zu versuchen, diesen Lapsus zu überspielen. Mit Unschuldsmiene fragte er: »Habe ich etwas Falsches gesagt?«

»Nein, ganz und gar nicht. Verzeihen Sie, wenn ich ein wenig überrascht bin. Aber genau diesen Ausdruck – ›Stapellauf‹ – den verwenden meine Enkelin und ich immer. Ich dachte allerdings nicht, dass es ein geläufiger Begriff ist. Ich habe jedenfalls nie gehört, dass ein anderer ihn für diesen … diesen Wettlauf der kleinen Schildkröten benutzt hätte. Ist das nicht ein unglaublicher Zufall?«

Jetzt kam Clark seine Erfahrung als Journalist zugute. »Na, so was … Wahrscheinlich habe ich irgendeinen Artikel gelesen, in dem dieses Naturschauspiel als ›Stapellauf‹ bezeichnet wurde. Und das ist offenbar bei mir hängen geblieben. Nicht schlecht, wie? Also, die Schildkröten als Hunderte von kleinen Schiffen, die alle gemeinsam in See stechen!«

»Ja. So kann man das auch sehen.« Sie lachte. »Wir hätten unsere Wortschöpfung beim italienischen Autorenverband anmelden sollen, dann müsste uns jetzt jeder Geld geben, der den Begriff ›Stapellauf‹ dafür benutzt.«

»Na gut, dann fangen Sie bei mir schon mal an und schlagen die Lizenzgebühr auf den Preis für mein Zimmer drauf. Bei Ihren fantastischen Kochkünsten müssten Sie ohnehin das Doppelte verlangen«, meinte Clark lächelnd. Und das war sein voller Ernst.

»Ach was, ich koche einfach gern, und wenn das jemand zu schätzen weiß, umso besser. Apropos, haben Sie heute Abend schon etwas vor? Es stört Sie doch hoffentlich nicht, dass ich auch meine Enkelin zum Essen eingeladen habe? Wie Sie ja mitbekommen haben, heiratet sie in zwei Wochen, und dann, fürchte ich, werde ich sie nicht mehr oft zu Gesicht bekommen. Deshalb versuche ich, bis dahin so viel Zeit wie möglich mit ihr zu verbringen. Wenn es also für Sie in Ordnung ist, könnten wir heute Abend alle zusammen essen.«

In zwei Wochen schon? Clark fühlte sich hin und her gerissen zwischen seiner Verzweiflung über diese Neuigkeit und der Freude, Lucia wiederzusehen.

Ohne groß zu überlegen, fragte er: »Kommt sie allein?«

Zum Glück interpretierte Marta seine Frage auf ihre Weise. Sie wäre nie auf die Idee gekommen, Rosario zum Essen einzuladen.

»Seien Sie beruhigt, Signor Kent, die lustigen Witwen von gestern Nachmittag sind nicht geladen. Es wird ein ruhiger Abend werden – nur Sie, ich und meine Enkelin.«

Clark konnte es nicht fassen, dass ihm das Schicksal derart in die Hände spielte. Dennoch hakte er nach.

»Und ihr Verlobter?«

»Rosario? Nein, den habe ich nicht eingeladen. Er ist nicht gern gesehen in diesem Haus.« Sie seufzte tief. »Ihnen kann ich mein Geheimnis ja anvertrauen. Würde die katholische Trauungszeremonie die berühmte Aufforderung vorsehen: Wer etwas gegen diese Ehe vorzubringen hat, möge dies jetzt tun oder für immer schweigen, dann müsste man mich schon knebeln, damit ich meinen Mund halte!«

Von diesem Augenblick an wusste Clark, dass er in Marta eine Verbündete gefunden hatte, mit der er es sich in seiner verzweifelten Situation auf keinen Fall verscherzen durfte.

5

Alles auf Anfang

Die Straße nach Siculiana führte direkt am Friedhof vorbei. Nicht unbedingt ein Ort ausgelassener Fröhlichkeit, dafür harmonierte er bestens mit Clarks momentanem Gemütszustand Er zermarterte sich gerade das Hirn und versuchte, sich daran zu erinnern, was Lucia im Zusammenhang mit diesem Friedhof einmal zu ihm gesagt hatte. Irgendetwas mit einem Gedicht auf einem Grabstein. Schon merkwürdig, dachte Clark. Wie es aussah, mussten er und Lucia noch einmal ganz von vorn anfangen, um sich als Paar kennenzulernen, obwohl sie das alles eigentlich schon hinter sich hatten. Doch das eigentliche Problem war, dass sie davon nichts mehr wusste. Nichts von ihm und nichts von ihrer Liebe. Sollte er sie einfach darauf ansprechen? In seiner Ahnungslosigkeit war er am ersten Abend dazu noch nicht in der Lage gewesen. Vielleicht war das aber auch der falsche Ansatz und führte zu nichts. Und die Sache mit der Hochzeit war trotzdem eigenartig. Wie konnte sie plötzlich so schnell heiraten, wenn doch noch gar nichts geplant gewesen war? War es doch möglich, dass sie ihm nichts von den Vorbereitungen erzählt hatte? Er schüttelte den Kopf. Das alles ergab keinen Sinn. Und wenn sie tatsächlich ihr Gedächtnis verloren hatte, dann konnte er jetzt auch nichts mehr unternehmen, um die Sache zu klären. Dann beschlich ihn ein böser Verdacht. War es unter Umständen vorstellbar, dass Lucia diesen Gedächtnisverlust nur simulierte, um allem aus dem Weg zu gehen? Um *ihm* aus dem Weg zu gehen?

Die Sonne stand hoch am Horizont, und Clark versenkte sich für einen Moment in die Betrachtung des azurblauen Himmels. Er zog die Luft in die Nase. Der zauberhafte Duft, der ihm entgegenwehte, stammte wahrscheinlich von den Jasminsträuchern, die entlang der Friedhofsmauer wuchsen. Es war heiß. Clark wischte sich mit dem Arm den Schweiß von der Stirn und grinste. Was das Ausschlüpfen der Schildkröten betraf, so musste er sich wohl oder übel korrigieren: Die Fakten sprachen gegen ihn, und die Vorhersagen seines imaginären Biologen-Freundes über einen für die Jahreszeit unüblichen Temperatursturz hatten sich angesichts der sengenden Hitze als kläglich falsch erwiesen. Natürlich war er nicht wegen des »Stapellaufs« der Babyschildkröten nach Siculiana gekommen, aber wollte er die Sache mit Anstand zu Ende bringen, würde ihm nichts anderes übrigbleiben, als weiterhin den begeisterten Schildkrötenbeobachter zu geben.

Clark orientierte sich kurz, ehe er von einem Grabstein zum nächsten wanderte. Der Friedhof war nicht groß, doch die in alle Richtungen üppig wuchernde Vegetation ließ ihn weitläufiger erscheinen. Aus einem ihm unerfindlichen Grund musste Clark plötzlich an das Abendessen mit Lucia auf der Terrasse des *Les Étoiles* denken.

Er schloss die Augen und atmete tief ein in dem Versuch, die Erinnerung an den Duft ihrer Haare heraufzubeschwören. Und tatsächlich schien ihm mit einem Mal ihr Geruch in die Nase zu steigen, ebenso wie er meinte, das Gewicht ihres Kopf an seiner Brust zu spüren. Doch die zarte Erinnerung wurde gleich wieder vom modrigen Geruch der verwelkten Blumen auf den Gräbern überlagert.

Er öffnete die Augen und setzte sich für eine Weile auf eine steinerne Bank, die im Schatten eines Olivenbaums stand. Dann schlenderte er weiter. Am anderen Ende des Friedhofs, weit weg vom Eingang, erregte plötzlich ein Grabstein seine Aufmerksamkeit, der nicht senkrecht wie die anderen in die Höhe ragte, sondern flach auf der Erde im Gras lag. Clark entzifferte die Inschrift auf dem dunklen Granit:

ROBERTA
† 29. JANUAR 1973
Von ihrem Marco, der ihr bis zum Schluss in inniger Liebe verbunden war.
»Zwei Wege trennten sich im Wald,
und ich – ich nahm den Weg, der kaum begangen war,
das hat den ganzen Unterschied gemacht.«

Clark musste schlucken. In diesem Moment fiel ihm alles wieder ein. Er bückte sich und fegte ein paar Blätter vom Grabstein.

Er würde um Lucia kämpfen – bis zum Schluss.

Nicht weit entfernt von der Grabstätte fand er eine zweite Bank, auf die er sich setzte, um in Ruhe seinen Gedanken nachzuhängen. Nun muss man leider sagen, dass der Friedhof von Siculiana nicht ganz so beschaulich war, wie man es vielleicht hätte erwarten können. Im Gegenteil. Es herrschte ein ständiges Kommen und Gehen. Mit Blumen beladene ältere Frauen schlurften über die Wege und warfen ihm misstrauische Blicke zu. Von wegen: Ruhe in Frieden!

Um seine Anwesenheit in irgendeiner Weise zu rechtfertigen, zog Clark ein kleines Notizbuch aus der Tasche und fing an, darin herumzukritzeln.

Aber er hatte wenig Erfolg mit seiner Strategie, denn kurz darauf erschien der Friedhofswächter und erkundigte sich mit strenger Stimme, was er hier mache. Eine ältere Signora habe sich darüber beschwert, dass in der Nähe der Grabstätte ihres Mannes ein verdächtiges Individuum herumlungere. »Er wird doch kein Anhänger von so einer satanischen Sekte sein, der den Leichnam meines armen Tommaso stehlen will?«, hatte sie aufgeregt gejammert. Als Clark sich als harmloser Schildkrötenbeobachter zu erkennen gab, entschuldigten sich der Wächter und die alte Witwe mehrmals für die Störung. Und als sie erfuhren, dass er Gast im Hause der Signora Giglio war, war ihnen die Angelegenheit noch peinlicher. Offenbar genoss Marta in Siculiana ein großes Ansehen, das automatisch auch auf ihre Gäste abfärbte.

Noch immer tief in Gedanken versunken verließ Clark den Friedhof und folgte dem Verlauf der Hauptstraße. Plötzlich tauchte das Meer vor ihm auf, eine endlos weite, azurblaue Fläche, glatt wie Seide, an die sich eine ebenso endlos erscheinende, goldfarbene Sichel aus Sand schmiegte. Clark ging hinunter ans Meer und bog in einen kleinen Weg ein, der in die Dünen führte. Von hier oben waren auch zerklüftete Felsformationen zu erkennen, die bis hinunter ans Meer reichten. Schwärme von Möwen umkreisten sie kreischend.

Clark ließ den Blick bis zum Horizont schweifen. Die Schönheit überwältigte ihn. Jetzt verstand er, warum sich die Schildkröten unter vielen anderen möglichen Plätzen ausgerechnet für diesen Strand entschieden hatten. Man konnte es ihnen nicht verdenken.

Allmählich gefiel er sich in der Rolle des Schildkrötenbeobachters. Auch wenn er bisher noch nicht das Glück gehabt hatte, Zeuge des berühmten »Stapellaufs« zu werden, so war ihm doch von Sekunde zu Sekunde leichter ums Herz, während er in diesem nahezu unberührten Paradies herumwanderte, in dem die Zeit stehen geblieben zu sein schien und das silberne Flirren des weiten Meeres sich mit dem Farbenspiel des Himmels, der Felsen und der Dünen mischte und ihn mit einer unbändigen Freude erfüllte. Und für einen kurzen Moment vergaß er sogar, dass er in wenigen Stunden mit der Frau an einem Tisch sitzen würde, die er liebte. Und die ihn einfach vergessen hatte.

Vielleicht würde Lucia doch irgendwann ihr Gedächtnis wiederfinden. Vielleicht würde es ihrer Erinnerung auf die Sprünge helfen, mit ihm, ihrer vergessenen Liebe, ein wenig Zeit zu verbringen. Das jedenfalls hoffte er inständig.

Den Rest des Tages verbrachte er am Meer – in diesem irrealen Zwischenreich aus Wasser, Sand und Felsen, weit weg von den Menschen und dem Rest der Welt. Immer wieder spazierte er eine Weile am Strand entlang, ehe er erneut innehielt, die Einsamkeit genoss oder sich in die Lektüre eines Gedichtbandes versenkte, den er eingesteckt hatte. Der Tag verging, ohne dass es ihm bewusst geworden wäre.

Erst als der Nachmittag allmählich in den Abend überging, kehrte Clark in die Pension zurück. Nachdem er sich für das Abendessen umgezogen hatte, betrachtete er sich ein letztes Mal im Spiegel, atmete tief durch und verließ mit klopfendem Herzen sein Zimmer. In der Hand hielt er zwei kleine Blumensträuße, die er unterwegs gekauft hatte. Auf der Treppe hörte er bereits Martas Stimme, die ihn aufforderte, ins Wohnzimmer zu kommen.

Das Erste, was Clark sah, als er durch die Tür trat, war Lucia, die am Esstisch saß, und alles andere im Raum versank im Hintergrund. Lucia sah ihm tief in die Augen, sie lächelte, und Clark glaubte, sterben zu müssen. Signora Marta griff nach einem Glas Wein, hob es hoch und hielt es ihm lächelnd entgegen.

»Trinken wir auf unseren Gast! Den Schildkrötenbeobachter. Bitte, Signor Kent, kommen Sie und setzen Sie sich zu uns.«

Clark trat an den Tisch und überreichte den beiden Frauen die Blumen.

»Die sind für Sie, als Dank für Ihre freundliche Einladung.«

Lucia warf ihm einen eigentümlichen Blick zu, und Clark hoffte einen Moment lang, sie könnte sich an ihn erinnert haben.

»Danke, die sind wunderschön …« Sie steckte ihre Nase in die Blumen und schien zu überlegen. »Komisch, ich habe das Gefühl, dass wir uns schon mal begegnet sind.« Sie schüttelte den Kopf und lachte verlegen.

»Jetzt wirst du sicher sagen, ja, gestern Abend! Aber … das meine ich nicht. Irgendetwas an dir kommt mir so merkwürdig vertraut vor.«

»Liebes, das ist ganz und gar nicht merkwürdig. Ihr habt schließlich fast drei Monate für dieselbe Zeitung gearbeitet und seid euch dort sicher schon einmal begegnet, vielleicht im Aufzug oder auf dem Flur. Aber das ist ein gutes Zeichen. Vielleicht kehrt deine Erinnerung stückchenweise wieder zurück.«

Clark nickte beklommen und setzte sich.

»Deine Großmutter hat recht …«, sagte er an Lucia gewandt. Einen Moment lang war er sich unschlüssig, ob er weiterreden sollte oder nicht. Zwischen Mut, Angst und Vernunft schwankend wagte er schließlich einen Vorstoß. »Wir sind uns tatsächlich ein paar Mal begegnet. Ich habe es gestern nicht erwähnt, weil du mich nicht erkannt hast, und da wusste ich auch noch nichts von deinem Unfall. Ich wollte mich nicht gleich blamieren.«

Signora Marta stand auf, nahm die Blumen und ging zur Tür.

»Die sollte ich mal besser ins Wasser stellen. Entschuldigt, ich bin gleich wieder da, und dann essen wir«, sagte sie und ließ Clark und Lucia allein.

Beide schwiegen verlegen. Lucia schlug die Augen nieder und strich mit dem Finger über den Rand ihres Glases.

»Wie peinlich!«, meinte sie errötend. »Das tut mir sehr leid. Wer weiß, in wie viele Fettnäpfchen ich treten würde, wenn ich wieder nach Rom zurückkehrte. Vielleicht fahre ich tatsächlich noch einmal dorthin, wenn es mir wieder besser geht. Aber wahrscheinlich sollte ich mir nicht allzu viele Hoffnungen machen.«

Die Bitterkeit in ihrer Stimme versetzte Clark einen Stich. Erst jetzt wurde ihm klar, wie schwer das alles für Lucia sein musste, und er begriff, wie egoistisch es von ihm gewesen war, nur an seinen eigenen Schmerz zu denken.

Auch Lucia litt unter ihrem Gedächtnisverlust, mehr sogar, als er zunächst angenommen hatte.

Bevor er etwas erwidern konnte, kam Signora Marta ins Wohnzimmer zurück und stellte mit zufriedener Miene die beiden Blumensträuße, die sie in zwei grünen Keramikvasen arrangiert hatte, auf den Tisch.

»Hier, sie sind wirklich wunderschön. Aber jetzt gibt es endlich was zu essen. Mir scheint, unser Gast stirbt schon vor Hunger, habe ich recht?«

Clark nickte, und Lucia fügte eilig hinzu: »Nicht nur er, *nonna*.«

Das Essen schmeckte köstlich. Marta war eine exzellente Köchin, die großzügige Portionen auftischte. Da konnte der arme Clark noch so oft beteuern: »Es ist genug, vielen Dank« – sein Teller war im Nu wieder gefüllt, kaum dass er ihn leer gegessen hatte.

Auch das Gespräch verlief in freundlicher und angeregter Atmosphäre, mit sanfter Hand in die entsprechenden Bahnen gelenkt von Lucias Großmutter, die sich gelegentliche Spitzen gegen die bevorstehende Hochzeit nicht verkneifen konnte. Clark schlug in dieselbe Kerbe, als er Lucia eine Frage stellte, die nur auf den ersten Blick harmlos schien.

»Fällt es dir nicht schwer, auf eine Karriere als Journalistin zu verzichten?«

Noch im selben Moment bereute er seine taktlose Frage, aber er musste einfach wissen, ob Lucia Zweifel wegen ihrer Hochzeit hatte oder nicht. Auch wenn sie die letzten drei Monate ihres Lebens vergessen hatte, Clark war sich sicher, dass ihre geheime Leidenschaft immer noch dem Journalismus galt. Und vielleicht lag genau hier der Schlüssel zur Lösung seines Problems.

Ehe sie auf Clarks Frage antwortete, griff Lucia nach ihrem Weinglas und trank einen Schluck. Der zufriedene Gesichtsausdruck ihrer Großmutter, die neugierig auf ihre Antwort wartete, war ihr nicht entgangen.

»Tja, es mag seltsam erscheinen … Natürlich könnte ich mir nichts Erstrebenswerteres vorstellen, als für den *Eco di Roma* zu arbeiten. Erst gestern hat mir der Chefredakteur die Artikel der letzten zwei Monate zugefaxt und mir mitgeteilt, dass in Rom eine Stelle auf mich wartet. Aber die Wahrheit sieht anders aus. Auch wenn ich mich nicht mehr daran erinnere, wann, wie und wo, aber mein Verlobter hat mir einen Heiratsantrag gemacht, und ich habe Ja gesagt. Und wenn ich seinen Antrag angenommen habe, dann wollte ich das wohl auch. Letzten Endes bleibt mir nichts anderes übrig, als mir selbst und den Menschen zu vertrauen, die es gut mit mir meinen.«

Hinter der Fassade von Clarks ausdrucksloser Miene tobte eine Schlacht – kein gesichtsloser, moderner Krieg auf Knopfdruck, sondern eine mittelalterliche Schlacht mit Feuer und Rauch, markerschütterndem Gebrüll und dem Klirren sich kreuzender Schwerter. Wenn Lucia seine große Liebe war, die Prinzessin, die es zu befreien galt, dann blieb ihm nichts anderes übrig, als seine Rivalen herauszufordern: Und zwar genau jene Menschen, die es angeblich so gut mit ihr meinten. Ging es diesen Menschen tatsächlich um Lucias Wohlergehen oder doch eher um ihr eigenes? Ihr konnte man gewiss keine bösen Absichten unterstellen. Doch welche Lucia meinte er? Die Lucia, die jetzt vor ihm saß, oder die Lucia von früher? Aber ein Blick in ihre Augen genügte. Diese Augen kannten keine Lüge.

Nein, sie sagte die Wahrheit. Und in der Zeit in Rom, als sie nackt und in größter Vertrautheit in seinen Armen gelegen hatte? Als nichts zwischen ihnen gestanden hatte? Nein, auch damals hatte sie nicht gelogen. Vielleicht hatte sie ihm die Sache mit der Hochzeit nur verschwiegen, weil sie ihn nicht beunruhigen wollte. Vielleicht war es nicht so einfach, ihrem Verlobten den Laufpass zu geben, wie sie es sich vorgestellt hatte …

Vielleicht. Vielleicht spielte das, was sie wollte, aber auch keine Rolle, und ihr Verlobter hatte sich das alles nur ausgedacht und ihre Amnesie ausgenützt, weil er genau wusste, dass sie ihn sonst verlassen hätte. Wenn schon nicht wegen eines anderen Mannes, dann wegen der Arbeit. Der Freiheit und des Lebens wegen, von dem sie träumte. Vielleicht sah so die Wahrheit aus.

Doch wie immer es auch war – Clark hatte nicht vor, sich geschlagen zu geben. Jetzt musste er handeln und seine Prinzessin zurückerobern. Und so schloss der tapfere Ritter das Visier seines Helms, zückte sein Schwert und stellte eine Frage, noch scharfzüngiger als jene, die er ihr zuvor gestellt hatte.

»Ich verstehe. Entschuldige, ich wollte deine Entscheidung nicht anzweifeln … Trotzdem wundert es mich. Ich würde mir schon die Frage stellen, ob es richtig ist, mit einem Menschen vor den Altar zu treten, ohne zu wissen, ob ich diese Person wirklich liebe, und nur weil ich *glaube*, dass ich sie einmal geliebt habe.«

Signora Marta wurde von einem heftigen Hustenanfall ergriffen, und Lucia sah sich genötigt, ihr ein paar Mal kräftig auf den Rücken zu klopfen.

»Oh, *dio mio*, entschuldigt, aber jetzt wäre ich fast erstickt.«

Mit einem schiefen Grinsen lehnte sie sich zurück.

»Das hätte mir zwar sehr leidgetan für euch, ihr Lieben, aber im Grunde ist es gar nicht so schlecht, sich bei einem guten Essen und im Kreis von lieben Menschen von dieser Welt zu verabschieden.«

»Ich bitte dich, *nonna,* über solche Dinge macht man keine Witze.«

»Und was soll dann aus mir werden? Wenn Sie sich einen so makabren Scherz erlauben, komme ich in keiner sizilianischen Pension mehr unter!«

Marta lachte und räusperte sich. »Schon gut, schon gut. Entschuldigt mich, ich geh rasch in die Küche und hol den nächsten Gang.«

Mit diesen Worten stand sie auf, warf ihrer Enkelin einen liebevollen Blick zu und verließ das Wohnzimmer.

Clark sprach als Erster.

»Entschuldige bitte. Das war ziemlich unverschämt von mir. Das alles geht mich ja eigentlich überhaupt nichts an, und ich wollte dich auch nicht in Verlegenheit bringen.«

Ein Lächeln huschte über Lucias Gesicht, als sie sein Glas erneut mit Wein füllte.

»Mach dir mal keine Sorgen. Das, was du sagst, ist ja nicht verkehrt. Außerdem kann der objektive Blick eines Fremden manchmal dabei helfen, Dinge zu sehen, die einem selbst gar nicht mehr auffallen. Ich will mit diesem Thema nur meine Großmutter nicht weiter aufregen. Sie ist ohnehin gegen diese Hochzeit! Und ansonsten … Es ist doch normal, Zweifel zu haben, oder nicht?«

Clark bemühte sich, nicht allzu erfreut zu wirken, um keinen unnötigen Verdacht zu erregen: *Nein, nein, meine Liebe, wenn man heiratet, ist man glücklich und hat keine Zweifel. Wem willst du das denn erzählen?* Mit einem Ohr in Richtung Küche horchend, überlegte er, wie sinnvoll es war, dieses heikle Thema weiterzuverfolgen, wenn die alte Dame jeden Moment hereinplatzen konnte. Auf jeden Fall war es ein gutes Zeichen, dass Lucia ihm gegenüber zugab, Zweifel zu haben.

Nun hätte er den Ball wieder zurückspielen, die Situation ausnützen und weiter nachhaken können. Aber sein Großmut hinderte ihn daran, sich auf das Niveau von Lucias Verlobtem zu begeben, der den Zustand der Erinnerungslosigkeit offensichtlich zu seinem Vorteil genutzt hatte. (Zwar wusste er keine Einzelheiten, aber je länger Clark darüber nachdachte, desto mehr war er von Rosarios Schuld überzeugt.) Und so wartete er, in der Hoffnung, dass Lucia selbst noch einmal auf das Thema eingehen würde. Doch wie bereits bei anderen Gelegenheiten trat Lucia – nachdem sie ein Stück weit aus sich herausgegangen war – auch dieses Mal wieder den Rückzug an und flüchtete sich in Allgemeinplätze.

»Weißt du, ich glaube, dass meine Zweifel eine ganz normale Folge dessen sind, was mir passiert ist. Seine Erinnerung zu verlieren ist schließlich keine Kleinigkeit.«

Aus. Ende der Durchsage.

In diesem Augenblick kam Marta mit einem großen Tablett ins Wohnzimmer zurück. Auf einem Bett aus überbackenem Gemüse lag ein ganzer gegrillter Fisch.

»Entschuldigt, dass es so lange gedauert hat. Aber entscheidet selbst, ob sich das Warten gelohnt hat.«

Marta häufte Gemüse und Fisch auf den Teller ihres Gastes.

»Ich hoffe, dass es Ihnen schmeckt. Das ist nämlich ein Geheimrezept von mir.«

Lucia nahm den Teller entgegen, den ihre Großmutter ihr reichte. Der Unterschied zu Clarks übervollem Teller war nicht zu übersehen.

»*Nonna*, täusche ich mich, oder willst du mich auf Diät setzen?«

Martas Blick wanderte von einem Teller zum anderen. Sie wurde knallrot.

Alle schwiegen betreten. Doch dann brach Lucia in ein helles Lachen aus und steckte schließlich auch ihre Großmutter damit an. Amüsiert beobachtete Clark die Szene, während die beiden Frauen sich mit den Servietten die Tränen trockneten. Er musste daran denken, wie oft er in den Wochen, die sie zusammen in Rom verbracht hatten, ein Lächeln auf Lucias Gesicht hatte aufleuchten sehen. Die Erinnerung daran machte ihn froh, aber gleichzeitig überschattete die absurde Erkenntnis, dass für Lucia diese Momente nicht mehr existierten, seine Freude. Bei seiner Ankunft in Siculiana hatte er sich geschworen, jeden gemeinsamen Augenblick mit Lucia in vollen Zügen genießen zu wollen. Angesichts seiner ungewissen Zukunft konnte er es sich nicht erlauben, auch nur eine Minute, eine Stunde oder gar einen Tag zu vergeuden. Wenn er auch nur eine schwache Chance haben wollte, dass sie sich erneut in ihn verliebte, musste er Freude und Leichtigkeit ausstrahlen, denn kein Mensch verliebt sich in einen Trauerkloß, und aus Mitleid entsteht keine Liebe. Seit er Lucia kennengelernt hatte, fühlte er sich lebendig wie nie zuvor und voller Energie, und diesen Umstand musste er nun zu seinem Vorteil nutzen.

Ohne Lucia nach Rom zurückzukehren hätte für Clark bedeutet, wieder in sein altes Dasein zurückzufallen. Ein Leben, das einem ziellosen Umherstreifen in den Sanddünen glich, wo eine aussah wie die andere und der Blick auf einen verschwommenen Horizont gerichtet war, der für immer unerreichbar bliebe wie das Glück.

Im weiteren Verlauf des Abends kamen die verschiedensten Themen zur Sprache, ernste und lustige, und den krönenden Abschluss der Mahlzeit bildete eine exzellente *Cassata alla siciliana.* Am meisten zu lachen hatten sie, als die Signora Marta Anekdoten aus ihrer Jugend zu erzählen begann. So wie damals, als Lucias Großvater sich als Frau verkleidet und als ihre beste Freundin ausgegeben hatte, um den wachsamen Augen ihres Vaters ein Schnippchen zu schlagen.

Eine Weile schien es Clark fast so, als sei alles in bester Ordnung, als gehörte Lucia nur ihm und keinem anderen Mann. Doch leider wurde er unsanft aus diesem schönen Traum gerissen, als sich gegen Ende des Abends Rosario ankündigte, der seine Verlobte abholen und nach Hause bringen wollte. Zum Glück erfuhr Clark rechtzeitig davon, und da er wenig Lust hatte, auf seinen Nebenbuhler zu treffen, flüchtete er sich in sein Zimmer mit der Ausrede, er habe plötzlich starke Kopfschmerzen bekommen.

Am folgenden Tag hatte Clark allerdings weniger Glück und sah sich gezwungen, die Bekanntschaft seines Rivalen zu machen. Die schicksalsschwere Begegnung fand vor der Kirche Santissimo Crocifisso statt, einem imposanten Bau aus dem sechzehnten Jahrhundert mit einer spitzenbewehrten Kuppel, die von einem kleinen Hügel herab den Ort überblickte.

Clark hatte gerade das kleine Restaurant verlassen, in dem er zu Mittag gegessen hatte, um die Gastfreundschaft der Signora Giglio nicht allzu sehr zu strapazieren. Die majestätische Pracht der Kirche weckte seine Neugierde, und so überquerte er die Straße und ging mit raschen Schritten auf den Eingang zu. Doch gerade als er das Portal aufstieß, sah er sich Lucia und Rosario gegenüber, die im Begriff waren, hinauszutreten.

»*Ciao*, Clark! Was für eine Überraschung! Was machst du denn hier? Treibt dich etwa das schlechte Gewissen in die Kirche?«

Sie lachte, und Clark stand da wie erstarrt. Er hatte nicht erwartet, Lucia so bald wiederzusehen, wenngleich er es natürlich gehofft hatte. Doch ganz gewiss hatte er nicht darauf gehofft, ihr in Gesellschaft ihres Verlobten zu begegnen, den er nun genauestens in Augenschein nahm. Niedergeschlagen musste er feststellen, dass der Mann alles andere als hässlich war. Rosario war so groß wie er, sportlich, mit einem energischen Kinn, rabenschwarzen Haaren und unglaublich dunklen Augen. Unter optischen Gesichtspunkten war er ein harter Gegner. Einfältig wie es Männer manchmal sind, war Clark in Rom überzeugt gewesen, es mit einem untersetzten, bulligen Rivalen zu tun zu haben, mit schiefer Nase, vorstehenden Augen und einem ordentlichen Bauch, der auf zu wenig Bewegung schließen ließ. Und offensichtlich war Rosarios Äußeres nicht das größte

Problem, doch in diesem Moment besaß Clark nicht die Hellsichtigkeit, das zu begreifen.

Er starrte Rosario an und bemerkte ein maliziöses Lächeln auf dessen Gesicht, das den Hass, den er für diesen Mann empfand, nur noch verstärkte.

»Alles in Ordnung, Clark?«

Lucias Stimme holte ihn in die Wirklichkeit zurück.

»Ja, sicher, alles bestens.«

»Darf ich dir meinen zukünftigen Mann vorstellen?«

Lucia schmiegte sich an Rosario und ergriff seinen Arm mit der Miene einer Frau, die rundum glücklich schien. Clark hatte das Gefühl, einen Schlag in die Magengrube zu bekommen. Ihm wurde übel.

Kumpelhaft streckte ihm Rosario die Hand entgegen.

»Du bist also der Amerikaner, über den alle Freundinnen meiner Verlobten reden. Und vor allem die ihrer Großmutter. Freut mich. Ich bin Rosario Mirabello, der Glückliche, der in zwei Wochen diese wunderbare Frau hier heiraten wird.«

Litt er jetzt schon unter Verfolgungswahn oder hatte dieser Sizilianer triumphierend gegrinst? Clark hätte schwören mögen, dass Rosario die bevorstehende Hochzeit mit Absicht ins Spiel brachte.

Widerwillig schüttelte er ihm die Hand und unterdrückte nur mit Mühe den Impuls, sie mit aller Kraft zu zermalmen.

»Das Vergnügen ist ganz meinerseits, Rosario. Und es stimmt alles, was du sagst: Ich bin der Amerikaner, und du bist ein glücklicher Mann.«

Mit diesen Worten sah er Lucia tief in die Augen, bis diese schließlich verlegen den Blick senkte.

»Jetzt reicht es aber mit den Schmeicheleien, sonst steigen sie mir noch zu Kopf.« Sie bedachte Clark mit einem kleinen Lächeln und wandte sich dann wieder an Rosario. »Ach, übrigens, Rosario. Clark arbeitet auch beim *Eco di Roma*.«

Aus den Augenwinkeln heraus nahm Clark eine kaum merkliche Veränderung auf dem Gesicht des Verlobten wahr, der plötzlich viel weniger enthusiastisch wirkte.

»Tatsächlich? Was für ein verrückter Zufall! Vielleicht seid ihr euch während deiner Zeit in Rom dann ja sogar mal über den Weg gelaufen, Schatz.«

Mit bedauernder Miene schüttelte Lucia den Kopf.

»Das ist wohl so, aber ich kann mich beim besten Willen nicht daran erinnern.«

Für Clark ließ Rosarios Tonfall nur einen Schluss zu: Etwas an dieser Unterhaltung hatte ihm gründlich missfallen. So als ob der zukünftige Ehemann plötzlich Gefahr gewittert hätte. Clark wusste zwar nicht, woher er diese Gewissheit nahm, aber er hätte eine beträchtliche Summe darauf gewettet, dass Rosario nicht ganz ahnungslos war, was die Ereignisse in Rom betraf. Sein Blick fiel unwillkürlich auf den Ring, den Lucia am Finger trug … Der Solitär seiner Mutter. Die Erkenntnis traf Clark wie ein Schlag. Auch Rosario musste den Ring bei Lucias Rückkehr sofort gesehen und die Situation erfasst haben. Und daraufhin beschlossen haben, dies zu seinem Vorteil zu nutzen. Natürlich! Wieso war er nicht schon eher darauf gekommen … Rosario hatte Lucia bestimmt eingeredet, dass er ihr den Ring bereits vor ihrer Abreise geschenkt hatte. So hatte er sie und ihre Eltern davon überzeugen können, dass sie seinen Antrag schon damals angenommen und eingewilligt hatte, ihn zu heiraten. Dann hatte er in größter Eile die Hochzeitsvorbereitungen getroffen, um für den Fall, dass es Komplikationen gab, auf der sicheren Seite zu sein. Und nun war das geschehen, was er am meisten gefürchtet hatte: Der Rivale aus Rom war in Siculiana eingetroffen und stand in Fleisch und Blut vor ihm.

Unter diesen Umständen erschien es Clark mehr als absurd, weiterhin seine Rolle als Schildkrötenbeobachter zu spielen, doch er sagte sich, dass es besser war, erst einmal keinen Verdacht zu erregen, um wenigstens den winzigen Vorteil ausnutzen zu können, als Einziger die ganze Wahrheit zu kennen.

Zum Glück war er ein Journalist und geübt in der Kunst der Improvisation.

»Weißt du, das ist wirklich eine seltsame Geschichte. Ich glaube, dass wir uns tatsächlich ein paar Mal in der Redaktion begegnet sind, obwohl ich oft unterwegs bin. Wir hätten uns sogar mal wegen … wegen eines Artikels in Verbindung setzen sollen, um Informationen auszutauschen. Lucia hat mich angerufen, ich habe zurückgerufen. Aber wie es so geht, haben wir uns irgendwie immer verpasst. Dann dieser Unfall … ist doch unglaublich, nicht wahr?«

Rosario lächelte, aber er war ein miserabler Schauspieler. Seine Augen straften seine aufgesetzt fröhliche Miene Lügen.

»Aber der unglaublichste Zufall ist doch wahrscheinlich der, dass du ausgerechnet jetzt nach Siculiana kommst, oder? Wie ich gehört habe, bist du nicht nur Journalist, sondern auch ein passionierter Schildkrötenbeobachter. Allerdings wird es noch ein paar Wochen dauern, bis die Jungen schlüpfen. Vielleicht bist du ein bisschen zu früh dran, wie?«

Es war offensichtlich, dass Rosario nicht die geringste Lust hatte, sich mit ihm zu unterhalten. Aber er zwang sich, dieses Gespräch so lange wie möglich fortzusetzen, um die Situation auszuloten und in der Hoffnung, dass sein Rivale sich verriet.

»Ja, kann schon sein, aber ein Freund von mir – er ist Biologe – hat mir anvertraut, dass dieses Jahr der Stapellauf früher stattfinden soll. Weil es bald kühler wird.« Er biss sich auf die Zunge.

Dieses Mal gelang es Rosario nicht, seine Verwunderung zu verbergen. Und Clark verfluchte sich innerlich. Zum Teufel mit dem Improvisieren. Eine Frage zu viel, und schon hat man sich verraten. Jetzt war er bereits das zweite Mal über dieselbe Hürde gestolpert.

»Der *Stapellauf*? Wie kommst du denn auf dieses Wort? Ich dachte immer, die Familie Leonardi hätte das Copyright auf diesen Ausdruck.«

Verwirrt schüttelte Lucia den Kopf und sah Rosario fragend an. Sie wusste nicht, was sie sagen sollte.

Clark beeilte sich, den Lapsus wiedergutzumachen. »Ich muss gestehen, ich habe den Ausdruck der Signora Marta geklaut. Na ja, sagen wir mal, ich habe ihn mir ausgeliehen. Er hat mir einfach so gut gefallen, und ich konnte nicht widerstehen.«

Bei diesen Worten streckte Clark einen Arm aus und tat so, als riefe er eine Armee zum Angriff.

»Vorwärts, ihr Schildkröten! Auf mein Signal hin alle ins Wasser!«

Lucia musste lachen. Sie bemerkte nicht, dass ihr Verlobter nicht nur keine Miene verzog, sondern Clark mit nun deutlich sichtbarer Abneigung fixierte.

»Schatz, wir sollten jetzt besser gehen. Du weißt doch, wir müssen wegen der Torte noch in der Pasticceria vorbeischauen.«

Lucia nickte, hörte indes nicht auf, Clark weiter anzulächeln.

»Du hast recht, Rosario, das hätte ich fast vergessen. Das wird mir allmählich zur lieben Gewohnheit. Nun gut, Clark, dann müssen wir dich jetzt allein lassen. Die Hochzeitstorte wartet auf uns.«

Rosario hielt ihm die Hand hin und entblößte zwei Reihen makelloser Zähne.

»Hat mich gefreut, dich kennenzulernen. Man sieht sich.«

Clark erwiderte Rosarios Händedruck. Von dessen aufgesetzter Freundlichkeit würde er sich nicht einlullen lassen.

»Das Vergnügen war ganz meinerseits.«

Als das Paar Hand in Hand davonging, blickte Clark den beiden mit fiebrig glänzenden Augen nach. Er fühlte sich leer und benommen. Ein Wunder, dass seine Beine ihn noch trugen.

6

Am Tiefpunkt

Die erste Woche verging, ohne dass irgendetwas Bemerkenswertes passiert wäre. Jeden Nachmittag wanderte Clark an den Strand hinunter, wo die Meeresschildkröten ihre Eier abgelegt hatten, und blieb dort, bis die Sonne untergegangen war. Nach Ansicht aller Experten war dies der ideale Moment für die kleinen Schildkröten, aus den Schalen zu schlüpfen. Doch es tat sich nichts. Auch die Beziehung zu Lucia beschränkte sich auf kurze gelegentliche Gespräche, die jedoch nichts an der Situation änderten. Je schneller die Zeit verstrich, je näher das Datum der Hochzeit rückte, desto mehr schwand Clarks Zuversicht. Ebenso seine Hoffung, dass Lucia sich jemals an ihn erinnern würde. Mit einer abgrundtiefen Traurigkeit musste er daran denken, wie sie ihm damals diese kleine Holzschildkröte geschenkt hatte. Vielleicht hätte sie sich wieder erinnert, wenn er ihr den Glücksbringer in die Hand hätte drücken können, doch als ob sich alles gegen ihn verschworen hatte, fand er auch diesen Beweis ihrer Liebe nicht mehr. Er meinte, ihn auf seine Reise mitgenommen zu haben, aber vielleicht hatte er ihn in der ganzen Aufregung auch in Rom vergessen. Oder auf der Fahrt verloren. Jedenfalls war die kleine Holzschildkröte spurlos verschwunden. Und verschwunden war auch die Erinnerung an ihn.

Eines Morgens jedoch, als er auf der Treppe saß, hörte er, wie die Signora Marta in der Küche mit ihrer Enkelin diskutierte.

»Bitte, *nonna,* du hast es mir versprochen!«

»Ich weiß, Liebes, das habe ich. Aber versuch doch auch, mich zu verstehen.«

Als Clark in die Küche trat, verstummten die beiden Frauen.

»*Buongiorno*, entschuldigt die Störung. Ich nehme mir nur rasch einen Espresso und bin gleich wieder weg.«

Lucia trat an den Küchenschrank, goss Kaffee in eine Tasse und überreichte sie Clark mit einem Lächeln.

»Du störst doch nicht. Außerdem ist es sinnlos, diese Diskussion weiterzuführen.«

Clark unterdrückte ein bittersüßes Lächeln. Ihre Aufgebrachtheit erinnerte ihn allzu sehr an ihre Reaktion auf Camillas absolut unpassenden Auftritt am Morgen nach ihrer ersten gemeinsamen Nacht.

»Kann ich irgendwie helfen?«

Lucia lehnte sich gegen die Spüle, verschränkte die Arme vor der Brust und warf ihrer Großmutter einen bösen Blick zu.

»Danke, aber weißt du, wenn jemand sein Versprechen nicht hält, kann man nicht viel machen.«

Clark schaute zu Signora Giglio hinüber, die verzweifelt die Augen zur Decke verdrehte und durch die Nase schnaubte.

»Hören Sie nicht auf sie, mein Lieber, sie weiß genau, dass ich nicht anders handeln kann.«

Nachdem er einen Schluck aus der Tasse getrunken hatte, drehte sich Clark zu Lucia um.

»Darf man vielleicht erfahren, worum es hier eigentlich geht?«

»Es geht darum, dass ich heute Vormittag eigentlich nach Palermo hätte fahren und mit dem stellvertretenden Chefredakteur der *Voce di Sicilia* sprechen sollen. Für ihn habe ich einige Artikel verfasst, bevor ich nach Rom ging. Aber meine Großmutter, die mich hätte begleiten sollen, lässt mich plötzlich im Stich. Und leider sind jetzt alle anderen, die mich an ihrer Stelle hätten hinfahren können, bei der Arbeit.«

Diesen Vorwurf konnte Signora Marta nicht unwidersprochen lassen.

»Meine liebe Enkelin vergisst leider zu erwähnen, warum ich meine Pläne ändern musste. Meine beste Freundin hatte vor einem Monat einen Schlaganfall, und heute Nacht hat sich ihr Zustand noch einmal verschlechtert. Deshalb kann ich jetzt unmöglich weg und sie allein lassen.«

Lucia konzentrierte sich mit gespielter Gleichgültigkeit auf die Landschaft vor dem Fenster. Sie wusste genau, dass sie im Unrecht war. Clark seufzte, trat neben sie und tat ebenfalls so, als schaue er aus dem Fenster.

»Schöner Tag heute, wie?«

Ehe Lucia ihm eine Antwort geben konnte, beugte er sich vor und flüsterte ihr ins Ohr: »Ich glaube, deine Großmutter hat recht.«

Lucia tat weiter so, als ginge sie das alles nichts an, konnte aber ein leises Lachen nicht unterdrücken.

»Das weiß ich doch, was denkst du denn? Das Problem ist nur, dass ich mich noch nicht in der Lage fühle, selbst zu fahren … Seit dem Unfall habe ich Angst, mich ans Steuer zu setzen, und mit dem Bus schaffe ich es nicht mehr rechtzeitig.«

Und als wäre es das Natürlichste von der Welt, sagte Clark: »Und wenn ich dich nach Palermo fahre?«

Eine Stunde später saß Clark am Steuer des Kombis der Signora Giglio, mit Lucia neben sich. Er fühlte sich, als wäre er in einem Traum.

Sie fuhren erst Richtung Norden auf der E931 und ließen bald Sciacca hinter sich. Unterwegs zeigte Lucia Clark das Restaurant, in dem die Hochzeitsfeier stattfinden sollte. Und sie erwies sich als ausgezeichnete Fremdenführerin, die ihm allerlei Interessantes über die Städte und Dörfer erzählen konnte, durch die sie kamen. Der Anblick mancher dieser Ortschaften raubte Clark buchstäblich den Atem. Winzige Dörfer klebten wie Vogelnester hoch oben auf den felsigen Plateaus im Landesinnern, und ihre weißen Kirchen leuchteten herab ins Tal und auf die Straße, welche in der Ebene die wichtigsten Städte der Region miteinander verband.

Angesichts dieser großartigen Landschaft begann Clark allmählich zu verstehen, warum die Sizilianer ihre Insel so leidenschaftlich liebten.

Auf ihrer Fahrt durch die kurvigen Bergstraßen, rechts und links gesäumt von windgepeitschten Bäumen, fiel Clark plötzlich auf, dass es kühler geworden war, und er schöpfte wieder Hoffnung, dass er vor seiner Abreise vielleicht doch noch Zeuge des berühmten »Stapellaufs« der kleinen Schildkröten werden könnte. Lucia schaute ihn nur mitleidig an, als er dies erwähnte, verkniff sich jedoch die Bemerkung, dass es hier oben immer einige Grad kälter sei als unten am Meer. Als sie nur noch wenige Kilometer von Palermo entfernt waren, klingelte Lucias Mobiltelefon. Nach einem Blick auf das Display (es war Rosario) legte sie einen Finger auf den Mund und bat Clark in einer stummen Geste, zu schweigen.

Ohne seine Anwesenheit zu erwähnen, telefonierte sie eine Weile mit Rosario, die Augen starr auf die Straße gerichtet.

»Nein, nein, ich bitte dich. Nein, Großmutter konnte nicht. Sie hat mich in letzter Sekunde versetzt. Tja. Aber du hast mir ja von vornherein gesagt, dass du auch nicht kannst, oder? Natürlich ist es mir wichtig. Ich werde wohl wissen, was mir wichtig ist und was nicht … Alles habe ich schließlich nicht vergessen. Ja, sicher, ich weiß. Na, hör mal, nur weil ich einen Unfall hatte, heißt das noch lange nicht, dass ich mich nie mehr ans Steuer setzen werde! Und vielleicht wäre der Unfall gar nicht passiert, wenn ich gefahren wäre. Ja, klar! Weißt du was, wenn du mich noch länger am Telefon belaberst, steigt die Gefahr, dass ich einen Unfall baue. Na gut: Wenn du mir einen Chauffeur zahlst, lasse ich mich von ihm herumkutschieren. Also, was? Wenn ich hinkomme, werde ich auch wieder zurückkommen … oder nicht? Hör mal, wir telefonieren später. Ich würde vorschlagen, heute Abend, weil es bestimmt später wird. *Ciao.*«

Nachdem sie das Gespräch beendet hatte, verharrte Lucia noch eine Weile schweigend. Clark war hin und her gerissen zwischen dem Gefühl, im falschen Moment am falschen Platz zu sein, und der Freude, gleich zwei Punkte zu seinen Gunsten verbuchen zu können: Lucia hatte gelogen und nicht einmal versucht, die Spannung, die offensichtlich zwischen ihr und ihrem Verlobten herrschte, zu verbergen.

Plötzlich griff sie nach seinem Arm, doch die vertrauliche Geste wurde sofort wieder von dem zunichte gemacht, was danach kam.

»Entschuldige, aber Rosario ist furchtbar eifersüchtig, und ich wollte nicht, dass er sich unnötig aufregt.«

Das kleine Wort »unnötig« sagte alles, und Clark verwarf den Gedanken, die traute Zweisamkeit im Wagen auszunutzen und ihr die Wahrheit zu erzählen.

Eine knappe Stunde später trafen sie in Palermo ein. Clark war noch nie dort gewesen und verliebte sich sofort in die bizarre Schönheit dieser Stadt. Palermo glich einer Theaterbühne, und bei jedem Viertel, durch das sie fuhren, war es, als würde sich ein Vorhang auftun und den Blick freigeben auf ein neues, überraschendes Bühnenbild. Menschenleere Straßen ohne ein einziges Fahrzeug, auf denen es nach Meeresbrise und mittäglicher Sonne roch, wechselten sich ab mit Vierteln, in denen munteres Stimmengewirr in salzgeschwängerter Luft den Ton angab und laut die Glocken zwischen Kirchenfassaden widerhallten, während Fischverkäufer ihre Ware an Marktständen anpriesen und Babys in Kinderwagen in üppig begrünten Parks in den Schlaf geschaukelt wurden. Fieberhafte Betriebsamkeit lag im Widerstreit mit schläfriger Ruhe.

Sie parkten in einer Tiefgarage in der Nähe der Redaktion der *Voce di Sicilia.*

Clark stieg aus dem Wagen und sah sich um. Eine Frau mittleren Alters kam an ihm vorbei, nickte und lächelte ihm zu. Er erwiderte ihren Gruß und fragte sich, warum in den Städten des Südens das Leben so anders war, angefangen bei den Menschen, die warmherzig und offen auf einen zugingen, als säße man jeden Sonntag mit ihnen auf der Kirchenbank. Lucia deutete auf eine kleine Gasse, überquerte die Straße und winkte ihm, ihr zu folgen. Als er so neben ihr herging, war Clark versucht, sie bei der Hand zu nehmen, wie es bei ihren Spaziergängen durch die Straßen Roms seine Gewohnheit gewesen war. Doch er ließ den ausgestreckten Arm sofort wieder sinken. Sie hätte seine Geste sicher missverstanden.

Die *Voce di Sicilia*, deren Redaktionsgebäude sie nun betraten, war eine der wichtigsten Zeitungen in ganz Süditalien. Der stellvertretende Chefredakteur Giovanni De Carolis empfing Lucia mit einer herzlichen Umarmung, machte allerdings ein seltsames Gesicht, als sie ihm Clark als bedeutenden Journalisten des *Eco di Roma* vorstellte, den es überdies als passionierten Schildkrötenbeobachter *zufälligerweise* nach Siculiana verschlagen habe. Erst in dem Augenblick wurde sich Clark Kent der Absurdität seiner Situation in vollem Umfang bewusst. Der Grund seines Hierseins war so offensichtlich, und es war so simpel für Signor De Carolis (wie übrigens für jeden anderen auch), zwei und zwei zusammenzuzählen und zu dem einzig möglichen Schluss zu kommen, der da lautete: Lucia und Clark hatten sich in Rom kennengelernt, und er war ihr nachgereist, um sie zurückzuholen. Dieselbe Rechnung hatte sicher auch Rosario aufgemacht.

Bevor sie nach Siculiana zurückfuhren, genehmigten sie sich noch zwei Cannoli, ein typisch sizilianisches Gebäck mit Ricottafüllung und kandierten Früchten, und einen Kaffee in einer Konditorei im Zentrum.

»Freust du dich? Jetzt hast du deine Stelle ja wieder zurückbekommen«, fragte Clark, als sie ins Auto stiegen.

Lucia gab ihm keine Antwort, sondern starrte unverwandt aus dem Seitenfenster. Sie seufzte tief.

Beunruhigt von ihrem Schweigen, löste Clark eine Hand vom Steuer und legte sie ihr auf die Schulter

»Ist alles in Ordnung? Stimmt etwas nicht?«

Lucia schüttelte den Kopf.

Jetzt erst bemerkte Clark, dass sie weinte, wie nur Frauen weinen können: Lautlos und scheinbar ohne Grund liefen ihr die Tränen über die Wangen, als hätte sie sich kampflos der Traurigkeit der ganzen Welt ergeben. Er setzte den Blinker und fuhr an den Seitenstreifen.

»He, was ist passiert? Warum weinst du?«

Von Schluchzern geschüttelt, warf Lucia sich ihm in die Arme.

»Aber das ist nicht die Stelle, die ich haben wollte! Ich wollte als Journalistin beim *Eco* arbeiten … ich wollte eine *richtige* Journalistin sein, bei einer wichtigen Zeitung!«

Ihre Worte, die sie abgehackt und unter Tränen hervorstieß, waren kaum verständlich.

Clark zog Lucia an sich und begann ihr sanft über den Rücken zu streicheln.

Es gibt Umarmungen, die nichts bedeuten, und andere wiederum, die über ein ganzes Leben entscheiden können. Unnötig, zu erklären, was hier der Fall war. Clark beugte sich über Lucia und spürte salzige Tränen auf seinen Lippen. Er hielt inne, und es kostete ihn eine wahrhaft übermenschliche Anstrengung, Lucia nicht zu küssen, sondern nur ganz leicht ihr Kinn mit einem Finger anzuheben.

»Komm, nun beruhige dich wieder. Du arbeitest doch als Journalistin beim *Eco*. Du hast gesagt, dass dort eine Stelle auf dich wartet. Du kannst tun und lassen, was du willst. Das heißt, vielleicht ist das sogar eine Pflicht dir selbst gegenüber.«

Clark sagte dies nicht, um Lucia zu überreden, nicht zu heiraten und nach Rom zurückzukehren, sondern weil er sie an ihren größten Wunsch erinnern wollte, auf dessen Erfüllung sie mit aller Kraft hingearbeitet hatte.

Mit einem Ruck befreite sie sich aus seiner Umarmung, rutschte zur Seite und trocknete sich die Tränen mit dem Handrücken.

»Verzeih, das war dumm von mir. Nur ein Moment der Schwäche. Ich müsste doch eigentlich die glücklichste Frau auf der Welt sein. In einer Woche heirate ich den Mann, der mich über alles liebt, aber stattdessen sitze ich hier und nörgle wie ein verwöhntes Kind.«

Clarks Kinnmuskeln spannten sich an. Den Blick starr auf die Straße gerichtet, löste er die Handbremse, legte den Gang ein und gab so unvermittelt Gas, dass die Reifen auf dem Asphalt quietschten.

»Wenn er dich wirklich so lieben würde, wäre er nicht so egoistisch und würde von dir verlangen, dass du auf den Traum verzichtest, den du seit deiner Kindheit hegst«, stieß er zornig aus und umfasste das Steuer fester.

Clarks Wutausbruch kam mehr als überraschend für Lucia. Sie sah ihn fragend von der Seite an und legte ihm schließlich beruhigend eine Hand auf den Arm.

»Mein lieber Superman, lass jede Hoffnung fahren und füge dich in dein Schicksal.«

Zum Glück waren beide angeschnallt und ihr Wagen der einzige weit und breit auf der Straße. Denn kaum hatte Clark das Wort »Superman« aus Lucias Mund vernommen, trat er so fest auf die Bremse, dass der Wagen fast ins Schleudern geriet.

»Was hast du gesagt?«, fragte er, als der Kombi schlingernd zum Stehen kam.

Lucia, erschrocken über seine heftige Reaktion, beeilte sich, ihm beschwichtigend zuzulächeln.

»Das war doch nur ein Witz, Clark. Was ist bloß in dich gefahren?«

Nein. Sie hatte ihr Gedächtnis nicht wiedergefunden. Auch wenn Clark, dem man die Enttäuschung deutlich ansah, dies einen Moment lang geglaubt hatte. Nachdem er sich wieder gefangen hatte, versuchte er, Lucia mit einem halbherzigen Lächeln zu beruhigen, und fuhr weiter.

»Entschuldige, aber als du mich gerade Superman genannt hast, musste ich an jemanden denken, der mir sehr wichtig ist.«

Lucia fing zu lachen an und versetzte ihm einen freundschaftlichen Schlag auf die Schulter.

»Ich wette, da steckt eine Frau hinter! Eine Frau, die dich gedankenlos abserviert hat.«

Schweren Herzens tat Clark so, als fände er ihre Bemerkung lustig, aber in seinem Innern sah es düster aus. Um diese Tageszeit war es schlecht bestellt um seine Selbstbeherrschung, und er fühlte sich mit einem Mal unendlich müde. Doch er musste weiterhin Gelassenheit demonstrieren und durfte sich keinen Fehler erlauben, wenn er die Trümpfe, die ihm noch geblieben waren, voll ausspielen wollte. Lucias Ausbruch konnte ein Zeichen dafür sein, dass ihre Erinnerung doch allmählich wiederkehrte. Nur blieb ihm leider nicht mehr viel Zeit.

Es war schon dunkel, als sie nach Siculiana zurückkamen, und Clark brachte Lucia zum Haus ihrer Eltern, das nicht weit von dem der Großmutter entfernt lag.

Lucia stieg aus dem Wagen und öffnete das schmiedeeiserne Tor, das zur Villa Leonardi führte. Clark bestand darauf, sie bis zur Haustür zu begleiten. Schließlich war es bereits finstere Nacht, und um zur Villa zu gelangen, musste man einen schmalen Weg entlanggehen, der durch ein kleines Wäldchen führte. Eine frische Brise, die vom Meer herüberwehte, begleitete ihre Schritte und vermischte sich mit dem Geruch der Orangenbäume und Zypressen, die schweigend über die beiden ungewohnten nächtlichen Besucher wachten. Als sie vor der Villa ankamen, bemerkte Clark, dass diese um einiges größer war als Martas Haus.

»Und – in welchem Flügel dieses Schlosses befinden sich Ihre Gemächer, *Principessa*, wenn man fragen darf?«

Lucia lachte, und das makellose Weiß ihrer Zähne schimmerte in der Dunkelheit. Es war so still ringsumher, dass ihre leise gesprochene Antwort klar und deutlich durch die Nacht hallte.

»Lassen Sie sich nicht so schnell beeindrucken, Mister Kent. Außerdem wohnt hier eine bedeutende Person.«

»Und wer sollte das sein?«

Lucia verzog beleidigt das Gesicht und versetzte ihm einen kleinen Stoß.

»Na … ich, wer sonst?«

Sich schützend einen Arm vor den Bauch haltend, wich Clark einen Schritt zurück.

»Eine echte Lady, wenn ich so frei sein darf, das zu sagen.«

Lucia lachte kurz auf, schlug aber rasch eine Hand vor den Mund, aus Angst, im Haus gehört zu werden.

Empörung heuchelnd verdrehte Clark die Augen zum Himmel. Zahllose Sterne erleuchteten die Nacht, die viel zu schnell gekommen war und diesem Tag, den er mit Lucia hatte verbringen dürfen, ein Ende setzte. Plötzlich verspürte er ein schmerzliches Ziehen und wandte sich ab, damit sie seine Traurigkeit nicht sah.

»Was hast du?«

Zögernd kam Clark näher. Im Dunkeln suchte er ihre Augen.

»Und was wäre, wenn du dich in diesen Monaten in Rom in einen anderen Mann verliebt hättest? Hast du schon einmal daran gedacht?«

Im ersten Moment glaubte Lucia, dass er sie auf den Arm nähme, doch als sie seine Miene im schwachen Schein der Laterne sah, erkannte sie, wie ernst es ihm war. Verwirrt wandte sie den Kopf ab und blickte zu den Bäumen hinüber, als suchte sie dort eine Antwort.

»Das kann nicht sein. Daran würde ich mich doch erinnern. Ich glaube nicht, dass man die Liebe vergessen kann … aber wenn es so wäre, tja, dann würde mir das sehr leidtun für diesen Mann, da ich ihn wirklich komplett vergessen habe.«

Clark nickte nachdenklich und wandte sich zum Gehen.

»*Buonanotte*, Lucia, danke für diesen wunderbaren Tag. Es war … wirklich sehr schön mit dir.«

»Ich danke dir, es war sehr freundlich von dir, mich zu begleiten. Auch ich fand es schön mit dir. Sehr sogar. Gute Nacht.«

Mit hängendem Kopf schlug Clark widerstrebend den schmalen Pfad ein, der ihn zum Tor des Anwesens führte. Er hatte fast die Hälfte zurückgelegt, als er seinen Namen hörte. Rasch drehte er sich um und sah, dass Lucia ihm nachgekommen war.

Er eilte ihr entgegen und blieb vor ihr stehen.

Ehe er etwas sagen konnte, erklärte sie mit ruhiger, fester Stimme: »Wenn es tatsächlich irgendwo da draußen einen Mann geben würde, der mich liebt und in den ich mich verliebt hätte, dann wäre dieser Mann bereits hier, um sich das zurückzuholen, was ihm das Schicksal genommen hat … Besser gesagt, was es uns beiden genommen hat.«

Clark stand da wie versteinert. Lucia wartete nicht, sondern hob eine Hand zum Gruß und ging zum Haus.

Glücklicherweise fand Clark rechtzeitig seine Sprache wieder. Auch auf die Gefahr hin, dass ihn jemand hören könnte, rief er: »Und wenn hier plötzlich ein Fremder auftauchte und dir erklärte, dass du in Rom unsterblich in ihn verliebt gewesen seist, würdest du ihm dann glauben?«

Seine Frage hing einen Moment in der Luft und hallte von den schweigenden Bäumen wider, ehe sie in ihrer ganzen schicksalhaften Bedeutung Lucia erreichte.

Clark wartete, dass sie stehen blieb und ihm eine Antwort gab, doch Lucia setzte ihren Weg fort, ohne sich noch einmal umzudrehen. Tränen liefen ihr über die Wangen, als sie sich selbst flüsternd die Antwort gab …

»Ich weiß es nicht! Ich weiß es nicht!«

In den beiden folgenden Tagen ließ Lucia sich im Haus der Großmutter nicht blicken. Clark verbrachte den größten Teil der Zeit auf den Stufen vor der Eingangstür, in der verwegenen Hoffnung, dass von einem Moment auf den anderen Lucias Schatten auf ihn fallen könnte. Doch außer der Signora Giglio ließ sich niemand blicken.

Am zweiten Abend (die Sonne war gerade untergegangen und würde bestimmt keinen Schatten mehr werfen) stand Clark mit einem Seufzer der Enttäuschung auf und ging hinunter zum Strand. Vielleicht waren wenigstens die Meeresschildkröten gewillt, ihm eine kleine Freude zu bereiten. Doch auch von diesen war, wie es aussah, nichts zu erwarten.

Als er am nächsten Tag gerade wieder Stellung auf der Treppe bezogen hatte, öffnete die Signora Giglio die Haustür und überraschte ihn erneut auf seinem Wachposten.

»Signor Kent, Sie sitzen ja schon wieder da!«

Clark rutschte zur Seite, um Lucias Großmutter vorbeizulassen.

»*Buongiorno.*«

»Auch Ihnen einen guten Tag. Haben Sie etwas dagegen, wenn ich mich einen Moment zu Ihnen setze?«

Clark fegte mit der Hand ein paar Blätter von dem Stein.

»Bitte, Ihre Gesellschaft ist mir stets eine Ehre.«

Marta setzte sich neben ihn und schaute einen Moment in den blauen Himmel.

»Ich sage es Ihnen ungern, aber ich befürchte, dass sich Ihr Freund, der Biologe, getäuscht hat. Die kühleren Temperaturen, die nötig wären, damit die kleinen Schildkröten schlüpfen, lassen auf sich warten. Es ist einfach noch zu heiß, auch nach Sonnenuntergang. Also, ich glaube nicht, dass es früher als sonst zu einem ›Stapellauf‹ kommen wird.«

Das Schicksal der kleinen Schildkröten war nun wirklich Clarks geringste Sorge, aber er antwortete mit so großer Traurigkeit in der Stimme, dass man hätte annehmen können, die gepanzerten Meeresbewohner wären sein Ein und Alles.

»Da haben Sie wohl recht, obwohl mir neulich, als ich mit Lucia in Richtung Palermo unterwegs war, aufgefallen ist, dass oben in den Bergen schon ein ziemlich kalter Wind wehte.«

Marta schüttelte den Kopf und sah ihn mitleidig an.

»Ich raube Ihnen ja nur ungern Ihre Illusionen, aber dort oben in den Bergen weht immer ein kalter Wind.«

»Ah, ich verstehe. Schade.«

Clarks Gesicht verfinsterte sich. Nicht dass er etwas gegen Schildkröten gehabt hätte. Doch in diesem Moment schickte er sie allesamt zum Teufel – und mit ihnen jegliche Unbill, die ihm das Schicksal in der letzten Zeit zugemutet hatte.

»Darf ich mir erlauben, Ihnen eine Frage zu stellen?«

»Sicher. Bitte, nur zu.«

Marta stand auf, klopfte sich mit einer Hand den Staub vom Kleid und sah ihn ernst an.

»Mir ist nicht entgangen, dass Sie in den letzten Tagen stundenlang hier auf der Treppe saßen und auf den Weg starrten, als erwarteten Sie jemanden. Oder täusche ich mich da? Wen erwarten Sie denn?«

Völlig überrumpelt von ihrer Frage, stand Clark auf und versuchte sich seine Verlegenheit nicht anmerken zu lassen. Er warf einen letzten, sehnsuchtsvollen Blick in Richtung Tor, ehe er sich räusperte und seine Aufmerksamkeit erneut Signora Marta zuwandte.

»Nun … Ich warte auf die Kälte.«

Seine Antwort klang wirklich nicht überzeugend, und das wurde ihm spätestens klar, als er in das erstaunte Gesicht von Lucias Großmutter blickte. Einen Moment lang kam es ihm so vor, als wüssten alle in Siculiana Bescheid. Außer der Hauptperson natürlich. Wenn er weiterhin wie ein Somnambuler auf dieser Treppe ausharrte, würde es der Sache jedenfalls mehr schaden als nützen. Er musste wieder in seine Rolle als Schildkrötenbeobachter schlüpfen. Und so ging er auf sein Zimmer, um die Kamera zu holen und sich zumindest den Anschein zu geben, als interessierte ihn der »Stapellauf« der Jungtiere tatsächlich.

Verwundert stellte er jedoch fest, dass ihm seine Tarnung als Hobbyforscher zunehmend Spaß machte, und so verbrachte er den ganzen Nachmittag in dem Naturschutzgebiet von Torre Salsa, wo die freiwilligen Helfer des WWF mit bunten Bändern am Strand die Orte markiert hatten, an denen die Schildkröten ihre Eier abgelegt hatten. Die Stellen befanden sich außerhalb der Reichweite von Badenden und Touristen, und um dorthin zu gelangen, musste man einem engen und unwegsamen Pfad folgen, der sich entlang der Klippen schlängelte. Versteckt zwischen Kreidefelsen, Kalksteinformationen und Mergelablagerungen lag dieser paradiesische Flecken Erde inmitten einer üppig wuchernden Pflanzenwelt. Wer sich bis dorthin durchschlug, dem eröffnete sich ein überwältigender Ausblick auf einen Garten Eden, der in allen Farben leuchtete.

Am späten Nachmittag bestieg Clark den Torre Salsa, einen antiken Wachturm, der von einem kleinen Hügel aus den Strand überblickte. Dort setzte er sich auf einen Kalksteinfelsen, den die Kräfte der Erosion zu einem bizarren Thron geformt hatten. Nachdenklich betrachtete Clark das Meer, das so klar und durchsichtig war, dass man meinte, die Fische zu sehen, die zwischen den in allen Grüntönen schillernden Algen umherflitzten. Hier oben auf seinem einsamen Thron empfand er seine Situation als noch trostloser, als sie ohnedies war, und einen Augenblick lang hätte er sich am liebsten aufgeschwungen, um davonzufliegen in ein Reich hinter dem Horizont. Um wenigstens den bitteren Nachgeschmack loszuwerden, holte er aus seinem Rucksack eine Tafel Schokolade, schloss die Augen und ließ ein Stück auf seiner Zunge zergehen. Dabei stellte er sich vor, wie Kakao und Zucker schmolzen und ihren Weg vom Magen über die Blutbahnen bis zu seinem Gehirn nahmen, wo die Ursache seiner Melancholie saß, die zu versüßen sie sich bemühten. Als er leise Stimmen hörte, die mit einem Mal in die unwirklich anmutende Stille drangen, schlug er die Augen wieder auf.

Er drehte sich um und bemerkte, dass eine Gruppe Menschen auf ihn zukam, um deren Hals Plastikschilder mit dem Pandabären des WWF und einem Passbild des jeweiligen Trägers baumelten. Er musste nicht lange überlegen, um wen es sich dabei handelte: Es waren Schildkrötenbeobachter, und zwar echte.

Und so beeilte er sich, von seinem Hügel zu steigen, bevor ihm noch jemand peinliche Fragen stellen konnte.

Bis zu diesem Tag war Clark stets der Ansicht gewesen, dass das alte Sprichwort »Ein Übel kommt selten allein« eine maßlose Übertreibung war. Doch als er an diesem Nachmittag nach Hause zurückkam, erkannte er einmal mehr die zeitlose Weisheit von Sprichwörtern.

7

Es kommt noch schlimmer

Manchmal sind es gerade die einfachen Dinge im Leben, die wahre Wunder wirken. Ein kühles Bier zum Beispiel. Und so wünschte sich Clark, als er nach Hause kam, nichts sehnlicher als jenen berühmten ersten Schluck Bier, der von vielen als der beste aller überflüssigen Genüsse bezeichnet wird. Während Clark also vor dem Kühlschrank stand, die Flasche öffnete und zum Trinken ansetzte, überkam ihn mit einem Mal das trügerische Gefühl, dass noch alles gut werden oder zumindest nicht schlecht ausgehen könnte – mit einem Wort, dass es von nun an nur noch aufwärtsgehen würde.

Signora Giglio im Zimmer nebenan unterhielt sich gerade mit jemandem. Mit Lucia? Eine männliche Stimme belehrte ihn eines Besseren.

»… das muss er sein«, sagte Signora Marta soeben. »Warten Sie, ich hole ihn.«

Und dann hörte er ihre Schritte, die in Richtung Küche kamen. »Signor Kent, Sie kommen nie darauf, wer hier bei mir im Wohnzimmer ist!«

Clark verharrte unschlüssig mit der Flasche in der Hand. Er versuchte, Martas Worte zu deuten, konnte sich jedoch beim besten Willen nicht vorstellen, wer der Mann sein könnte, der ihn im Zimmer nebenan erwartete. Eine diffuse Vorahnung beschlich ihn. Instinktiv wich er einen Schritt zurück und stellte die Bierflasche auf die Arbeitsplatte aus Marmor. Das strahlende Lächeln von Lucias Großmutter und die schwungvolle Begeisterung, mit der sie in die Küche trat, ließen auf eine angenehme Überraschung schließen, aber Clark hatte gelernt, dem schönen Schein zu misstrauen. Rosario? Vielleicht eine gute Gelegenheit, ein für alle Mal seine Rechnung mit ihm zu begleichen. Aber nein, Marta hätte ihn bestimmt nicht so herzlich empfangen.

Lanza? Ja, das war schon eher möglich. Vielleicht war es ihm gelungen, sich von seiner keifenden Mutter loszueisen.

Ratlos zuckte er die Schultern.

Marta ergriff ihn mit einer ungeduldigen Geste am Arm und zog ihn in Richtung Wohnzimmer.

»Los, kommen Sie!«

Als sie mit theatralischer Geste die Tür öffnete, schloss Clark einen Moment lang die Augen. Als er sie wieder öffnete, sah er sich einem Mann gegenüber, den er noch nie in seinem ganzen Leben gesehen hatte.

Signora Giglio trat zwischen ihn und den Fremden und klatschte aufgeregt in die Hände.

»Also, sehen Sie, was für eine wunderbare Überraschung Ihr Freund sich für Sie ausgedacht hat?«

Bluffen war Clark zwar mittlerweile zur zweiten Natur geworden, doch als der Fremde jetzt mit ausgestreckter Hand auf ihn zukam, war die Situation – gelinde gesagt – mehr als surreal.

»*Ciao!* Lang, lang ist's her …«

Clark schlug zögernd ein und konnte ein leichtes Zittern seiner Hand nicht verbergen.

»Ganz recht. Ich hätte dich fast nicht mehr wiedererkannt«, stammelte er.

Der Mann war um die fünfzig, groß, mit militärisch kurzem Haarschnitt. Sein kräftiger Körper schien gut in Form zu sein, bis auf ein kleines Bäuchlein, das sich unter dem Hemd abzeichnete und den Genießer verriet. Die energischen Gesichtszüge standen in starkem Kontrast zu dem wohlwollenden Blick seiner blauen Augen, in denen Clark ein ironisches Funkeln zu entdecken glaubte.

Signora Marta beendete das peinliche Schweigen, das nun enstand. »Stellen Sie sich vor, Signor Rizzo hatte hier in der Nähe zu tun und ist vorbeigekommen, um mir einen Besuch abzustatten. Und als ich ihm sagte, dass Sie seinen Rat befolgt haben und im Moment bei mir wohnen, hat er nicht lange gezögert und sofort beschlossen, hier auf Sie zu warten.«

Rizzo? Rat? Aha. Das also war gemeint, wenn es hieß: Lügen haben kurze Beine. Natürlich, Rizzo! Wie hatte er den nur vergessen können! Eine seiner ersten Lügengeschichten. Doch der Mann, der vor ihm stand, war offenbar nicht darauf hereingefallen.

In gewissen Momenten überschlagen sich die Gedanken. In der kurzen Zeitspanne, als das erneut eingetretene Schweigen vollkommen unerträglich wurde, zog Clark ernsthaft die Möglichkeit in Betracht, sich einfach davonzumachen: Er stellte sich vor, wie er in sein

Zimmer sprintete, alles in seine Reisetasche warf und sich auf sein Motorrad schwang, die einzige verlässliche Konstante in seinem Leben.

Doch eines begriff er nicht. Warum spielte die Signora Marta dieses Spiel mit? Signor Rizzo hatte sie doch mit Sicherheit darüber aufgeklärt, was für ein Lügner und charakterloser Angeber er war? Clark stand reglos mitten im Zimmer, er war wie gelähmt vor Scham. Der dicke Kloß in seinem Hals hinderte ihn daran, auch nur einen Ton herauszubringen. Bleich, mit Schweißperlen auf der Stirn wartete er ergeben, den Blick starr auf den Mann gerichtet, der gleich das Urteil über ihn sprechen würde. Doch zu seiner großen Überraschung verwandelte sich Rizzos ironisches Grinsen in ein freudiges Lächeln, und aus dem knappen Händeschütteln wurde eine herzliche Umarmung, die Clark in völliger Verwirrung zurückließ.

»Na, du Gauner, wie geht es dir? Ich hab doch gewusst, dass du den Rat des alten Giorgio befolgen wirst. Im ganzen Mittelmeerraum gibt es keinen schöneren Ort als diesen hier, nicht wahr?«

Verzweifelt fragte Clark sich, was es mit diesem Stimmungsumschwung auf sich hatte.

Schließlich beschloss er, auf das Spiel einzugehen. Allmählich entwickelte er sich zum Profi auf diesem Gebiet.

»Gut schaust du aus, aber wie ich sehe, hat die Diät bei dir nicht angeschlagen.«

Um dieser merkwürdigen Inszenierung mehr Glaubwürdigkeit zu verleihen, tätschelte er mit der Hand Rizzos Bauch.

»Oder bist du guter Hoffnung?«

Signora Giglio und ihr neuer Gast brachen in schallendes Gelächter aus.

»Die Wissenschaft vollbringt heutzutage wahre Wunder, nicht wahr?«

Und mit diesen Worten legte Giorgio Clark herzlich den Arm um die Schulter, als würden sie sich ein Leben lang kennen.

»Was hältst du von einem kleinen Spaziergang? Ich habe Lust auf ein bisschen Bewegung. Apropos, die Signora Marta hat mir erzählt, du hättest einen Geheimtipp bekommen, dass die Schildkröten in diesem Jahr früher schlüpfen als gewöhnlich. Stimmt das?«

»Ja«, fiel ihm Signora Giglio ins Wort. »Aber mir scheint, dass sich dieser Biologen-Freund doch getäuscht hat!«

Clark, der noch immer in der Zwangsumarmung seines neuen alten Freundes dastand, schlug verlegen die Augen nieder.

»Na ja, es scheint kein so großartiger Geheimtipp gewesen zu sein.«

Rizzo versetzte ihm einen freundschaftlichen Stoß.

»Das ist nicht gesagt. Heute Nacht war es schon erheblich kühler, und das ganze Spektakel könnte tatsächlich von einem Moment auf den anderen losgehen. Also, was sagst du, gehen wir ein paar Schritte?«

»Ja, macht ihr zwei nur euren Spaziergang. Inzwischen bereite ich ein bescheidenes Abendessen vor. Hoffentlich wird es für alle reichen!«

Rizzo zwinkerte Clark zu. »Bestimmt. Wir wissen ja, was man in diesem Haus unter einem bescheidenen Abendessen versteht!«

Und Clark feixte: »Na, wir werden schon nicht verhungern!«

Die beiden Männer verließen das Haus und bogen in die kleine Straße ein, die am Grundstück der Signora Giglio entlangführte.

Clark warf Rizzo, der schweigend neben ihm herging, immer wieder einen verstohlenen Blick zu. Er konnte kaum an sich halten, ihn zu fragen, weshalb er seine Tarnung nicht hatte auffliegen lassen. Da er jedoch nichts Falsches sagen wollte, beschloss er, das nächste Manöver des anderen abzuwarten.

Bald waren sie in der Nähe des Friedhofs angelangt. Rizzo blieb stehen, zog aus der Brusttasche seines Hemds eine Packung Zigaretten hervor und zündete sich eine an.

»Aaah! Eigentlich schmeckt es scheußlich, aber es tut so gut, nicht wahr?«

»Keine Ahnung, ich rauche nicht.«

»Bravo, da ist schlau von dir! Ich müsste auch aufhören. Also bist du einer von den Guten. Normalerweise rauchen doch immer nur die Bösen, nicht wahr?«

Clark grinste. Es war schon seltsam, aber nach dem ersten Schreck wurde ihm dieser Mensch immer sympathischer. Sicher, natürlich konnte er noch immer eine Beretta aus dem Halfter ziehen und ihn über den Haufen schießen, aber allmählich erlangte Clark seine Fassung wieder.

»Stimmt, du solltest dir das Rauchen abgewöhnen. Oder vielleicht sollte ich damit anfangen.«

Rizzo nahm einen tiefen Zug, stieß ein paar vollendete Rauchkringel aus, warf die Zigarette dann auf den Boden und trat sie mit dem Fuß aus.

»Schon passiert. Siehst du? Ich habe damit aufgehört. Jetzt gehöre ich auch zu den Guten, nicht wahr?«

Clark schüttelte amüsiert den Kopf. Dann fiel sein Blick unwillkürlich auf den Kirchturm, und mit einem Mal kam ihm Lucias Hochzeit wieder in den Sinn. Er stellte sich vor, wie die schöne Lucia am Arm ihres Angetrauten unter feierlichem Glockengeläut aus der Kirche trat. Sein Gesicht verdüsterte sich, was Rizzo nicht entging.

»Weißt du, was? Ich bin ein großer Fan von American Football, vor allem von Joe Montana. Ich hatte immer ein Poster von ihm in meinem Zimmer hängen. Hast du eigentlich eine Lieblingsmannschaft?«

Clark betrachtete Rizzo zweifelnd. Er war sich nicht sicher, ob dieser ihn auf den Arm nahm.

»Seit heute bin ich jedenfalls ein Fan der San Francisco 49ers und von Joe Montana.«

Rizzo lachte kurz auf, ehe er wieder ernst wurde und zum ersten Mal einen fast drohenden Tonfall anschlug.

»Scherz beiseite, reden wir Klartext. Wie ich die Sache sehe, wurden wir einander noch gar nicht offiziell vorgestellt, nicht wahr?«

»Stimmt«, erwiderte Clark und musste schmunzeln angesichts dieser altmodischen Formulierung. »Ich heiße

Clark Kent, wie dir unsere Wirtin sicher bereits verraten haben wird.«

»Sehr erfreut. Giorgio Rizzo.«

Es war einer der wenigen Sätze, die er nicht mit »nicht wahr?« beendete.

»Na gut, Kent, dann hör mir jetzt mal genau zu. Du fragst dich sicher, warum ich die Wahrheit verschwiegen und dich nicht habe auffliegen lassen? Denn wie du weißt, kenne ich nicht einmal deinen Namen. Nun – ich habe nur aus einem einzigen Grund beschlossen, dich zu decken, und zwar, weil Marta sich so überschwänglich bei mir bedankt hat, dass ich dich zu ihr geschickt habe … Diese Frau hat geradezu einen Narren an dir gefressen. Keine Ahnung, wie du das geschafft hast, aber sie ist absolut begeistert von dem netten Schildkrötenbeobachter.«

Giorgio stieß ein meckerndes Lachen aus.

»Sie schwärmt in den höchsten Tönen von dir: Du bist wohlerzogen, freundlich, intelligent und siehst zu allem Überfluss auch noch gut aus. Sie hat mir sogar verraten, dass sie nichts dagegen gehabt hätte, wenn ihre Enkelin sich einen Mann wie dich gesucht hätte, statt in Kürze und zu ihrem größten Leidwesen diesen langweiligen Rosario zu heiraten. Wenn sie ein paar Jahre jünger wäre, würde sie wahrscheinlich höchstpersönlich zugreifen und dich nicht mit ihrer Enkelin verkuppeln wollen.«

Wieder zwinkerte er Clark zu.

»Letztes Jahr habe ich ihre Enkelin übrigens mal kurz kennengelernt. Ein hübsches Mädchen. Nicht unbedingt mein Typ, ich stehe mehr auf … üppige Formen. Aber mal ganz abgesehen davon, sie ist wirklich eine Augenweide, nicht wahr?«

»Wer, die Großmutter?«

»Nein, die Enkelin.«

»Äh, ja, da hast du allerdings recht.«

Giorgio seufzte tief und warf Clark einen Blick zu, als sei nun der traurige Augenblick gekommen, dem Ernst der Lage ins Gesicht zu sehen.

»Also, zur Sache. Erklär mir doch mal, warum du meinen Namen benutzt und behauptet hast, mich zu kennen. Ich möchte die arme Marta, die dich so sehr liebt, nicht ihrer Illusionen berauben, aber wenn du die Absicht hast, sie übers Ohr zu hauen oder Ähnliches, dann sollst du wissen, dass ich das nicht zulassen werde. Ich mag Menschen nicht, die das Vertrauen anderer missbrauchen.«

»Und das zu Recht. Aber keine Angst – ich habe zwar gelogen, das kann ich nicht abstreiten, aber aus einem guten Grund. Marta ist eine fantastische Frau, wenn ich noch eine Großmutter hätte, würde ich mir eine wie sie wünschen. Ich will ihr auf keinen Fall schaden mit dem, was ich zu erreichen versuche, musst du wissen.«

Clark machte eine Pause, um zu sehen, wie Giorgio auf seine Worte reagierte. Er schien ihm zu glauben, wollte aber offensichtlich noch mehr hören.

»Und weiter? Du hast doch nicht gedacht, dass du mich mit ein paar Andeutungen abspeisen kannst, oder?« Gorgio grinste. »Außerdem – wann läuft dir schon mal ein Fremder über den Weg, der sich so bereitwillig deine Geschichte anhören will?«

»Na schön. Wenn du darauf bestehst.«

Und so setzten sie ihren Spaziergang fort, und Clark begann seine denkwürdige Geschichte zu erzählen: Angefangen von jenem Tag, an dem er Lucia in der Caffè-Bar neben dem Verlagshaus das erste Mal gesehen hatte, bis hin zu den letzten, ungeheuerlichen Entwicklungen.

Tief in ihr Gespräch versunken schlenderten die beiden Männer die Straße entlang und bemerkten kaum, wie die tiefstehende Sonne das Laub der Bäume in ein rosiges Licht tauchte.

Nach kurzer Zeit erreichten sie den Friedhof, wo sie sich zufälligerweise genau auf die Bank setzten, die vor der Grabstätte mit Lucias Lieblingsinschrift stand.

»Tja, mein Freund, das sieht nicht gerade gut für dich aus, nicht wahr?«

»Das kannst du laut sagen.«

»Und was hast du jetzt vor?«

»Ich glaube, viel kann ich nicht mehr machen.« Clark ließ die Schultern hängen. »Es sind nur noch drei Tage bis zur Hochzeit. Und die Zeit arbeitet gegen mich.«

Giorgio sprang auf.

»He Mann! Du kannst doch nicht einfach so aufgeben!« Und wie immer, wenn er seinen Satz nicht mit »nicht wahr?« beendete, warf er Clark einen herausfordernden Blick zu.

Clark erwiderte seinen Blick mit versteinerter Miene.

»Vielleicht doch, vielleicht erfordert es sogar mehr Mut, sich einfach geschlagen zu geben.«

Giorgio schnaubte verächtlich, drehte ihm den Rücken zu und steuerte auf den Ausgang des Friedhofs zu. Nach einer Weile stand Clark schwerfällig auf und ging ihm nach.

An diesem Abend übertraf sich Marta wieder einmal selbst. Sie tischte ihren beiden Gästen ein opulentes Mahl aus Schwertfisch mit Reiskroketten, Meeresfrüchten und Weißwein auf. Nachdem sie auf der Terrasse hinter dem Haus ihren Limoncello genossen hatten, ließ Giorgio so lange nicht locker, bis er Clark zu einem kleinen Verdauungsspaziergang überredet hatte. Offenbar war es einer jener Vorschläge, die man besser nicht ablehnen sollte, dachte Clark innerlich seufzend.

Und er sollte Recht behalten. Kaum hatten sie die Hälfte des kleinen Weges zurückgelegt, als Giorgio zwischen den Bäumen stehen blieb, sich eine Zigarette ansteckte und zum Angriff überging.

»So geht das nicht, mein Freund. Ich kann doch nicht zulassen, dass du einfach sang- und klanglos aufgibst. Falls du in deinem Leben jemals einem Menschen begegnet bist, der ein wenig mehr Lebenserfahrung besaß als du, dann wird er dir sicher gesagt haben, dass es besser ist, mit der Waffe in der Hand zu sterben, als sich eine Kugel im Rücken einzufangen, während man versucht, sich aus dem Staub zu machen, nicht wahr?«

»Wenn ich ehrlich sein soll, bin ich eigentlich davon ausgegangen, es noch ein paar Jährchen zu machen«, erwiderte Clark kläglich und dachte an all die Ratschläge, die er von den unterschiedlichsten Menschen bekommen hatte: von Lanza, von den beiden Männern in der kleinen Caffè-Bar in Rom, von der Signora Marta und in einem gewissen Sinn sogar von Lucia. Im Grunde hatten ihm alle zu verstehen gegeben, dass er nicht aufgeben sollte. Aber vielleicht machte er sich auch etwas vor. Vielleicht fehlte ihm einfach die innere Stärke, sich in sein Schicksal zu fügen.

»Es ist sowieso vergeblich«, sagte er unglücklich. »Man muss wissen, wann es vorbei ist.«

»Nichts da! Du kannst das von mir aus sehen, wie du willst, aber wenn du jetzt davonläufst, werden dich ein Leben lang alle möglichen Fragen quälen, und du wirst dir nichts sehnlicher wünschen, als dass du etwas unternommen hättest. Natürlich hast du recht. Man muss auch Niederlagen akzeptieren, aber zuerst muss man kämpfen. Dir bleiben noch drei Tage. Drei ganze Tage. Und wenn diese drei Tage vorbei sind, dann wird dein Leben – ob mit Lucia oder ohne sie – auf immer und ewig von dem geprägt sein, was du jetzt tust. Ob du um sie kämpfst, oder ob du kampflos aufgibst. Eine Niederlage ist immer schmerzlich, aber es gibt einen großen Unterschied zwischen einer ehrenvollen und einer feigen Niederlage. Und glaub mir, eine ehrenvolle Niederlage fühlt sich trotz allem besser an.«

Clark betrachtete sein Gegenüber mit Respekt. Giorgio Rizzos weicher, beschwichtigender Tonfall konnte in Sekundenschnelle umschlagen und scharf und bissig klingen.

»Tja, wenn du das so siehst …« Er lehnte sich unschlüssig gegen eine der Laternen, die den Weg erleuchteten. »Was soll ich deiner Ansicht nach also jetzt tun?«

Giorgio nahm einen letzten Zug und trat wie üblich die halb gerauchte Zigarette aus. »Eigentlich macht es nur Spaß, sie anzuzünden, den Rest kann man sich sparen«, murmelte er kopfschüttelnd. Dann baute er sich vor Clark auf und redete mit eindringlicher Stimme auf ihn ein.

»Immerhin ist mir beim Rauchen eine Idee gekommen. Heute Nachmittag hat die Signora Marta mir erzählt, wo die Hochzeitsfeier stattfinden wird.«

Clark trat rasch wieder aus dem Lichtkegel, nachdem Tausende von Mücken über ihn herzufallen drohten.

»Das weiß ich auch. Ich bin erst vor ein paar Tagen mit Lucia an dem Restaurant vorbeigefahren, wo gefeiert werden soll.«

»Gut. Also, pass auf! Wenn deine Theorie stimmt, dann kann Rosario erst vor zwei Wochen dort reserviert haben, mit anderen Worten *nach* Lucias Unfall, nämlich als er begriffen hat, dass Lucias Erinnerung an die letzten Monate vollkommen ausgelöscht ist, nicht wahr?«

Giorgio sah Clark eindringlich an. Er wollte sichergehen, dass dieser ihm auch genau zuhörte. Clark gab ihm mit einer ungeduldigen Handbewegung zu verstehen, dass er weiterreden sollte. Er war gespannt, worauf Giorgio hinauswollte.

»Weiter.«

»Wenn ich jetzt morgen in das Restaurant gehen und versuchen würde, dem Besitzer unter irgendeinem Vorwand Einzelheiten über diese Reservierung zu entlocken, könnten wir daraus schließen, ob Lucia etwas gewusst hat von der Hochzeit oder nicht. Ebenso könnten wir versuchen herauszubekommen, wie das mit den Einladungen an die Gäste und dem Aufgebot in der Kirche war …«

Clark hörte aufmerksam zu. Schließlich nickte er und strich sich über das Kinn.

»Das wäre ein Ansatz, vor allem das mit dem Restaurant. Aber was die Trauung in der Kirche betrifft, da dürfte nichts zu machen sein. Lucias Großmutter hat mir erzählt, dass der Pfarrer ein Cousin des Bräutigams ist. Der rückt bestimmt nicht mit der Sprache raus. Außerdem könnte es Verdacht erregen, wenn wir überall herumlaufen und indiskrete Fragen stellen. Trotzdem – das mit dem Restaurant, das versuchen wir.«

Giorgios Miene wurde noch ernster, seine Stimme noch leiser und sein Tonfall noch eindringlicher.

»Du weißt aber schon, dass es vielleicht nicht genügen wird, Rosario als Lügner zu überführen?«, sagte er.

Clark erwiderte nichts. Er sah Giorgio tief in die Augen, drückte dessen Hand und erwiderte entschlossen: »Es wird genügen!«

8

Ein Anschlag

Wie vereinbart, fuhr Giorgio Rizzo bereits früh am nächsten Tag zu dem Restaurant, wo der Hochzeitsempfang stattfinden sollte. Sein Plan war einfach: Er beabsichtigte, sich als Freund von Rosario Mirabello auszugeben und zu behaupten, er käme aus Rom und müsse unbedingt wissen, wann dieser die Reservierung im Restaurant vorgenommen habe. Er hege nämlich den dringenden Verdacht, dass der Bräutigam vergessen haben könnte, ihn einzuladen, und dieses Versäumnis erst auf den letzten Drücker wiedergutgemacht habe. Es sei denn, natürlich, das Datum der Hochzeit stünde noch gar nicht lange fest.

Clark wachte an diesem Morgen erst spät auf. Das war ihm schon lange nicht mehr passiert, aber in dieser Nacht hatte er selig geschlummert wie ein Kind. Vielleicht, weil er sich endlich jemandem hatte anvertrauen können, oder aber aus dem Gefühl heraus, dass er nun einen Freund und Verbündeten an der Seite hatte. Wie auch immer, auf jeden Fall hatte sich am Abend zuvor eine ruhige Zuversicht wie eine warme Decke um seine Schultern gelegt und ihm eine friedvolle Nacht beschert.

Jetzt waren es nur noch zwei Tage bis zur Hochzeit, und er war fest entschlossen, Siculiana nicht eher zu verlassen, bevor er nicht alles in seiner Macht Stehende unternommen hatte, um die Frau, die er liebte, davon abzuhalten, einen anderen zu heiraten.

Clark verließ sein Zimmer und ging den langen Flur entlang. Oben am Treppenabsatz hörte er aus der Küche die aufgebrachte Stimme einer ihm unbekannten Frau. Sie schien sehr wütend zu sein.

»Seinetwegen wird Lucias Hochzeit noch platzen … ist dir das eigentlich klar, *mamma*?«

Es ist gewiss nicht schön, zu lauschen, aber motiviert von Giorgio Rizzos kämpferischer Rhetorik rechtfertigte Clark diesen Umstand mit dem alten Spruch, dass in der Liebe und im Krieg alle Mittel erlaubt sind. Erst recht in einem Krieg um die Liebe! Und so setzte er sich oben auf die Treppe und hörte gespannt zu.

»Schön wär's! Sobald ich ihn sehe, werde ich mich bei ihm dafür bedanken, dass er deine Tochter davor bewahren möchte, sich ins Unglück zu stürzen.«

Clark musste grinsen, als er Martas Antwort hörte, die offenbar an ihre Tochter und damit an Lucias Mutter gerichtet war.

»*Mamma*, ist es möglich, dass du nicht begreifst, worum es hier geht? Du weißt doch, wie eifersüchtig Rosario ist. Wie kannst du da nur auf die Idee kommen, Lucia mit einem vollkommen fremden Menschen allein nach Palermo zu schicken?«

»Besser ein Unbekannter wie er als ein Bekannter wie Rosario!«

An diesem Punkt zog die Signora Leonardi offenbar einen Stuhl heran, setzte sich und begann in gemäßigterem Ton auf ihre Mutter einzureden. Auf Zehenspitzen, um sich ja nicht durch ein Knarren des Holzes zu verraten, musste Clark ein paar Stufen nach unten umziehen, damit er weiterhin alles mit anhören konnte.

»Ich weiß, dass du Rosario nicht magst, aber er ist ein anständiger Kerl und schrecklich verliebt in Lucia. Wenn mein Mann dich so hören könnte, wäre er sehr aufgebracht. Er ist überzeugt, dass Rosario unsere Tochter glücklich machen wird, und er wird es nicht zulassen, dass irgendjemand diese Hochzeit gefährdet.«

»Du weißt besser als ich, dass dein Mann einzig und allein die Verbindung zwischen seiner Familie und der Rosarios im Auge hat. Das ist alles, was ihn interessiert. Nicht einmal in Indien werden die Töchter mehr so schamlos verkuppelt. Willkommen in der Familie Leonardi: ein Überbleibsel aus dem neunzehnten Jahrhundert, das sich irgendwie ins einundzwanzigste hinübergerettet hat. Weiß dein Mann überhaupt, dass die Frauen in Sizilien mittlerweile das Wahlrecht besitzen? Nicht, dass er noch eine böse Überraschung erlebt!«

Lucias Mutter gab ein erbostes Schnauben von sich.

»Du übertreibst. Wie immer! Das stimmt doch alles gar nicht. Er will nur das Beste für Lucia. Ich bitte dich, *mamma*, akzeptiere die Dinge endlich, und mach es mir nicht noch schwerer, als es ohnehin schon ist. Schließlich musste ich in kürzester Zeit eine Hochzeit auf die Beine stellen, von der ich erst vor zwei Wochen erfahren habe.«

Nun schien sich auch Signora Marta, die bis zu diesem Moment nervös auf und ab gelaufen war, an den

Tisch zu setzen. Doch im Gegensatz zu ihrer Tochter wurde sie nicht leiser, sondern lauter und eindringlicher.

»Aber genau darum geht es doch. Meiner Meinung nach hätte man warten sollen, bis Lucia wieder völlig gesund ist. Ich verstehe diese ganze Eile überhaupt nicht.«

»*Mamma*, die Kinder hatten doch mehr oder weniger schon alles vorbereitet – das Restaurant, die Einladungen. Worauf dann noch warten?«

»Ich weiß nicht, vielleicht darauf, dass Lucia sich wieder erinnert? Es könnte doch sein, dass sich die Dinge geändert haben, oder nicht?«

Die Antwort von Lucias Mutter fiel so leise aus, dass Clark Mühe hatte, einzelne Wörter zu verstehen. Und vielleicht wäre es besser gewesen, er hätte gar nichts verstanden.

»Ich glaube nicht, dass Lucia jemals ihr Gedächtnis wiedererlangen wird.«

Man hörte, wie Signora Marta abrupt aufstand.

»Bravo! Das ist genau die richtige Einstellung. Für dich ist das Glas auch immer halb leer. Du warst doch dabei, als der Arzt sagte, die Erinnerung könnte im Lauf der Zeit wiederkehren. Hast du schon mal überlegt, dass deine Tochter eines Tages zu sich kommen und die Frau eines Mannes sein könnte, den sie gar nicht hat heiraten wollen?«

Clark biss die Zähne aufeinander und presste wütend beide Fäuste auf die Oberschenkel.

Erneut wurde ein Stuhl weggeschoben. Nun schienen sich die beiden Frauen gegenüberzustehen. Gleich darauf vernahm Clark das Rauschen des Wasserhahns und das Klirren von Glas im Spülbecken.

»Ich bitte dich, *mamma,* mach nicht alles kaputt. Immerhin war Rosario doch ihr Verlobter. Du wirst sehen, alles wird gut, und deine Enkeltochter wird eine glückliche Ehefrau und Mutter werden.«

»So glücklich wie du, willst du wohl sagen? Ohne den Mut, auch mal den eigenen Kopf zu gebrauchen?«

Die Spannung zwischen den beiden Frauen war bis zu Clarks Versteck hinauf zu spüren. Die sarkastischen Worte Martas mussten für ihre Tochter wie ein Schlag ins Gesicht sein.

»Mamma.« Mehr brachte sie zu ihrer Verteidigung nicht vor.

»Tut mir leid, *cara.* Schatz, das wollte ich nicht. Das ist mir so herausgerutscht.«

»Nein. Mag schon sein, dass es dir nur herausgerutscht ist, aber es ist das, was du denkst. Und warum hast du dann nicht ebenso um mich gekämpft? Warum hast du nichts unternommen, als ich den falschen Mann heiratete? Warum tust du das alles für Lucia, während du für mich keinen Finger gerührt hast?«

»Es tut mir sehr leid, *cara.* Das ist alles so lange her, und wir waren andere Menschen, damals. Dein Vater war kurz zuvor gestorben, und es war eine harte Zeit für mich. Damals dachte ich, dass die Familie Leonardi gut für dich wäre. Und vielleicht hatte ich auch Angst, dass du allein zurückbleiben könntest. Irgendwie hatte ich damals das Gefühl, dass es auch mit mir bald zu Ende gehen könnte. Stattdessen wechselte ich nur in eine neue Lebensphase, was mir seinerzeit nicht klar war. Ich habe mich über deine Hochzeit und das alles gefreut, doch ansonsten war ich noch ziemlich naiv. Erst durch das Alleinsein habe ich vieles gelernt. Und deshalb bitte ich dich um Entschuldigung. Aber dein Leben hat auch viele schöne Dinge hervorgebracht, und eines davon ist Lucia. Ich will ihr doch nur helfen.«

»Aber, *mamma,* Lucia ist alt genug, um ihre eigenen Entscheidungen zu treffen. Das hast du doch mitbekommen. Und im Gegensatz zu mir hat sie was gesehen von der Welt da draußen!«

»Aber Lucia ist im Moment nicht sie selbst … nicht ganz zumindest. Jetzt komm her, wein doch nicht. Lass dich umarmen.«

Eine Weile war nichts zu hören.

»Jetzt muss ich aber gehen, ich habe noch jede Menge vorzubereiten … Ah, noch eine letzte Sache.«

»Ja?«

»Nach den Zwischenfällen der letzten Tage ist die Situation zwischen Lucia und Rosario ein wenig angespannt, wie du dir vielleicht vorstellen kannst. Also, wenn du wirklich nur das Beste für Lucia willst, dann hör auf, sie gegen Rosario aufzuhetzen, und versuch es zur Abwechslung mal mit guten Ratschlägen. Wenn sie auf jemanden hört, dann auf dich. Das wissen wir doch. Und denk daran, *mamma,* benimm dich anständig heute Abend auf dem

Empfang und sag deinem Schildkrötenbeobachter, dass er einen großen Bogen um Lucia machen soll. Rosario ist nicht gerade gut auf ihn zu sprechen. Um ehrlich zu sein, er kann diesen Amerikaner nicht ausstehen.«

Als er das hörte, schoss Clark in die Höhe. Das verräterische Geräusch, das er dabei verursachte, zwang ihn, seinen Lauschposten aufzugeben, nach unten zu gehen und so zu tun, als wäre nichts gewesen.

Fast hätte er dabei die Frau über den Haufen gerannt, die gerade aus der Küche kam.

»Oh, entschuldigen Sie bitte!«

Signora Marta trat zu ihrer Tochter und stellte die beiden einander mit verschmitztem Lächeln vor.

»Liebe Maria, darf ich dir meinen Superman vorstellen – Mr. Clark Kent. Clark, das ist meine Tochter Maria, die Mutter von Lucia.«

Clark schüttelte Maria die Hand und bemühte sich um einen freundlichen Gesichtsausdruck.

»Ich bin entzückt. In dieser Familie scheint es ja nur schöne Frauen zu geben!«

Einen Moment lang schien Maria irritiert. Der junge Mann vor ihr war mit Sicherheit alles andere als hässlich, aber es war vor allem seine charmante Art, die sie angenehm überraschte.

»Sie schmeicheln mir … Übrigens, ich wollte mich noch bei Ihnen dafür bedanken, dass Sie meine Tochter nach Palermo begleitet haben. Das war wirklich sehr freundlich von Ihnen, aber Sie hätten sich nicht extra die Mühe machen müssen.«

In Clarks Ohren klang das eher nach einer Warnung als nach einem Dank, so als wollte sie sagen: Halten Sie sich in Zukunft fern von meiner Lucia.

»Ich bitte Sie, das war doch keine Mühe für mich, ganz im Gegenteil. Ich habe einen wunderbaren Tag mit Ihrer Tochter verbracht. Um einen fremden Ort kennenzulernen, gibt es nichts Besseres, als ihn mit den Augen eines Einheimischen zu sehen. Aber – mit Verlaub – Ihre reizende Tochter würde jedem Ort seine eigene Faszination verleihen.«

»Ah, Sie kennen sie nicht. Sie kann auch sehr abweisend sein.«

Allmählich ging Clark der Tonfall von Lucias Mutter nun doch auf die Nerven. Signora Marta fest im Blick, blieb er ihr eine entsprechende Antwort nicht schuldig.

»Nun, meiner Meinung nach ist so etwas immer eine Frage des Feelings. Manchmal lernen sich zwei Fremde schneller und besser kennen als zwei Menschen, die miteinander aufgewachsen sind, im Grunde aber nichts voneinander wissen.«

Verstohlen warf Marta Clark einen bewundernden Blick zu, während Maria es vorzog, nicht auf die Provokation einzugehen. Sie hatte es offenbar eilig, von hier wegzukommen.

»Es ist schon spät. Hat mich gefreut, Sie kennenzulernen. Ich wünsche Ihnen noch einen schönen Urlaub.«

Clark verabschiedete sich mit einem Händedruck und einem knappen Nicken von ihr.

»Das Vergnügen war ganz meinerseits, und mein Urlaub ist leider schon fast zu Ende. Ich fahre übermorgen nach Rom zurück.«

Maria Leonardi versuchte zwar, die Freude über diese Neuigkeit zu verbergen, dennoch huschte kurz ein zufriedenes Lächeln über ihr Gesicht, das bis dahin große Anspannung verraten hatte.

»Wie schade, ausgerechnet am Tag von Lucias Hochzeit! Nun, dann ist es wohl besser, wenn wir uns jetzt endgültig verabschieden, ich denke nicht, dass wir uns noch einmal wiedersehen.«

Signora Leonardi ergriff ihren cremefarbenen Regenmantel und eilte mit raschen Schritten zur Tür. Bevor sie das Haus verließ, drehte sie sich jedoch noch einmal um und erinnerte ihre Mutter mit strengem Blick an das abendliche Ereignis.

»Nicht vergessen, *mamma*, sei bitte pünktlich, und mach keine Dummheiten.«

»Keine Angst, mein Schatz, du wirst schon sehen, es geht alles gut. Und übrigens«, fügte sie augenzwinkernd hinzu, »sei doch so lieb und grüß mir Lex Luthor!«

Maria lächelte, erwiderte aber nichts und verließ kopfschüttelnd das Haus.

Clark sah ihr nach, noch immer erstaunt darüber, wie ein Lächeln ein Gesicht so verändern konnte – vor allem, weil es das Lächeln war, das er von Lucia kannte.

»Sie müssen meiner Tochter verzeihen, mein Lieber, sie ist in letzter Zeit sehr gestresst. Möchten Sie vielleicht einen Kaffee?«

»Ja, danke, gern. Aber keine Angst, ich verstehe voll und ganz die Sorgen Ihrer Tochter. Und es können schließlich nicht alle Menschen so liebenswert sein wie Sie.«

Signora Marta schenkte ihm einen Espresso ein und holte aus dem Herd ein Blech mit frischen Schokoladenkeksen.

»Hören Sie endlich auf, mir den Hof zu machen, junger Mann. Mehr als einen Teller selbstgemachter Pasta habe ich in meinem Alter nicht mehr zu bieten«, fügte sie lachend hinzu.

Der Duft der warmen Schokolade erfüllte den Raum. Jedem Diabetiker wäre der Stoffwechsel entgleist, hätte er tief genug eingeatmet. Clark nahm einen der noch heißen Kekse und blies ein paar Mal darauf, ehe er das Gebäck in den Mund steckte und die Augen verzückt schloss. Einen Moment lang kam er sich vor wie im Paradies.

»Schmecken Ihnen die Plätzchen, *caro*?«

Da man ihm als Kind beigebracht hatte, nicht mit vollem Mund zu sprechen, beschränkte Clark sich auf ein heftiges Nicken.

»Schön, dann bin ich zufrieden. Eigentlich habe ich sie ja für Ihren Freund gebacken, der ist ganz verrückt danach, aber heute Morgen, als ich sie in den Ofen tat, kam er die Treppe runter, grüßte mich und ward seitdem nicht mehr gesehen.«

»Ja, Giorgio hat mir gestern Abend gesagt, dass er heute ganz früh raus wollte, um an den Strand zu gehen.«

Krampfhaft versuchte Clark, das Gespräch auf das Thema zu lenken, das ihm mehr als alles andere am Herzen lag.

»Ich will ja nicht indiskret sein, aber was haben Sie denn heute Abend Wichtiges vor? Vielleicht ein galantes Rendezvous? Weisen Sie mich deswegen ab?«

Signora Marta warf ihm einen verschmitzten Blick zu.

»Aber natürlich, mein Lieber, und im Übrigen ist er viel schöner und jünger als Sie! Nein, Scherz beiseite, heute Abend findet im Castello Chiaramonte ein Empfang für diejenigen statt, die nicht zur eigentlichen Hochzeit eingeladen sind. Rosario und Lucias Vater haben das organisiert. Und offensichtlich auch erst in letzter Sekunde wie alles andere. Es werden jede Menge Anwälte und Professoren anwesend sein, samt ihrem Hofstaat aus Ehefrauen, Geliebten, Kindern und Kindeskindern. Mit einem Wort, es wird ein unglaublich lustiger Abend werden, wenn Sie verstehen, was ich meine.«

Clark starrte einen Moment auf seine Tasse, die er in der Hand hielt. Dann hob er den Blick, sah die Signora Marta an und meinte mit einem sarkastischen Lächeln: »Und sicher hat man Sie gebeten, mich ebenfalls einzuladen … Schade nur, dass ich schon etwas anderes vorhabe.«

»Ich hätte ganz und gar nichts dagegen, am Arm eines attraktiven Mannes wie Ihnen bei diesem Empfang aufzutauchen. Die anderen Frauen würden platzen vor

Neid. Das Problem ist nur, dass irgendjemand gepetzt und Rosario von Ihrer romantischen Fahrt mit Lucia nach Palermo erzählt hat. Wie es scheint, hat er das nicht sonderlich gut aufgenommen, und deshalb ist Ihre Anwesenheit bei dem Empfang nicht erwünscht. Aber falls es Sie trösten sollte – es wird bestimmt eine stinklangweilige Veranstaltung. Und seitdem man mir zu verstehen gegeben hat, dass ich aufhören soll, weiterhin gegen diese Ehe Stimmung zu machen, muss ich mich wohl oder übel damit begnügen, den Beteiligten dabei zuzuschauen, wie sie allmählich nervös werden!«

Clark nickte, nahm sich noch einen Keks und seufzte.

»Da mich anscheinend niemand dabeihaben will, bleibt mir wohl nichts anderes übrig, als mich mit Schokoladenplätzchen zu trösten! Soll heißen, dass ich den Abend hier verbringen und mir zusammen mit meinem Freund Giorgio die letzten Kekse zu Gemüte führen werde.«

Gleich nach dem Mittagessen eilte Signora Giglio zum Friseur. Sie wollte sich für den abendlichen Empfang verschönern lassen, um mit den vielen jungen und attraktiven weiblichen Gästen mithalten zu können.

Clark blieb zu Hause und wartete ungeduldig auf Giorgios Rückkehr. Wie immer saß er auf den Stufen zur Eingangstür. Irgendwie war es tatsächlich frischer geworden: Vielleicht hatte sein imaginärer Biologen-Freund doch recht gehabt. Der kühle Wind ließ Clark frösteln, und er schlang die Arme um die Brust.

Noch immer keine Spur von Giorgio Rizzo. Allmählich begann Clark, sich ernsthaft Sorgen zu machen. Die Sonne sank tiefer in Richtung Horizont, und bald würde die Dunkelheit ihren Schleier auch über diesen Tag werfen, den x-ten von vielen Tagen, an denen er Lucia nicht hatte sehen können. Aber warum sitze ich dann eigentlich noch hier herum und unternehme nichts?, fragte er sich und stand auf. Er wollte gehen, wusste aber nicht, wohin.

Er hatte kaum das Tor erreicht, als er Giorgio sah, der ihm gemächlich entgegenschlenderte.

»Mann, wo bleibst du denn! Ich dachte schon, die sizilianische Mafia hätte dich aus dem Weg geräumt.«

Giorgio blieb vor ihm stehen und schüttelte ihm mit einem breiten Grinsen die Hand.

»Das sollen die mal versuchen!«

Clark platzte vor Neugier. Er musste unbedingt wissen, was sein neuer Freund in Erfahrung gebracht hatte. Und so packte er ihn am Arm und zog ihn zurück in Richtung Haus.

»Und? Hast du etwas Interessantes herausgefunden?«

Giorgio Rizzo betrachtete ihn mit zufriedener Miene.

»Wir haben voll ins Schwarze getroffen, Clark! Es ist genau so, wie wir dachten.«

In der Küche sah Giorgio sich vorsichtig um, ehe er mit gedämpfter Stimme fragte: »Ist Marta im Haus?«

»Nein, sie ist unterwegs, um sich vorzubereiten. Erst Schönheitssalon, dann Friseur, und danach noch ein Termin bei der Schneiderin oder so was in der Art. Heute

Abend gibt es einen großen Empfang für alle Gäste, die nicht zur eigentlichen Hochzeitsfeier eingeladen sind.«

Giorgio nickte und trank die Flasche Bier, die Clark ihm hinhielt, auf einen Zug halb aus.

»Aaah! Das habe ich jetzt dringend gebraucht, ich war schon am Verdursten. Es geht doch nichts über ein kühles Bier, nicht wahr?«

Clark setzte sich und forderte den Freund ungeduldig auf, endlich zu erzählen.

»Nun red schon!«

»Ich bin also in das Restaurant und habe mich nach dem Besitzer erkundigt. Erst haben sie mich mehr als zehn Minuten lang warten lassen, aber dann ist dieser Kerl mit dem Gesicht eines Frettchens aufgetaucht und hat mich in sein Büro geführt. Wie verabredet, habe ich mich als Freund von Rosario ausgegeben und ihn gebeten, mir das Buch mit den Reservierungen zu zeigen.«

Giorgio unterbrach seine Erzählung, um sein Bier in großen Schlucken auszutrinken. Dann sah er Clark eindringlich an.

»Du kannst dir mein Gesicht vorstellen, als ich dort las, dass die Reservierung für das Hochzeitsessen bereits vor zwei Monaten gemacht wurde. Und zwar von einem gewissen Rosario Mirabello.«

Clark war für einen Moment fassungslos. In seinem Gesicht spiegelte sich blankes Unverständnis.

»Aber dann …«

Giorgio unterbrach ihn mit einer beschwichtigenden Geste.

»Hab Geduld, lass mich ausreden. Überzeugt, diesen Weg umsonst gemacht zu haben, habe ich das Restaurant also wieder verlassen, aber gerade als ich die Autotür öffnen wollte, hörte ich, wie jemand meinen Namen rief. Als ich mich umdrehte, stand ein junger Kellner vor mir. Der hat erst herumgedruckst und mir dann erklärt, dass in dem Lokal nur Hungerlöhne bezahlt würden. Und dass er mir eventuell helfen könnte, falls ich Informationen bräuchte. Ich habe ihn aufgefordert, zu mir ins Auto zu steigen, einen Fünfzig-Euro-Schein gezückt und mir angehört, was er zu sagen hatte. Er hat sich nicht lange bitten lassen, auch wenn er sofort klarmachte, dass diese Information vertraulich ist und er sie leider nicht offiziell bestätigen könnte, weil er sonst einen Riesenärger bekommt.« Er schenkte Clark einen bedeutungsvollen Blick. »Und jetzt halt dich fest. Wie es aussieht, ist Rosario tatsächlich erst vor zwei Wochen im Restaurant aufgetaucht und hat dem Besitzer ein dickes Trinkgeld gegeben, damit er in das Reservierungsbuch das Datum schreibt, das ich gelesen habe. Und den Mund hält. Du hattest also recht. Dieser Hundesohn hat gelogen, was die Hochzeit betrifft. Er hat Lucias Gedächtnisverlust schamlos ausgenutzt, um sein Ziel zu erreichen. Offenbar hat er ihr erfolgreich eingeredet, dass alles schon längst abgesprochen war und dass sie ihn heiraten wollte. So sieht's aus, nicht wahr?«

Clark wusste nicht sofort etwas darauf zu erwidern. Eigentlich hätte ihn diese Neuigkeit glücklich machen müssen, aber noch nie im Leben hatte er sich so besiegt gefühlt wie in diesem Moment. Schnell überschlug er, wie viel Zeit ihm noch blieb, seine Prinzessin aus dem Turm des bösen Zauberers zu befreien.

Giorgio legte ihm freundschaftlich eine Hand auf die Schulter.

»He, Clark! Alles klar? Woran denkst du?«

Clark hob den Kopf und sah Giorgio aus fiebrig glänzenden Augen an.

»Daran, dass übermorgen die Hochzeit stattfinden wird und dass Rosario es geschafft hat, mich nach Strich und Faden zu verarschen.«

»Und was willst du jetzt machen?«

Clark lächelte, auch wenn man ihm aus hundert Metern Entfernung ansehen konnte, dass dieses Lächeln nicht von Herzen kam. Dann trat er ans Fenster und betrachtete nachdenklich seine Harley Davidson, die vor dem Haus geparkt war.

»Ich glaube, ich werde erst mal eine Runde auf der Maschine drehen. Dabei fällt mir normalerweise immer etwas ein …« Er ging nach oben auf sein Zimmer, um seine Lederjacke zu holen.

Als sie wenig später zusammen draußen standen, strich Giorgio voller Bewunderung über den schwarzen Ledersattel des Motorrads.

»Weißt du, als junger Mann hatte ich auch mal so eine. Aber ich war damals gezwungen, sie zu verkaufen, weil ich dringend Geld brauchte.«

Clark, der die Sehnsucht in Giorgios Blicken sah, drückte ihm gerührt den Schlüssel in die Hand.

»Na, wenn das so ist, musst du unbedingt mal eine kleine Spritztour machen. Was ist? Hast du Lust?«

Giorgio riss die Augen auf und grinste breit.

»Du würdest mich damit fahren lassen? Sicher?«

»Schließlich hast du fünfzig Euro für mich investiert. Aber deine freundschaftliche Unterstützung ist mir weitaus mehr wert als das Geld. Los, nimm den Schlüssel! Aber bau keinen Unfall.«

Giorgio bedankte sich überschwänglich. Begeistert wie ein Halbstarker schwang er sich auf das Motorrad, setzte Clarks Helm auf und schob die Harley vom Ständer. Dann startete er, ließ ein paar Mal den Motor aufheulen, um sich an dessen sattem Klang zu erfreuen, und brauste davon.

Die Hände in die Hüften gestützt begutachtete Clark mit anerkennender Miene Giorgios rasanten Start. Nachdem dieser in den kleinen Weg eingebogen war, verschwand er aus Clarks Blickfeld, und das Dröhnen des Motors entfernte sich. Doch kurz darauf hörte man ein hässliches metallisches Knirschen, und gleich darauf ertönte ein Schmerzensschrei.

Clark rannte zu Giorgio, den er am Boden liegend vorfand. Er stöhnte laut und umklammerte mit beiden Händen sein Bein. Am Tor waren deutliche Spuren eines heftigen Aufpralls zu sehen.

Clark kniete sich neben Giorgio, löste den Kinngurt des Helms, schob beide Arme unter seine Schultern, hievte den Verletzten in eine sitzende Position und lehnte ihn mit dem Rücken an die Mauer.

»Tut mir leid, das ist alles nur meine Schuld. Ich hätte dich nicht fahren lassen sollen nach so langer Zeit.«

Giorgio schüttelte mehrmals heftig den Kopf. Ohne die Hände von seinem Bein zu nehmen, stieß er schmerzverzerrt hervor: »Nein, nein, Clark, hör mir zu, die Bremsen … sie haben nicht funktioniert, ich …« Einen Moment lang verstummte er, weil der Schmerz ihm den Atem nahm. »Ich habe gebremst, aber die Maschine hat nicht reagiert.«

Mit bleichem Gesicht deutete er auf sein Bein,

»Es ist wahrscheinlich gebrochen. Rufst du bitte einen Krankenwagen? Ich glaube, ich werde gleich ohnmächtig.«

Clark holte sein Handy heraus, wählte die Notfallnummer und lief rasch ins Haus. Dort holte er ein Sofakissen, riss eine Flasche Brandy aus dem Küchenregal und kehrte zu seinem verletzten Freund zurück.

Glücklicherweise war Giorgio nicht in Ohnmacht gefallen. Im Gegenteil, es schien ihm besser zu gehen. Er hatte sich aufgestützt und musterte misstrauisch die zerbeulte Harley.

»Hier! Trink einen Schluck«, befahl Clark. »Im Film wirkt das immer! Der Krankenwagen wird in ein paar Minuten hier sein.«

Giorgio zeigte mit ausgestreckter Hand auf die dunkle Spur, die den Fahrtweg des Motorrads markierte.

»Schau mal, irgendjemand hat den Schlauch für die Bremsflüssigkeit durchgeschnitten. Das war kein Unfall … da hatte es jemand auf dich abgesehen.« Er ließ sich wieder zurücksinken.

»Das gibt's doch nicht!«

Clark bückte sich, stopfte das Kissen unter Giorgios Kopf und sah sich dann mit ungläubiger Miene sein Motorrad an.

»Du hast recht! Der Schlauch ist wirklich durchtrennt worden. Ein ganz glatter Schnitt.« Er schüttelte den Kopf. »Aber das ist doch absurd! Das ist ja ein echter Anschlag. Meine Güte, du hättest tot sein können. Wie es aussieht, hat es dich an meiner Stelle erwischt. Tut mir leid.«

Giorgio schüttelte den Kopf und biss mit schmerzverzerrter Miene die Zähne zusammen.

»Unfug! Alles halb so wild. Es geht schon wieder. Und vielleicht habe ich dir sogar das Leben gerettet.«

Während in der Ferne bereits die Sirene zu hören war, setzte Clark sich neben Giorgio auf den Boden.

»Aber wer macht so etwas?«

Sie sahen sich an und sagten beide wie aus einem Munde: »Rosario!«

Clark ballte wütend die Fäuste und stand wieder auf. Der finstere Blick, den er Giorgio zuwarf, verhieß nichts Gutes. Inzwischen war der Krankenwagen vor dem Anwesen zum Stehen gekommen, und zwei Sanitäter liefen herbei.

Giorgio sah Clark auffordernd an und nickte lächelnd.

»Geh ruhig, mein Freund. Der Augenblick ist gekommen, um deine wahre Identität zu enthüllen. Du kannst doch nicht zulassen, dass Lucia so einen Mann heiratet. Nicht wahr?«

Clark schwankte. Eigentlich wollte er seinen Freund unter diesen Umständen nicht allein lassen, doch die Zeit drängte.

»Soll ich dich nicht lieber ins Krankenhaus begleiten?«

Die Sanitäter hatten Giorgio mittlerweile auf eine Bahre gelegt. Bevor sie ihn in den Krankenwagen schoben, drückte er noch einmal Clarks Hand.

»Ich warte dort auf dich, keine Angst. Und jetzt lauf, und verlier nicht noch mehr Zeit! Polier diesem Hundesohn die Fresse!«

Clark sah dem Krankenwagen nach, der sich mit heulenden Sirenen entfernte. Die Vorstellung, dass Giorgio mit gebrochenem Bein dort drinnen lag, verstärkte noch seine Wut und seinen Hass auf diesen Menschen, der die Bremsen seines Motorrads manipuliert hatte. Ganz zu schweigen von der Gehirnwäsche, die er Lucia verpasst hatte.

9

Unter Feinden

Auf dem Felsvorsprung eines Vorgebirges errichtet, überragte das Castello Chiaramonte mit seinen einst zinnenbewehrten Türmen das Dorf und das malerisch am Mittelmeer gelegene Tal. Arabischen Ursprungs, hatte es im Lauf der Jahrhunderte viele Herren unterschiedlichster Herkunft kommen und gehen sehen, die den weitläufigen Hallen ihren architektonischen Stempel aufdrückten.

Clark parkte Giorgio Rizzos Wagen in gebührendem Abstand und setzte seinen Weg zu Fuß fort. Er wusste nur allzu gut, dass die Türsteher ihn in diesem Aufzug niemals ins Kastell lassen würden. Da er zudem nicht in der Stimmung war, sich irgendeine Geschichte auszudenken, musste er sich etwas anderes einfallen lassen.

Schließlich entdeckte er eine Stelle in der Außenmauer, die wesentlich niedriger und deshalb leichter zu überwinden war. Hastig sah er sich um, ehe er schwungvoll darübersetzte und unsanft auf dem Boden landete. Zum Glück befand sich niemand auf der anderen Seite der Mauer.

Leider hat man mich über den Dresscode nicht aufgeklärt, dachte er grimmig, als er sich die Kleider ausklopfte, aber das bisschen Staub schadet sicher nicht.

Er ließ den Blick nach rechts und links über die Fassade des Castellos mit den hell erleuchteten Fenstern schweifen, und für einen Moment verließ ihn der Mut. Wie gern hätte er dort drinnen einen glücklichen Abend verbracht und vielleicht den Polterabend eines Freundes gefeiert oder gar – warum nicht? – seinen eigenen, mit Lucia im Arm. Was für ein romantischer Ort voller Magie!

Stattdessen war er gekommen, um allen den Abend und das Fest zu ruinieren und sich eventuell sogar eine Tracht Prügel einzufangen. Und zu allem Überfluss musste er damit rechnen, dass sein Auftritt zu nichts führen würde. Wäre es nicht besser, auf der Stelle umzukehren und nach Hause zu fahren? Doch die Wohnung in Rom kam Clark plötzlich hässlich und leer vor, und die Vorstellung, nicht nur seinen wohlmeinenden Ratgebern, sondern vor allem sich selbst gestehen zu müssen, dass er nicht nur kläglich versagt hatte, sondern auch noch feige davongelaufen war, erschien ihm unerträglich. Nein. Er war schließlich aus einem guten Grund hier, und so ließ er sich von den Klängen eines langsamen Walzers in Richtung des Festsaals leiten.

Unbemerkt stieg er durch ein Fenster im Erdgeschoss ein. Fast hätte er sich an den Kerzen auf der Fensterbank verbrannt. Er sprang hinunter und fand sich auf einem breiten, mit Marmorplatten auslegten Korridor wieder.

Als Clark den festlich geschmückten Saal betrat, musterten ihn einige der Gäste streng von Kopf bis Fuß. Doch die meisten der Anwesenden nahmen ihn nicht zur Kenntnis, so als sei er unsichtbar oder ein dienstbarer Geist, nur gekommen, um eine Glühbirne auszuwechseln oder den Kabelsalat der Stereoanlage zu entwirren. Mit den Ellenbogen bahnte Clark sich seinen Weg durch die Festgäste, die indigniert zurückwichen und sich kopfschüttelnd darüber empörten, dass ein so nachlässig gekleideter Mensch es wagen konnte, ihre kostbare Abendgarderobe zu streifen.

Mit einem Mal teilte sich die Menge und gab den Blick frei auf den strahlenden Bräutigam, der einen maßgeschneiderten Anzug und eine weiße Rose im Knopfloch trug. Clark presste entschlossen die Kiefer aufeinander und hielt auf ihn zu, als existierte nur er auf dieser Welt.

Ein Raunen ging durch den Saal, und alle Augen blickten in seine Richtung.

Bei Clarks Anblick zuckte Rosario überrascht zusammen. Dann verzog er den Mund, als wäre ihm soeben in einem Fünf-Sterne-Hotel eine Küchenschabe vor die Füße gelaufen.

»Was hast du hier zu suchen?«

Sein arroganter Tonfall und die angewiderte Miene wirkten auf Clark wie das berühmte rote Tuch auf den Stier. Da es nicht viel zu sagen gab und der Saal voller potentieller Feinde war, die nur allzu bereit schienen, sich auf ihn zu stürzen, musste er diesen Moment, in dem alle noch wie erstarrt herumstanden, zu seinem Vorteil nutzen. Mit Sicherheit ist Gewalt keine Lösung, aber bisweilen ergreift ein Dämon Besitz von uns und führt uns die Hand. In diesem Fall schien der Dämon, der soeben in Clark gefahren war, Rosario Mirabello keine große Sympathie entgegenzubringen, denn er fand augenscheinlich nichts dabei, diesem einen rechten Haken zu verpassen, der eines Bud Spencers zu seinen besten Zeiten würdig gewesen wäre.

Der Sohn eines der renommiertesten Anwälte der Gegend ging unter allgemeinem Geraune zu Boden, und Clark beschloss, nun ganze Arbeit zu leisten. Er packte Rosario am Kragen, schleifte ihn ein paar Meter weiter und schleuderte ihn gegen ein Tisch, auf dem ein Teil des Büfetts angerichtet war.

Doch da verflog die lähmende Starre, welche die Anwesenden für ein paar Sekunden erfasst hatte, und vier Bodyguards packten Clark und nagelten ihn buchstäblich an die Wand. Als er so dastand, mit dem Rücken zur Mauer, konnte er gerade noch denken: Und was jetzt?

Aus dem Stimmengemurmel der Umstehenden, die fassungslos die Szene beobachtet hatten, ertönten jetzt verhaltene Kommentare.

Rosario rappelte sich mit Hilfe seines Vaters, der entsetzt herbeigeeilt war, mühsam auf, fasste sich an die blutende Lippe und warf Clark einen verächtlichen Blick zu. Zwei oder drei andere Helfer beeilten sich, ihm den Staub vom Anzug zu klopfen und ihn vor allem von dem Eiersalat zu befreien, in dem er sich unfreiwillig gewälzt hatte.

Lucia hatte eine Hand vor den Mund geschlagen und starrte entsetzt von einem zum anderen. Alle schienen irgendwie darauf zu warten, dass die beiden Männer sich zu dem Geschehen äußerten.

»Wie kannst du es nur wagen, du widerlicher Penner?!« Mehr brachte Rosario allerdings nicht heraus. Er schien nicht in der Verfassung für eine ausführlichere Diskussion zu sein.

In diesem Moment kam Lucias Vater mit weiteren Männern vom Sicherheitsdienst angelaufen und deutete auf Clark, als wüssten es nicht längst schon alle.

»Da ist er. Dieser Kerl ist hier eingedrungen und plötzlich ohne jeden Grund auf meinen zukünftigen Schwiegersohn losgegangen!«

»Ohne jeden Grund? Dieser feine Herr hat die Bremsen meines Motorrads manipuliert, um mich aus dem Weg zu räumen!«

Signor Leonardi stellte sich demonstrativ neben Rosario.

»Das ist eine schwere Anschuldigung, Freundchen. Ich glaube nicht, dass du das beweisen kannst!«

Clark warf einen Blick in die Runde, ehe er sich wieder auf Rosario konzentrierte.

»Zufällig habe ich heute mein Motorrad meinem Freund Giorgio geliehen, der jetzt mit gebrochenem Bein im Krankenhaus liegt. Und dabei hat er noch Glück gehabt!«

Signora Marta riss ungläubig die Augen auf.

Jetzt ergriff Signor Leonardi wieder das Wort.

»Das tut mir leid für Ihren Freund, aber was hat Rosario damit zu tun? Das ist ja lächerlich! Warum sollte er so etwas tun? «

Clark suchte Lucias Blick, denn nun war der Augenblick der Wahrheit gekommen. Natürlich war ihm klar, dass er in den Augen der Umstehenden wie ein betrunkener Idiot erscheinen musste. Einer von der Sorte, der unverständliches Zeug brabbelt und gegen Gott und die Welt wettert. Als er endlich Lucias Gesicht entdeckte, hatte er allerdings den Eindruck, dass wenigstens sie geneigt war, ihm unvoreingenommen zuzuhören. Und das genügte ihm.

»Weil er verhindern will, dass ich mir das zurückhole, was er mir mit einem schmutzigen Trick gestohlen hat.«

Rosarios Vater trat drohend auf ihn zu.

»Überlegen Sie sich genau, was Sie da sagen!«

Rosario, der sich bisher nicht geäußert hatte, brach in schallendes Gelächter aus.

»Warte, *papà*, lass ihn doch ausreden. Ich bin sehr neugierig zu erfahren, was ich ihm mit einem ›schmutzigen Trick‹ weggenommen habe.«

Clark ballte die Fäuste. Am liebsten hätte er noch einmal zugeschlagen. Wie konnte dieser Typ nur so unverfroren sein? Jedoch keine schlechte Strategie.

»Du stellst dich wohl absichtlich dumm, was? Die Frau, die ich liebe, und die niemals eingewilligt hätte, dich zu heiraten, wenn sie nicht ihr Gedächtnis verloren hätte.«

Das Gemurmel wurde lauter, und Lucia, die nun unversehens im Mittelpunkt der Aufmerksamkeit stand, trat einen Schritt vor.

»Was soll das heißen?«

Okay, Junge, der Moment ist gekommen, sagte sich Clark und flehte alle guten Geister an, ihn zu inspirieren. Entschlossen richtete er seinen Blick auf Lucia.

»Lucia, ich weiß nicht, wie ich es dir anders sagen soll. Du hast einmal gemeint, dass man die Liebe nicht vergessen kann. Vielleicht hast du recht damit, und irgendwo tief in dir ist sie noch lebendig, die Erinnerung an die Monate, die wir beide miteinander verbracht haben. Wir haben uns in der Redaktion des *Eco di Roma* kennengelernt, und für mich war vom allerersten Augenblick an alles klar. Stundenlang, tagelang haben wir zusammen Rom erkundet, erinnerst du dich nicht? Der Schildkrötenbrunnen im Ghetto, die Terrasse des Restaurants *Les Etoiles*, wo du mir von deinem Lieblingsfilm erzählt hast: *Schlaflos in Seattle*. Das Gedicht von Robert Frost, das du so sehr magst. Ich könnte noch endlos so weitermachen und dir tausend kleine Details nennen, wie sie nur Verliebte einander in kürzester Zeit anvertrauen.«

Das bestürzte Schweigen der Umstehenden ermutigte ihn, fortzufahren.

»Ich weiß, dass es nicht leicht ist, mir zu glauben, aber ich kenne dich in- und auswendig. Ich kenne dich, wie kein anderer Mensch hier drinnen. Und ich kann nicht zulassen, dass dich mir jemand mit einem billigen Betrug wegnimmt. Ich liebe dich. Was soll ich diesen drei Wörtern als Erklärung noch hinzufügen? Es ist so einfach, dass es schon wieder kompliziert erscheint.«

Signora Giglio stieß einen verträumten Seufzer aus. Dies war nun wahrlich nicht überraschend. Viel merkwürdiger jedoch war der Umstand, dass auch die anderen Gäste sich auf die Seite dieses Verrückten zu schlagen schienen, der es wagte, die Konventionen herauszufordern.

Rosario bemerkte, dass Clark mit seiner engagierten Rede die Aufmerksamkeit der Festgäste erregt und an ihre Gefühle appelliert hatte. Rasch fiel er ihm ins Wort.

»Der Kerl lügt wie gedruckt. Nicht ein einziges Wort ist wahr, das versichere ich euch! Das sind nichts als die Erfindungen eines kranken Hirns! Dieser Amerikaner ist doch nur ein großkotziger Hochstapler!«

Zustimmendes Gemurmel vonseiten der Festgesellschaft, als wäre mit einem Schlag die Erkenntnis durchgesickert, dass sich hier ein Fremder gegen die wichtigsten Familien der Gegend stellte und es gegen alle Regeln verstieß, ihm auch nur einen Hauch von Wohlwollen entgegenzubringen.

Clark gab sich jedoch noch nicht geschlagen.

»Lucia, hör mir zu, ich bitte dich! Du wolltest diesen Mann nicht mehr heiraten. Du bist nach Siculiana zurückgekommen mit der festen Absicht, die Verlobung mit ihm zu lösen! Das musst du mir glauben!«

Lucia war plötzlich weiß wie die Wand. Schwankend legte sie eine Hand an ihr Herz und blickte mit geweiteten Augen von einem zum anderen.

Rosarios Mutter sah, wie ihre zukünftige Schwiegertochter wankte, und rief mit einem besorgten Blick ihren Mann zu Hilfe. Und so beschloss Anwalt Mirabello, sich zu Wort zu melden, bevor die Situation noch weiter eskalierte. Der Gedanke, dass diese Farce sich vor den Augen aller abspielte und seine ganze Familie blamierte, war unerträglich. Er näherte sich dem aufgebrachten Amerikaner, legte ihm eine Hand auf die Schulter und begann, in freundschaftlichem Tonfall auf ihn einzureden.

»Junger Mann, wir Sizilianer sind bekannt für unsere Gastfreundschaft. Wir nehmen Fremde mit offenen Armen bei uns auf, als seien sie Brüder. Siehst du dieses wunderbare Kastell? Siehst du alle diese Menschen? Unter ihnen die wichtigsten und von allen respektierten Mitglieder unserer Gesellschaft. Wir haben sie eingeladen, um gemeinsam mit uns eine anstehende Hochzeit zu feiern, auf die wir uns seit Jahren freuen.«

Der Anwalt deutete mit einer weit ausholenden Geste auf die Festgäste, bevor plötzlich alle Freundlichkeit aus seiner Stimme wich und er mit drohendem Unterton fortfuhr: »Du lässt es jedoch an Respekt fehlen und spuckst auf unseren Empfang. Heimlich und wie der letzte Herumtreiber gekleidet schleichst du dich auf dieses Fest, schlägst meinen Sohn nieder und beschuldigst ihn übelster Verbrechen. Meinen Sohn, der immer ein ehrlicher Mensch war. Das können hier alle bezeugen. Und nicht nur das. Du bewirfst auch noch dieses Mädchen mit Schmutz, die die Reinheit in Person ist. *Du* bist derjenige, der ihren Gedächtnisverlust ausnutzt, um sie zu verwirren! Ich glaube, dass ich im Namen aller spreche, wenn ich sage, dass du zu weit gegangen bist. Du bist hier nicht willkommen. Du hast hier nichts verloren. Es sei denn, du kannst deine infamen Anschuldigungen beweisen, was ich jedoch nicht glaube. Sonst hättest du deine Beweise schon längst offenbart – statt dich in gemeinen Äußerungen zu ergehen, mit denen du diese Menschen hier beleidigt hast.«

Clark sah den einen oder anderen nicken, offenbar hatten die Worte des Anwalts überzeugt. Dank seiner langjährigen Erfahrung vor Gericht war es Mirabello gelungen, mit wenigen Sätzen das Pendel zu Rosarios Gunsten ausschlagen zu lassen. Doch Clark ließ sich davon nicht beeindrucken. Sollten die anderen doch glauben, was sie wollten, auf ihr Wohlwollen konnte er gut verzichten. Ihn interessierte lediglich das, was Lucia dachte. Und so wandte er sich erneut mit fester Stimme an sie, nicht jedoch ohne zuvor die Hand des Anwalts von seiner Schulter zu schieben.

»Hör mich an, Lucia. Tief in deinem Herzen weißt du ganz genau, dass du Rosario nicht liebst. Und das weiß auch deine Großmutter, offenbar der einzige Mensch, dem etwas daran liegt, dass du dich frei entscheiden kannst. Lass dich nicht verwirren. Lass dich nicht bedrängen. Du wirst sehen, die wahre Lucia wird zurückkehren und begreifen, was sie wirklich will. Nur lass nicht zu, dass es dafür irgendwann zu spät ist!«

Signora Giglio wollte sich gerade zu Wort melden, als ein warnender Blick ihres Schwiegersohns sie davon abhielt. Und Rosario hielt nun den Moment für gekommen, diesem Spiel endgültig ein Ende zu setzen, aus Angst, all dieses Gerede könnte Lucia letztendlich doch noch dazu veranlassen, die Hochzeit zu verschieben.

»Ich denke, wir haben jetzt genug gehört!«, rief er und winkte die beiden Rausschmeißer herbei. »Werft diesen Verrückten hinaus! Bevor ich noch auf die Idee komme, ihn anzuzeigen!«

Signora Marta schien ihre anfängliche Furcht, die Familie zu verärgern, über Bord geworfen zu haben und meldete sich nun doch zu Wort.

»Aber er hat recht! Ich war nie einverstanden mit dieser überstürzten Hochzeit! Es kam mir die ganze Zeit über schon seltsam vor, dass Lucia die geplante Hochzeit am Telefon nie erwähnt hat. Sie hat nicht ein Mal von dem Termin gesprochen. Und schließlich hat sie mich jeden Tag angerufen aus Rom!«

Ein Lächeln breitete sich auf Clarks Gesicht aus, und er nickte beifällig in Martas Richtung. Diese jedoch blieb weiterhin ernst und fuhr nach einem tiefen Seufzer fort: »Aber dann hat Lucia mir den Ring gezeigt, den sie seit Rosarios Antrag am Finger trug. Das hätte sie wohl nicht getan, wenn sie seinen Antrag nicht angenommen hätte. Da habe ich begriffen, dass die Liebe oft seltsame Wege geht und dass ich nicht das Recht habe, für andere zu entscheiden. Ich gebe zu, ich habe meine Bedenken, was Rosario angeht, aber Lucia hat seinen Ring angenommen, und deshalb bleibt mir nichts anderes übrig, als ihre Wahl gutzuheißen.«

Clark blieb vor Verblüffung der Mund offenstehen. Aber nicht aus Enttäuschung über das, was Marta gesagt hatte. Warum war er darauf nicht schon selbst gekommen? Der Ring! Wie hatte er nur so dumm sein können? Natürlich hatte auch er den Ring an Lucias Hand bemerkt, und das mehr als ein Mal.

Er lächelte still in sich hinein. Sollten sie ihn doch alle für verrückt halten. Sie würden schon sehen, wer hier der Verrückte war!

»Ihr wollt einen Beweis? Recht habt ihr. Ich hatte gehofft, nicht so weit gehen zu müssen. Ich hatte gehofft, mein Appell an die Stimme des Gewissens würde genügen. Aber ich scheine mich getäuscht zu haben, und so bleibt mir nichts anderes übrig, als Fakten sprechen zu lassen.«

Rosario wurde bleich. Er bebte vor Wut, als er Clark plötzlich wieder so selbstsicher auftreten sah. Alle hingen an den Lippen des Fremden.

»Der Ring! Dieser Ring hat meiner Mutter gehört, und ich habe ihn Lucia am Tag ihrer Abreise geschenkt. Ich habe keine Ahnung, wie dieser Mensch auf die Idee kommt, ihn als seinen Verlobungsring auszugeben. Der Name meiner Mutter ist in diesen Ring eingraviert. Und er ist das einzige Andenken, das ich an sie habe.«

Unruhiges Gemurmel erhob sich im Raum, als Clark nun zu Lucia trat und ihre Hand ergriff. Dann wurde es plötzlich ganz still. Signora Marta drängte sich nervös an ihre Tochter Maria, die wiederum ihrem Mann einen fragenden Blick zuwarf. Doch keinem fiel das boshafte Lächeln auf, das Rosarios Lippen umspielte.

Lucia sah Clark in die Augen, während sie es zuließ, dass er ihr den Ring vom Finger zog. Es fehlte nicht viel, und auch sie wäre überzeugt gewesen.

Triumphierend hielt Clark den Ring in die Höhe, um ihn allen zu zeigen, ehe er ihn näher untersuchte.

Doch dieses Mal war er es, der erbleichte und erstarrte.

Rosario trat zu ihm, nahm ihm den Ring aus der Hand und las laut vor.

»Hier steht ›Rosario‹! Begreift ihr nun endlich, dass wir es mit einem krankhaften Lügner und Stalker zu tun haben? Mag sein, dass er in Lucia verliebt ist. Das ist vielleicht nicht mal gelogen. Und ich kann ihn da wohl am besten verstehen.« Der Bräutigam verstummte, um seiner Zukünftigen einen Kuss auf die Wange zu geben.

»Möglicherweise hat er von ihrem Unfall und der Amnesie erfahren und ist mit dem Plan hierhergekommen, ihre Lage für sich auszunützen. Er konnte schließlich nicht wissen, dass wir heimlich schon längst beschlossen hatten, zu heiraten. Und jetzt, entschuldige bitte …«, er versetzte seinem Rivalen einen generösen Nasenstüber, »… jetzt haben wir genug gelacht. Du hast Glück, dass heute ein Festtag ist und wir in großzügiger Stimmung sind. Und jetzt verschwinde und lass dich in Siculiana nie mehr blicken.«

Zwei Männer fassten Clark am Arm, um ihn zur Tür zu geleiten. Wie betäubt suchte er ein letztes Mal Lucias Blick. Ihre Augen flossen über vor Traurigkeit und Mitleid.

Ein letztes Mal bäumte er sich auf. »Das ist nicht möglich! Du hast die Gravur geändert … Aber früher oder später wirst du für das bezahlen, was du getan hast! Glaub ja nicht, dass du ungeschoren davonkommst!«

Clark schrie und trat um sich, während die beiden

Rausschmeißer ihn fester packten und in Richtung Ausgang schleiften.

Die Gäste betrachteten ihn teils mit Verachtung, teils voller Mitgefühl. Manche sahen in ihm einen Verrückten und tippten sich ungerührt mit dem Finger an die Stirn, andere schüttelten den Kopf und murmelten: »Der Arme!«

Clarks Blicke irrten noch immer ungläubig durch den Saal. Geschlagen musste er mit ansehen, wie Rosario selbstgefällig den Arm um Lucias Taille legte, die weiß wie die Wand war und ihm bedauernd nachsah.

Nein. Man konnte wirklich nicht sagen, dass dieser Abend in irgendeiner Weise gut gelaufen war.

10

Die Nacht der Schildkröten

Als Clark endlich im Krankenhaus eintraf, war es bereits tief in der Nacht. Am nächsten Morgen wollte er sich auf die Suche nach einer Werkstatt machen, um sein Motorrad reparieren oder zumindest so weit herrichten zu lassen, dass er damit zurück nach Rom kam.

Irgendwie gelang es ihm, die Schwester von der Nachtschicht so lange zu beschwatzen, bis sie ihm erlaubte, zu seinem Freund ins Zimmer zu schlüpfen, auch wenn die offiziellen Besuchszeiten schon längst vorbei waren. Zum Glück. Denn wo hätte er sonst bleiben sollen in dieser Nacht?

Die Reisetasche in der Hand, trat Clark leise ins Zimmer. Er ließ die Tür einen Spalt offen, damit er sich in dem schwachen Licht, das vom Gang hereinfiel, besser zu orientieren vermochte. Vorsichtig schob er sich einen Stuhl ans Fenster und schaute auf die dunklen Silhouetten der Hügel, die das Krankenhaus umgaben. Tausend Sterne funkelten an einem pechschwarzen Himmel. Sein Freund Giorgio schien mit Schmerzmitteln vollgestopft zu sein, denn er schlief friedlich wie ein Baby, obwohl sein rechtes Bein in einem schräg nach oben verlaufenden Streckverband fixiert war.

Ich komme mir vor wie in einem schlechten Film. Dieser Mistkerl. Er hat wirklich an alles gedacht. Und ich an nichts. Es war alles umsonst. Vergiss sie einfach! Es ist aus und vorbei. Das geht dich alles nichts mehr an, vielleicht haben sie recht, und du solltest hier so schnell wie möglich verschwinden.

Langsam glitt er in den Schlaf hinüber. In der Dunkelheit glaubte er, schemenhaft verschiedene Personen wahrzunehmen, denen er murmelnd Rede und Antwort stand: Lanza, Mirabello, die drei Grazien aus der Redaktion, sein Adoptivvater, der junge und der alte Barista. Eine Parade ohne Ende.

Die letzte der kleinen Meeresschildkröten, noch immer gefangen unter einer Schicht Sand, schaffte es nach zweitägiger Anstrengung endlich, sich mit ihren krallenbewehrten Flossen von den Sandkörnern zu befreien, die sie bisher daran gehindert hatten, an die Oberfläche durchzubrechen, und streckte den Kopf nach oben.

An diesem Abend, als niemand darauf achtete, tanzte Mutter Natur in Gestalt einer nächtlichen Brise barfuss am Strand von Torre Salsa und verabschiedete frohgemut das Licht des Tages. Sie bedankte sich bei der untergehenden Sonne, und dann vollendete sie in der Dunkelheit ihre Mission und berührte jedes einzelne Ei mit ihrem Zauberstab, bis sich die kleinen Schildkröten endlich frei gestrampelt hatten, um gemeinsam den Weg ins Meer anzutreten. Allein die frühe Morgenröte nahm aus dem Augenwinkel heraus das Schauspiel wahr, als die winzigen Jungtiere in das klare Wasser eines sanften Meeres tauchten.

»He, wach auf! Was gibt es Neues?«

Giorgios Stimme schien von weither zu kommen. Sie erfüllte jedoch ihren Zweck und holte Clark in die Wirklichkeit eines neuen Morgens zurück. Im ersten Moment blendete ihn das grelle Sonnenlicht, sodass er zunächst die Augen schließen musste, ehe er sich langsam an die Helligkeit gewöhnte. Einen Augenblick lang hoffte er, der gestrige Abend möge nur ein böser Traum gewesen sein. Langsam erhob er sich mit schmerzendem Rücken aus dem Stuhl, den Blick unverwandt auf die grandiose Landschaft gerichtet. Die Berge, die Felder, die Täler, hier und da ein vereinzelter Obstbaum – ein Farbenrausch aus Grün, Gelb und Orangerot bot dem Auge des Betrachters eine Landschaft voller Magie. Clark verspürte einen schmerzhaften Stich. Vielleicht aus dem Wissen heraus, dass dies ein Abschied für immer war. Giorgio beugte sich vor und entlockte dabei dem metallischen Zughaken, der sein Bein in der Schwebe hielt, ein schrilles Quietschen.

»Unglaublich diese Aussicht, was? Normalerweise sind Krankenhäuser ja immer eine recht trostlose Angelegenheit. Und die Nachtschwester müsstest du erst mal sehen. Die ist ganz nach meinem Geschmack! Ach, übrigens, sie hat mir erzählt, dass heute Nacht die Schildkröten geschlüpft sind! Jetzt haben wir das Wichtigste verpasst, so eine Schande, nicht wahr?«

Clark lächelte und holte seine Videokamera aus der Reisetasche. Grinsend trat er zu Giorgio ans Bett und reichte sie ihm.

»Da, sieh mal! Ich hoffe, dass die Aufnahmen einigermaßen gelungen sind. Ich bin nicht sehr geübt im Umgang mit diesen Dingern.«

Überrascht riss Giorgio den Mund auf. »Herr im Himmel! Du hast es geschafft, den ›Stapellauf‹ der Schildkröten zu sehen? Ich kann es nicht glauben … Du bist vielleicht ein Glückspilz, nicht wahr?«

Erst in diesem Augenblick bemerkte er, dass Clark schon lange nicht mehr lächelte.

»Was bin ich doch für ein Idiot! Entschuldige! Was ist gestern Abend passiert?«

Clark sah unwillkürlich zu seiner Reisetasche, die auf dem Boden stand. Seinem Freund genügte dieser flüchtige Blick, um den Ausgang des Zusammentreffens mit Rosario zu erahnen.

»Es ist schlecht gelaufen, nicht wahr?«

Clark nickte mit einer Miene, die wenig Raum ließ für eine andere Interpretation.

»So ist es. Na ja, wenigsten habe ich diesem Blödmann einen ordentlichen Schwinger verpasst …«

»Oh Mann. Das tut mir leid. Was ist denn schiefgelaufen?«

Ausführlich schilderte Clark die Ereignisse des vergangenen Abends.

»Dieser Mistkerl muss die Gravur in dem Ring ändern haben lassen, als Lucia noch in tiefer Bewusstlosigkeit lag. Aber was hast du jetzt vor, Clark? Willst du nach Rom zurück?«

Clark stellte sich ans Fenster und schaute hinaus. Er kehrte Giorgio den Rücken zu, damit dieser die Tränen nicht bemerkte, die ihm in die Augen traten.

»Ja, ich haue lieber ab. Hierzubleiben bringt nichts mehr. Morgen ist die Trauung, und da will ich so weit wie möglich weg sein.«

Er fuhr sich mit der Hand über die Augen, ehe er sich umdrehte und an Giorgios Bett trat.

»Und – wie geht es dir denn?«

Giorgio tippte auf den Verband.

»Ach, das ist halb so schlimm. Nur ein glatter Bruch des Schien- und Wadenbeins.«

»Das tut mir sehr leid. Ich darf gar nicht daran denken, was sich dieser Schuft geleistet hat!«

»Nein, du denkst besser nicht mehr daran. Vergiss es einfach. Ich weiß, dass ich wieder gesund werde, und das ist das Wichtigste. Das, was er dir angetan hat, ist viel schlimmer. Morgen früh kommt mein Bruder und bringt mich in eine Klinik bei uns zu Hause. Hier kann man ja nie wissen. Schließlich sind das hier alles Freunde von diesem Mirabello, nicht wahr?«

»Soll ich dir bis dahin Gesellschaft leisten?«

Giorgio schüttelte den Kopf und überreichte ihm seine Visitenkarte.

»Nein, mach dir mal keine Sorgen um mich. Nur eines würde mich freuen – ruf mich an, sobald du wieder in Rom bist.«

Clark nahm die Karte und steckte sie in seine Jackentasche.

»Okay, versprochen.«

»Gut. Und jetzt tu mir einen Gefallen. Versuch dich mit der Sache abzufinden. Ich weiß, das wird nicht einfach werden. Ich weiß, was es bedeutet, den Menschen zu verlieren, den man liebt. Als meine Frau starb, war mein Leben wie ausgelöscht, aber es kann ja nicht immer regnen … Früher oder später taucht wieder ein Hoffnungsschimmer am Horizont auf, an dem man sich festhalten kann, und das, was zuvor grau war, wird wieder bunt. In solchen Zeiten ist es am wichtigsten, dass man etwas hat, an das man glauben kann, nicht wahr?«

Mit einem Mal begriff Clark, dass jedes einzelne seiner »Nicht wahrs«, denen stets ein flüchtiger Blick gen Himmel folgte, an Giorgios verstorbene Ehefrau gerichtet war, aber er brachte nicht den Mut auf, ihn danach zu fragen. Stattdessen drückte er ihm fest die Hand, sammelte seine Sachen ein und meinte dann mit belegter Stimme: »Manchmal klingen Worte so banal und reichen nicht aus, um das auszudrücken, was man sagen will. Das bedauere ich sehr. Denn um dir meinen Dank so auszusprechen, dass es nicht formell und rhetorisch klingt, müsste man ein neues, viel stärkeres Wort erfinden. Verstehst du, was ich meine?«

»Natürlich verstehe ich dich. Es tut mir leid, wie die Sache für dich ausgegangen ist, aber glaub mir, ich habe dir gern geholfen. Und jetzt geh, sonst fangen wir am Ende noch beide an zu heulen.«

Vor dem Krankenhaus holte Clark erst einmal tief Luft, um den Kloß in seinem Hals hinunterzuschlucken. Er konnte es nicht mehr erwarten, sich den Helm aufzusetzen, sich auf sein repariertes Motorrad zu schwingen und Trost im satten Sound des Motors zu finden.

11

Nachschlag

Lucia betrat die Kirche am Arm ihres Vaters und schritt langsam zum Altar, wo Rosario sie zusammen mit Don Giuseppe erwartete, seinem Cousin, den er eigens für diese Hochzeit aus Agrigent hatte kommen lassen. Die bewundernden Ausrufe der anwesenden Gäste angesichts der strahlenden Braut in ihrem weißen Kleid wurden nur noch von den Klängen der Orgel übertönt, die den Einzug der Braut feierlich untermalten. Nachdem er seinen Schwiegervater begrüßt hatte, küsste Rosario seiner Zukünftigen galant die Hand und forderte sie auf, den Platz an seiner Seite einzunehmen.

An diesem Morgen war Lucia mit Übelkeit und Brechreiz erwacht. Ihre Mutter und *nonna* Marta hatten diese Beschwerden der Anspannung der letzten Tage zugeschrieben und versucht, die Zeichen des Unwohlseins auf dem Gesicht der Braut zu überschminken. In der Tat war die vergangene Nacht für Lucia die Hölle gewesen. Sie hatte keine Ruhe gefunden und sich mit den Worten des verzweifelten Clark im Ohr schlaflos im Bett gewälzt. Irgendwann hatte sie sogar die Nachttischlampe angemacht, den Ring abgenommen und mit dem Finger prüfend über die Gravur gestrichen. Um es anschließend sofort wieder zu bereuen. Schließlich hatte es keinen Sinn, an dem Mann zu zweifeln, dessen Frau sie werden und mit dem sie den Rest ihres Lebens verbringen würde.

Ein dümmliches Lächeln auf dem hochroten Gesicht, gab Don Giuseppe den Auftakt zu der Trauzeremonie und sprach den Segen über die Gemeinde. Auch der Bräutigam trug ein übertriebenes Lächeln zur Schau, ebenso seine Eltern und die Verwandten, die in den ersten Reihen saßen. So als spürten sie, dass nach dem Zwischenfall und der hässlichen Szene am Vorabend mit diesem abschließenden Akt ein mühevolles und schwieriges Unterfangen endlich seinen Abschluss fand. Nur Lucia schien unbeeindruckt und lauschte konzentriert jedem einzelnen Satz des Rituals, als hörte sie das alles zum ersten Mal.

Der Moment des Eheversprechens war gekommen, und nachdem Rosario mit fester, entschlossener Stimme die Worte gesprochen und der Braut dabei tief in die Augen geschaut hatte, wartete der Priester darauf, dass auch Lucia ihr Eheversprechen leistete. Doch unverständlicherweise blieb diese stumm, bis sich ein erstes überraschtes Gemurmel aus dem Kirchenschiff erhob. Es war keineswegs heiß in der Kirche, und dennoch traten nach und nach dicke Schweißperlen auf Lucias Stirn, und nicht einmal mehr das Make-up mochte ihre ungewöhnliche Blässe zu verbergen.

Rosarios Stimme und seine Frage, ob sie sich nicht wohl fühle, erreichten Lucia schon nicht mehr, und eine Sekunde später wurde ihr schwarz vor Augen. Als sie ohnmächtig zu Boden sank, hallten die entsetzten Aufschreie ihrer Mutter und der anderen Frauen in der Stille der Kirche wider. Alle stürzten zum Altar, wo die Braut besinnungslos auf den Stufen lag.

Eine Stunde später erwachte Lucia im Krankenhaus. Als sie die Augen aufschlug, sah sie ihre Großmutter an ihrem Bett sitzen.

»Was ist passiert?«

Marta strich ihr liebevoll über die Stirn und schob ihr eine widerspenstige Haarsträhne hinter das Ohr.

»Nichts, mein Schatz, du bist nur ohnmächtig geworden. Aber jetzt kannst du ganz beruhigt sein, es ist alles gut.«

Mühsam stemmte Lucia sich hoch, und ihre Großmutter schob ihr ein Kissen in den Rücken, damit sie bequemer sitzen konnte.

»Mach langsam, die Ärzte haben gesagt, du sollst dich nicht anstrengen.«

Benommen legte Lucia eine Hand an die Stirn und bewegte vorsichtig den Kopf hin und her.

»Mir platzt der Schädel. Es fühlt sich an, als würde dort drinnen einer sitzen und unablässig auf eine Pauke schlagen.«

Marta lächelte, nahm ein Glas vom Nachttisch und reichte es ihrer Enkelin.

»Hier, trink einen Schluck Wasser, das wird dir gut tun.«

Lucia nahm das Glas in beide Hände und trank aus, ohne einmal abzusetzen. Dann sah sie sich erstaunt um. Seltsam, dass nur die Großmutter bei ihr im Krankenhaus war.

»*Nonna*, wo sind denn die anderen?«

Marta ergriff behutsam Lucias Hand, rutschte näher an das Bett heran, beugte sich vor und küsste ihre Enkelin auf die Wange.

»*Nonna*, was ist los? Stimmt etwas nicht?«

»Nein, mein Schatz, im Gegenteil. Ich freue mich so für dich.«

Verständnislos schaute Lucia sie an.

»Ich verstehe ja, dass du Rosario nicht besonders magst, aber sich für mich zu freuen, weil ich vor der Eheschließung in Ohnmacht gefallen bin, das ist vielleicht doch ein wenig übertrieben. Aber du hast mir noch immer keine Antwort gegeben. Wo sind die anderen?«

Signora Marta legte einen Finger ans Kinn und tat so, als müsste sie sich heftig konzentrieren.

»Also, lass mich überlegen. Deine Mutter hat sich mit einer Tasse Kamillentee ins Bett zurückgezogen. Ich glaube, die Vorstellung, in ihrem Alter bereits Großmutter zu werden, hat sie dann doch ein wenig überfordert. Dein Vater ist zu einem langen Spaziergang aufgebrochen, und ich denke nicht, dass wir ihn so bald wiedersehen werden. Rosario hingegen ... tja, der konnte sich, sobald er von deiner Schwangerschaft erfuhr, nicht schnell genug auf das Landgut seiner Eltern zurückziehen, um dort in Ruhe nachzurechen. Aber da die Rechnung nicht aufgehen wird, glaube ich, dass wir auch ihn nicht so bald wiedersehen werden. Und das ist alles.«

Automatisch legte Lucia eine Hand auf ihren Bauch.

Ihre Großmutter wischte sich rasch über die Augen und umarmte ihre noch immer fassungslose Enkelin.

»Das ist ja unglaublich, *nonna*, ... ich werde *mamma*!? Aber Moment mal, wenn Rosario nicht der Vater ist, wer dann? Ich habe nie mit einem anderen Mann geschlafen ...«

Sie verstummte abrupt und sah ihre Großmutter irritiert an. Signora Marta nickte und sprach laut den Namen aus, den sie beide im Kopf hatten.

»Clark!«

Lucia schlug beide Hände vors Gesicht und verharrte eine Weile in dieser Haltung. Als sie ihre Großmutter erneut ansah, bemerkte sie, dass diese lächelte.

»*Nonna*, meinst du, dass ich zu ihm fahren soll, auch wenn ich mich an nichts erinnere?«

»*Cara*, er liebt dich, daran besteht kein Zweifel. Er ist bis nach Sizilien gereist, um sich das zurückzuholen, was ihm ein widriges Schicksal entrissen hat. Hätte Rosario die Dinge nicht unnötig verkompliziert, hätte er es auch geschafft, und du wärst schon längst bei ihm in Rom.«

Aufgebracht schlug Lucia mit der Faust auf ihre Bettdecke. Tränen des Zorns schossen ihr in die Augen.

»Ich wusste es! Er hat mir vom ersten Moment an gefallen, als ich ihn bei dir im Haus sah, ja … aber warum kann ich mich nicht daran erinnern, ihn zu lieben? Warum hat mich der liebe Gott so schwer bestraft?«

Signora Marta fiel ihr in den Arm und hielt sie fest.

»Sag nicht solche Dummheiten, meine Kleine. Jetzt reicht es! Komm raus aus diesem Bett und fahr zu ihm. Du hast den armen Kerl schon viel zu lange leiden lassen. Du bist nach Siculiana zurückgekommen, um uns allen zu sagen, dass du dich in Clark Kent verliebt hast. Herz und Verstand haben nichts miteinander zu tun: Mag sein, dass du dein Gedächtnis verloren hast, aber ich bin überzeugt, dass dein Herz auf eurer gemeinsamen Fahrt nach Palermo, als du ihm so nahe warst, genau wusste, woran es war! Und so wird es auch jetzt wieder sein … sobald du ihm gegenüberstehst. Such die Erinnerung an deine Liebe zu Clark nicht in deinem Kopf, sondern in deinem Herzen, mein Kind, denn dort wirst du sie finden.«

Lucia trocknete sich die Augen, schlang die Arme um den Hals der Großmutter und vergrub das Gesicht an ihrer Schulter.

Eine Woche war bereits vergangen, seit Clark aus Siculiana zurückgekehrt war. Um keine Zeit zum Nachdenken zu haben, hatte er sich sofort wieder in die Arbeit gestürzt. An diesem Nachmittag beorderte ihn Lanza in sein Büro, um ihm mitzuteilen, dass die geplante Reise nach Mailand zur Präsentation eines neuen Romans abgesagt worden sei. Clark war verärgert, weil er dringend eine Ablenkung gebraucht hätte.

»Tut mir leid, mein Junge, aber morgen erwarten wir einen Neuzugang, und ich will, dass du die neue Kollegin unter deine Fittiche nimmst. Darauf verstehst du dich ja bestens. *Capito?*«

Clark konnte es nicht fassen. Wie konnte Lanza ihm nur eine solche Aufgabe übertragen? Hatte er überhaupt kein Taktgefühl? Er wusste doch, was mit Lucia passiert war. Wie konnte er nur so unsensibel sein? Deswegen zu kündigen war vielleicht ein wenig übertrieben, aber ein gebrochenes Herz ist nicht unbedingt ein Ausbund an Vernunft. Clark liebäugelte tatsächlich einen Moment mit diesem Gedanken, ließ ihn jedoch wieder fallen, wenn auch nur aus Angst, dann ohne Beschäftigung zu sein.

Und zum Einkaufen war er Lanzas wegen jetzt auch nicht mehr gekommen. Clark beschloss, beim Chinesen um die Ecke etwas zum Mitnehmen zu bestellen, doch plötzlich verspürte er einen heftigen Widerwillen dagegen, in seine Wohnung zurückzukehren. Die Leere dort war unerträglich. Vielleicht war es besser, sich dort nur noch zum Schlafen aufzuhalten, oder – noch besser – sich gleich in irgendeinem hässlichen Ein-Sterne-Hotel einzuquartieren. Denn das entsprach genau seiner jetzigen Stimmung.

Und so setzte er sich an einen tristen Einzeltisch im *Chin Chin*, genau unter das superkitschige Bild einer Pagode am Fluss bei Sonnenuntergang, die überstrahlt war von einem neonrosa Himmel und verziert mit blinkenden Lämpchen, die sich flirrend im Wasser spiegelten. Clark vertiefte sich in die Speisekarte und nahm aus dem Augenwinkel wahr, wie die Signora Nyao leise an seinen Tisch trat und zusammen mit der üblichen heißen, parfümierten Serviette zum Händesäubern ein in buntes Papier eingeschlagenes Päckchen darauf hinterließ.

»Was ist das?«

»Geschenk fül Sie, Signol Kent.«

Clark drehte das Päckchen zwischen den Händen, hielt es an sein Ohr und schüttelte es.

»Was für eine Überraschung. Von wem ist das?«

Die Signora Nyao schnaubte, stemmte die Hände in die Hüften und sah ihn drohend an.

»Sie öffnen Paket und nicht stellen Flagen. Los, öffnen!«

Clark lächelte amüsiert.

»Aber Sie werden doch wissen, wer es Ihnen gegeben hat, oder?«

Signora Nyao beschränkte sich darauf, den Kopf zu schütteln und sich kichernd zu entfernen.

Clark wickelte das Päckchen aus. Darin befand sich eine Schachtel. Clark öffnete sie. Darin wiederum lag ein … *Ein Babyfläschchen?!* Clark nahm das Glasfläschchen heraus und drehte es vorsichtig hin und her, als hätte er Angst, es zu zerbrechen. Am Boden der Schachtel lag ein gefalteter Zettel. Clark legte ihn auf den Tisch. Da hatte sich wohl ein Kollege einen Scherz mit ihm erlaubt. Aber als er den Zettel entfaltete, fing das ganze Restaurant an, sich um ihn zu drehen.

Fang schon mal an zu üben.
Lucia

Er las die Nachricht ein zweites und ein drittes Mal. Lucia kannte er nur eine, und Babys überhaupt keines. Als er in die Höhe schnellte, kippte sein Stuhl krachend um, und alle Gäste des Restaurants sahen ihn vorwurfsvoll an.

Clark stürmte aus dem Lokal und zu seinem Motorrad. Sie war da und erwartete ihn bereits. Mit offenem Haar, vor sich einen kleinen Koffer, saß sie auf seiner Harley.

Langsam, als hätte er Angst, diese schöne Vision könnte sich in Luft auslösen, trat Clark näher.

Sie wartete, bis er nur noch wenige Schritte entfernt war, dann schenkte sie ihm ein reizendes Lächeln und klopfte auf den Tank des Motorrads.

»Ich glaube, die wirst du jetzt verkaufen müssen.«

Unter den tausend Dingen, die er ihr hätte sagen wollen, fiel Clark ausgerechnet das Dümmste ein.

»Ich dachte, du bist auf Hochzeitsreise!«

Lucia glitt von der Maschine und strich über ihren Bauch.

»Du weißt ja, wie das so ist … in den ersten Monaten einer Schwangerschaft raten die Ärzte davon ab, zu fliegen, vor allem, wenn das Kind erwiesenermaßen nicht vom Ehemann ist.«

»Schwangerschaft? Aber …«

Clark strich sich verwirrt über seinen Haarschopf und machte einen weiteren Schritt auf sie zu.

»Das heißt … du? … Und ich bin … ich bin …?«

»Ja, du bist der Vater.«

Clark hatte das Gefühl, in Ohnmacht zu fallen. Zum Glück stand er neben seinem Motorrad, an dem er sich festhalten konnte. Es dauerte eine Weile, bis er die Nachricht einigermaßen verdaut hatte. Er sah Lucia an und wäre ihr am liebsten um den Hals gefallen, aber dann zögerte er. Er dachte an die Zukunft, an ihre Wünsche und Vorstellungen. An ihren Traum, Journalistin zu werden. Und trotz der überwältigenden Freude, die er empfand, sah er plötzlich dunkle Wolken, die sich über ihnen zusammenballten.

»Hör mal, vielleicht weißt du es noch gar nicht …«, stammelte er. »Aber Lanza hat inzwischen eine neue Mitarbeiterin gefunden, die mit mir zusammenarbeiten soll. Die Stelle beim *Eco* ist besetzt. Tut mir leid.«

Lucia schien nicht besonders betroffen zu sein von dieser Nachricht.

»Seltsam, und ich dachte immer, Superman arbeitet allein. Aber das weiß ich schon, Lanza hat es mir vor zwei Tagen am Telefon gesagt. Mir tut es auch leid, dass du meinetwegen auf deine Reise nach Mailand verzichten musstest«, fügte sie augenzwinkernd hinzu.

Clark sah sie überrascht an. Dann fiel der Groschen und er grinste.

»Soso. Das heißt also, dass du mit Lanza unter einer Decke steckst?«

»Ja, und auch Giorgio Rizzo lässt ganz herzlich grüßen. Großmutter und ich haben ihn im Krankenhaus besucht und ihm die freudige Nachricht persönlich überbracht.«

Clark machte ein verdutztes Gesicht. Dann schüttelte er belustigt den Kopf.

»Ja, habt ihr euch denn alle gegen mich verschworen! Ich habe erst vorgestern mit Giorgio telefoniert, und er hat nicht ein Wort gesagt.«

»*Nonna* Marta hat ihm als Gegenleistung für sein Schweigen ein Angebot gemacht, das er nicht ablehnen konnte.«

Um ihre Mundwinkel zuckte ein Lächeln und Clark hielt es nun nicht eine Sekunde länger aus. Er zog sie in seine Arme und drückte sein Gesicht in ihr Haar.

»Lucia! Ich wusste, dass es so ausgehen würde. Trotz allem hatte ich immer das Gefühl, dass du zu mir zurückkehren würdest.«

Lucia löste sich sanft von ihm, ergriff seine Hand und legte sie auf ihren Bauch.

»Dass wir zurückkehren würden.«

»Aber … erinnerst du dich denn jetzt wieder an alles? Erinnerst du dich daran, dass du dich in mich verliebt hast?« Er sah sie beunruhigt an.

Lucia verstand nur allzu gut, was er ihr damit sagen wollte. Sie streifte mit den Lippen seine Wange und drückte beruhigend seine Hand.

»Wenn ich mich ein Mal in dich verliebt habe, sehe ich keinen Grund, weshalb es nicht auch ein zweites Mal passieren sollte. Und bis dahin überlegst du dir, was wir heute Abend Schönes zusammen machen können.«

Clark schloss sie voller Leidenschaft in seine Arme und hielt sie lange fest. Schließlich senkte er seinen Kopf und flüsterte ihr ins Ohr: »Es wird Zeit, dass die Kents nach Hause fahren.«

Lucia schnallte ihren Koffer auf die Harley, setzte den Helm auf, den Clark ihr gegeben hatte, und schwang sich hinter ihm auf das Motorrad.

»Clark?«

»Ja?«

»Habe ich tatsächlich den Schriftsteller Alberto Fanelli kennengelernt?«

»Oh ja, und auch Paolo Strini.«

»Schade, dass ich mich nicht daran erinnere …«

»Das macht nichts, sie erinnern sich dafür umso besser an dich.«

»Wieso, was habe ich denn zu ihnen gesagt?«

Clark lachte, schob die Harley vom Ständer und ließ den Motor an.

»Wenn wir morgen in die Redaktion gehen, gebe ich dir die Rezensionen zu lesen, die Lucia Leonardi über deren letzte Romane geschrieben hat.«

Lucia kniff ihn in den Arm, ehe sie den Kopf an seinen Rücken schmiegte und die Augen schloss.

»Weißt du, was? Ich glaube, es wird mir nicht schwerfallen, mich wieder in dich zu verlieben.«

Clark lächelte und fuhr los. Dieses Mal ließ er sich Zeit, denn es gab nichts mehr, vor dem er hätte davonlaufen müssen.

Nachspiel: Traum und Wirklichkeit

Clark und Lucia heirateten einige Monate später in einer prächtigen Kirche unweit der Villa Borghese.

Zu ihrer Hochzeit luden sie ihre Eltern und ihre engsten Freunde ein, außerdem Mino und Dario aus der Bar Tiberi in Trastevere, die mit Spannung ihre Geschichte verfolgt hatten und überdies der Ansicht waren, dass der glückliche Ausgang derselben zum großen Teil ihr Verdienst war. Clarks Trauzeugen waren Giorgio Rizzo und Franco Lanza, während Lucia ihre Tante Susanna und ihre Großmutter Marta dafür auswählte.

Mit Clarks Hilfe, der nichts unversucht ließ, um Lucia all die wunderbaren Momente aufs Neue erleben zu lassen, die sie vor ihrem Unfall miteinander geteilt hatten, kehrten ihre Erinnerungen langsam wieder.

Im April brachte Lucia ihre Tochter zur Welt, die sie Laura nannten im Gedenken an Clarks leibliche Mutter.

Im darauffolgenden Sommer reiste Clark mit Frau und Tochter nach Montana auf die Farm seiner Adoptiveltern, die Lucia und Laura mit großer Herzlichkeit und Liebe aufnahmen und die beiden nach Strich und Faden verwöhnten.

Wieder in Rom, zog die Familie Kent in ein großes altes Haus außerhalb der Stadt, und Clark schenkte seiner Frau zu diesem Anlass einen neuen Ring, dieses Mal mit dem richtigen Namen. Seine kleine Tochter bekam eine Schildkröte aus Plüsch.

In den kommenden Jahren arbeiteten Clark und Lucia weiterhin für den Eco di Roma, *und bald übernahm Lucia die Leitung des Feuilletons. Clark überließ ihr den Posten, der ihm aus Altersgründen zugestanden hätte, um sich ganz seinem ersten Roman zu widmen und damit einen Lebenstraum zu verwirklichen, den er seit Kindertagen gehegt hatte. Nachdem er so viel Zeit damit verbracht hatte, die Bücher anderer zu besprechen, hatte er endlich eine eigene Geschichte zu erzählen. Es war eine Liebesgeschichte, und der Titel lautete:* Du kamst zu mir wie aus einem Traum.

Danksagungen

Aus tiefstem Herzen danke ich meiner Frau, meinen beiden Töchtern und meiner Familie. Catena Fiorello, meine literarische Schwester, schließe ich fest in die Arme, und für immer danken möchte ich Giuseppe Fiorello, der mir seine wunderbare Freundschaft zuteil werden lässt.

Vicky Satlow, meiner Agentin, gilt mein extraterrestrischer Dank: Sie hat einen kleinen Satelliten in einen aus eigenem Antrieb funkelnden Stern verwandelt.

Mit einem Lächeln auf den Lippen danke ich Mattia Signorini, der den Anstoß zu meiner Karriere als Schriftsteller gab.

Meine dankbare Anerkennung gilt Nicola Balossi Restelli, der auch dieses Mal meine überbordende Fantasie in rationale Bahnen gelenkt hat.

Unendlich dankbar bin ich auch meiner »Familie« bei Sperling: meinen Lektorinnen Giulia De Biase und Valentina Rossi, meiner Presseabteilung Cetta Leonardi, Marta Bellini und Alessandra Frigerio, und nicht zu vergessen, Cinzia Carlino, Monica Monopoli, Andrea Butti, Maddalena Contini, Laura De Mezza, Francesca Guido und dem ganzen Verlag, der mich mit offenen Armen und voller Vertrauen aufgenommen hat.

Ein Dank in Großbuchstaben gilt Anna Rita Paolicelli, dafür, dass sie jeden Satz meines Romans für den schönsten hält.

Ein perfekt designter Dank geht an Luigi D'Antonio, Freund und talentierter Web-Designer, der mir vom ersten Moment an bei dieser abenteuerlichen Reise ins Herz der Literatur zur Seite stand.

Mein spezieller Dank gilt Annalisa Del Vecchio, Freundin, Vertraute und rechte Maustaste: Wenn sich meine literarischen Bemühungen im Netz niederschlagen, so ist das zum großen Teil ihr Verdienst.

Mein handfester Dank gilt Alberto Tomassoni, meinem Dario aus *Der erste Kaffee am Morgen,* dem ich hiermit herzlich auf die Schulter klopfe.

Ein aufrichtiger Dank geht an Fabrizio Serafini, denn er war immer da in den letzten Jahren.

Mit dem Geschmack von Seeigeln möchte ich meinen apulischen Cousins und Cousinen Mimmo, Rosanna, Tommaso, Marilena, Tommaso, Maura, Loredana und Gianpaolo danken, die mir einen unvergesslichen literarischen Tag beschert haben.

Ein tief empfundener Dank geht an Valentina Bisti, Francesco Vergovich, Lauretta Colonelli, Alessandra Rota, Maurizio Gianotti, Francesca Parisella, Sarina Biraghi, Simona Caporilli und allen anderen, die in den letzten Monaten bewiesen haben, dass nicht immer die schönsten Blumen im Verborgenen blühen.

Und nicht zuletzt gilt mein Dank der Stadt Siculiana und dem WWF-Naturschutzgebiet von Torre Salsa, die mich zu dieser azurblauen Liebesgeschichte inspiriert haben.

Allen anderen kann ich nur sagen: *Namasté* …

Die Originalausgabe erschien 2014 unter dem Titel
Mi arrivi come da un sogno im Verlag
Sperling & Kupfer Editori, Mailand.

Die deutsche Erstausgabe erschien 2015 unter dem Titel
Du kamst zu mir wie aus einem Traum im Thiele Verlag,
München und Wien.

Atlantik Bücher erscheinen im
Hoffmann und Campe Verlag, Hamburg.

1. Auflage 2016

www.thiele-verlag.com
www.hoca.de *www.atlantik-verlag.de*
Umschlaggestaltung: Christina Krutz, Biebesheim am Rhein
Umschlagabbildung: Feltrinelli/Getty Images
Druck und Bindung: C. H. Beck, Nördlingen
Printed in Germany
ISBN 978-3-455-65105-8

Ein Unternehmen der
GANSKE VERLAGSGRUPPE